O SOL TAMBÉM É UMA ESTRELA

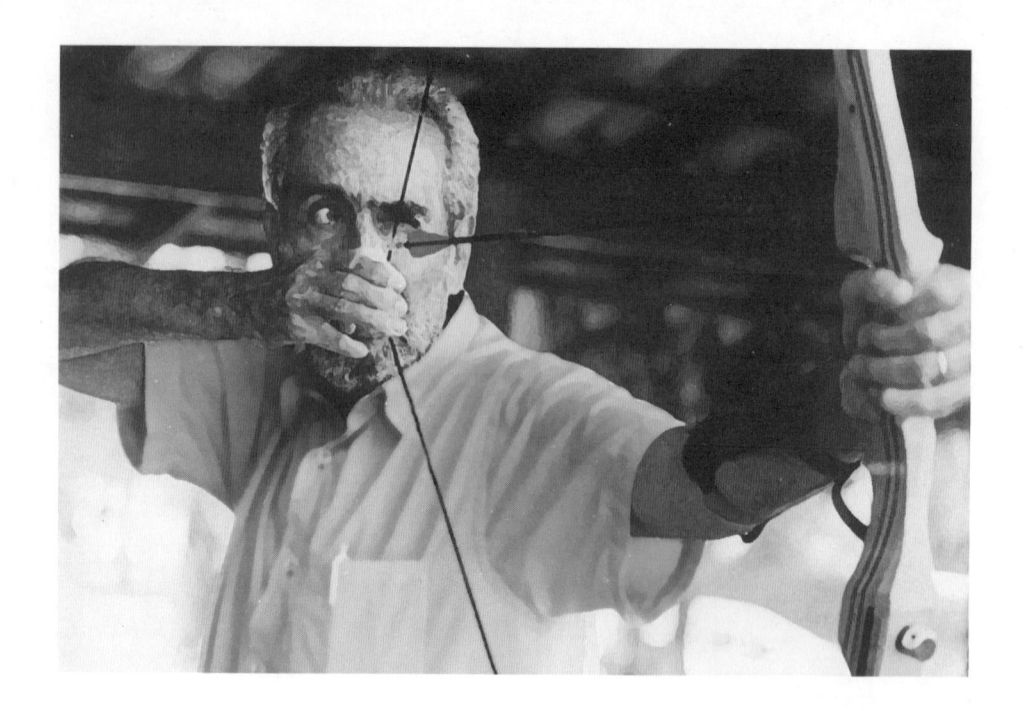

O Arqueiro

GERALDO JORDÃO PEREIRA (1938-2008) começou sua carreira aos 17 anos, quando foi trabalhar com seu pai, o célebre editor José Olympio, publicando obras marcantes como *O menino do dedo verde*, de Maurice Druon, e *Minha vida*, de Charles Chaplin.

Em 1976, fundou a Editora Salamandra com o propósito de formar uma nova geração de leitores e acabou criando um dos catálogos infantis mais premiados do Brasil. Em 1992, fugindo de sua linha editorial, lançou *Muitas vidas, muitos mestres*, de Brian Weiss, livro que deu origem à Editora Sextante.

Fã de histórias de suspense, Geraldo descobriu *O Código Da Vinci* antes mesmo de ele ser lançado nos Estados Unidos. A aposta em ficção, que não era o foco da Sextante, foi certeira: o título se transformou em um dos maiores fenômenos editoriais de todos os tempos.

Mas não foi só aos livros que se dedicou. Com seu desejo de ajudar o próximo, Geraldo desenvolveu diversos projetos sociais que se tornaram sua grande paixão.

Com a missão de publicar histórias empolgantes, tornar os livros cada vez mais acessíveis e despertar o amor pela leitura, a Editora Arqueiro é uma homenagem a esta figura extraordinária, capaz de enxergar mais além, mirar nas coisas verdadeiramente importantes e não perder o idealismo e a esperança diante dos desafios e contratempos da vida.

NICOLA YOON

O SOL TAMBÉM É UMA ESTRELA

ARQUEIRO

Título original: *The Sun Is Also a Star*

Copyright © 2016 por Nicola Yoon

Copyright da tradução © 2017 por Editora Arqueiro Ltda.
Publicado mediante acordo com Rights People, Londres.
Produzido por Alloy Entertainment, LLC.

alloyentertainment

Todos os direitos reservados. Nenhuma parte deste livro pode ser utilizada ou reproduzida sob quaisquer meios existentes sem autorização por escrito dos editores.

tradução: Alves Calado

preparo de originais: Magda Tebet

revisão: Rebeca Bolite e Tereza da Rocha

diagramação: DTPhoenix Editorial

adaptação de capa: Gustavo Cardozo

impressão e acabamento: Associação Religiosa Imprensa da Fé

CIP-BRASIL. CATALOGAÇÃO NA PUBLICAÇÃO
SINDICATO NACIONAL DOS EDITORES DE LIVROS, RJ

Y57s   Yoon, Nicola
          O sol também é uma estrela/ Nicola Yoon; tradução de Alves Calado.
        São Paulo: Arqueiro, 2017.
          288 p.; 16 x 23 cm.

          Tradução de: The sun is also a star
          ISBN: 978-85-8041-658-9

          1. Ficção americana. I. Calado, Alves. II. Título.

                                          CDD: 813
16-38577   CDU: 821.111(73)-3

Todos os direitos reservados, no Brasil, por
Editora Arqueiro Ltda.
Rua Funchal, 538 – conjuntos 52 e 54 – Vila Olímpia
04551-060 – São Paulo – SP
Tel.: (11) 3868-4492 – Fax: (11) 3862-5818
E-mail: atendimento@editoraarqueiro.com.br
www.editoraarqueiro.com.br

*Para minha mãe e meu pai, que me ensinaram
sobre os sonhos e como alcançá-los*

*"A poesia do pôr do sol não ficará prejudicada
se soubermos um pouco sobre ele."*

– Pálido ponto azul, Carl Sagan

*"Será que ouso
Perturbar o universo?
Em um minuto há tempo
Para decisões e revisões que em um minuto irão se reverter."*

– A canção de amor de J. Alfred Prufrock, T. S. Eliot

prólogo

CARL SAGAN AFIRMOU QUE, se você quiser fazer uma torta de maçã desde o início, precisa primeiro inventar o Universo. Quando ele afirma "desde o início", quer dizer a partir do *nada*. Quer dizer a partir de um tempo anterior à existência do mundo. Se você quiser fazer uma torta de maçã a partir do nada, precisa começar com o Big Bang, universos em expansão, nêutrons, íons, átomos, buracos negros, sóis, luas, marés oceânicas, Via Láctea, Terra, evolução, dinossauros, eventos de extinção, ornitorrincos, *Homo erectus*, homem de Cro-Magnon, etc. Precisa começar do início. Precisa inventar o fogo. Precisa de água, solo fértil e sementes. Precisa de vacas, pessoas para ordenhá-las e mais pessoas para bater esse leite até virar manteiga. Precisa de trigo, cana-de-açúcar e macieiras. Precisa de química e biologia. Para uma torta de maçã realmente boa, precisa das artes. Para uma torta de maçã que dure gerações, precisa da prensa gráfica e da Revolução Industrial, e talvez até de um poema.

Para fazer uma coisa simples como uma torta de maçã, você precisa criar o mundo inteiro.

daniel

Adolescente aceita o destino, concorda em virar médico; estereótipo.

É culpa do Charlie se meu verão (e agora o outono) se tornou uma sequência de acontecimentos absurdos. Charles Jae Won Bae, vulgo Charlie, meu irmão mais velho, primogênito de um primogênito, surpreendeu meus pais (e os amigos deles, e também toda a fofoqueira comunidade coreana de Flushing, Nova York) ao ser expulso da Universidade Harvard (a *Melhor Escola*, disse minha mãe quando a carta de aceitação chegou). Agora ele foi expulso da *Melhor Escola*, e durante o verão inteiro minha mãe ficou carrancuda, sem acreditar e sem entender direito.

Por que suas notas tão ruins? Eles expulsa você? Por que eles expulsa você? Por que eles não faz você ficar e estudar mais?

Meu pai diz: *Não expulsa. Eles suspende. Não é igual expulsar.*

Charlie resmunga: *É temporário, só por dois semestres.*

Sob esse tiroteio impiedoso, feito de confusão, vergonha e desapontamento dos meus pais, eu quase me sinto mal pelo Charlie. Quase.

natasha

MINHA MÃE DIZ QUE É HORA de eu desistir, que o que estou fazendo é inútil. Está chateada, por isso seu sotaque é mais forte do que nunca e cada declaração é uma pergunta.

– Não acha que é hora de desistir, Tasha? Não acha que o que está fazendo é inútil?

Ela arrasta a segunda sílaba de *inútil* por um segundo a mais que o necessário. Meu pai não diz nada. Está mudo de raiva ou impotência. Nunca sei direito o quê. A carranca é tão profunda e completa que fica difícil imaginar o rosto com outra expressão. Se fosse há alguns meses, eu ficaria triste por vê-lo assim, mas agora não me importo nem um pouco. Ele é o motivo de estarmos nessa confusão.

Peter, meu irmão de 9 anos, é o único feliz com essa reviravolta nos acontecimentos. Neste momento está arrumando a mala e ouvindo "No Woman, No Cry", do Bob Marley. "Música das antigas para arrumar as malas", ele disse.

Apesar de ter nascido aqui nos Estados Unidos, Peter fala que quer morar na Jamaica. Sempre foi muito tímido e tem dificuldade para fazer amigos. Deve imaginar que a Jamaica vai ser um paraíso e que, de algum modo, lá as coisas vão melhorar para ele.

Nós quatro estamos na sala do nosso apartamento de um quarto. É nela que Peter e eu dormimos. Tem dois pequenos sofás-camas que abrimos à noite e uma cortina de um azul forte no meio, para dar privacidade. Agora a cortina está aberta, de modo que dá para ver as duas metades ao mesmo tempo.

É bem fácil adivinhar qual de nós quer ir e qual quer ficar. Meu lado ainda parece bem ocupado. Meus livros estão na pequena estante da IKEA. Minha foto favorita, em que apareço com minha melhor amiga, Bev, está sobre a escrivaninha. Nós duas estamos usando óculos de proteção e fazendo biquinho sensual para a câmera no laboratório de física. Os óculos foram ideia minha. Os biquinhos, dela. Não tirei uma única peça de roupa da minha cômoda. Nem arranquei meu pôster com o mapa estelar da Nasa. Ele é enorme – na verdade, são oito pôsteres que eu juntei com fita adesiva – e mostra todas as estrelas principais, as constelações e as partes da Via Láctea visíveis do hemisfério norte. Tem até instruções sobre como encontrar a estrela Polar e como se orientar pelas estrelas, caso a gente se perca. Os tubos que comprei para guardá-lo estão encostados na parede, ainda fechados.

No lado do Peter praticamente todas as superfícies estão vazias, a maioria de suas posses já foi colocada em caixas e malas.

Minha mãe está certa, claro: o que estou fazendo é inútil. Mesmo assim, pego meus fones de ouvido, o livro de física e uns quadrinhos. Estou com tempo livre, então vou fazer o dever de casa e ler.

Peter balança a cabeça na minha direção.

– Por que você vai levar isso? – pergunta, indicando o livro didático. – Nós vamos embora, Tasha. Você não precisa fazer o dever de casa.

Peter acabou de descobrir o poder do sarcasmo. Usa sempre que tem chance.

Não me dou o trabalho de responder, só coloco os fones e vou para a porta.

– Volto logo – digo à minha mãe.

Ela faz cara de desaprovação e se vira. Eu me lembro de que ela não está chateada comigo. *Tasha, não é com você que estou chateada, sabe?* é uma coisa que ela diz um bocado ultimamente. Vou ao prédio do Serviço de Imigração e Cidadania dos Estados Unidos (USCIS, na sigla em inglês), no centro de Manhattan, ver se alguém de lá pode me ajudar. Somos imigrantes ilegais e vamos ser deportados esta noite.

Hoje é minha última chance de tentar convencer alguém – ou o destino – a me ajudar a descobrir um modo de ficar nos Estados Unidos.

Só para esclarecer: não acredito no destino. Mas estou desesperada.

daniel

OS MOTIVOS QUE ME FAZEM ACHAR que Charles Jae Won Bae, vulgo Charlie, é um Cretino (não necessariamente nesta ordem):
1. Antes desse fracasso épico e espetacular (e completamente delicioso) em Harvard, ele era implacavelmente bom em tudo. Ninguém deveria ser bom em tudo. Matemática, inglês, biologia, química, história e esportes. Não é decente ser bom em tudo. No máximo, em três ou quatro coisas. Até mesmo isso já é forçar os limites do bom gosto.
2. Ele é o tipo de homem que os outros homens admiram, ou seja: é um cretino em boa parte do tempo. Na maior parte do tempo. O tempo todo.
3. É alto, com o maxilar marcado, esculpido e todos os outros adjetivos usados para os maxilares em todos os livros românticos. As garotas (*todas* as garotas, não só as do grupo de estudo da Bíblia coreana) dizem que os lábios dele são beijáveis.
4. Tudo isso seria ótimo – uma quantidade embaraçosa de pontos positivos, sem dúvida; um número um pouquinho grande demais de tesouros para serem concedidos a um único ser humano, certamente – se ele fosse legal. Mas não é. Charles Jae Won Bae não é legal. É metido a besta e, o pior de tudo, adora fazer bullying. É um cretino. Inveterado.
5. Ele não gosta de mim. E não gosta de mim há anos.

natasha

PONHO O CELULAR, OS FONES DE OUVIDO e a mochila na caixa cinza antes de passar pelo detector de metais. A guarda – o crachá diz que o nome dela é Irene – impede minha caixa de viajar pela esteira rolante, como fez todos os dias anteriores.

Olho para ela e não sorrio.

Ela olha para a caixa, vira meu telefone e examina a capinha, como fez todos os dias. A capinha é a ilustração de um disco do Nirvana, chamado *Nevermind*. Todo dia seus dedos se demoram no bebê da capa e todo dia detesto quando ela passa a mão nele. O vocalista do Nirvana era o Kurt Cobain. Sua voz, a corrosão que existe nela, o modo como não é perfeita, o modo como a gente sente tudo que ele já sentiu, o jeito como a voz se estica tão esgarçada que parece que ela vai se romper e não se rompe, foi a única coisa que me manteve sã desde o início deste pesadelo. Seu sofrimento é muito mais desesperançado do que o meu.

Ela está demorando à beça e não posso perder a hora marcada para a entrevista. Penso em dizer alguma coisa, mas não quero deixá-la com raiva. Provavelmente ela odeia o trabalho. Não quero dar motivo para ela me atrasar mais ainda. Ela me olha de novo, mas não dá qualquer sinal de ter me reconhecido, apesar de eu ter vindo aqui todos os dias na última semana. Para ela sou apenas mais um rosto anônimo, outra *requerente*, mais alguém que quer alguma coisa dos Estados Unidos.

irene

Uma história

NATASHA NÃO ESTÁ TOTALMENTE certa em relação a Irene. Irene adora seu trabalho. Mais do que adora: precisa dele. É praticamente o único tipo de contato humano que ela tem. É a única coisa que afasta a solidão total e desesperada.

Cada interação com esses requerentes salva pelo menos um pouquinho sua vida. A princípio, eles mal a notam. Jogam os itens na caixa e observam atentamente enquanto os objetos passam pela máquina. A maioria suspeita de que Irene vai embolsar o dinheiro trocado, uma caneta, chaves ou outra coisa qualquer. Numa situação normal o requerente jamais a notaria, mas ela se esforça para que isso aconteça. É sua única ligação com o mundo.

Por isso ela puxa cada caixa com uma única mão enluvada. A demora é longa o suficiente para que o requerente seja obrigado a levantar os olhos e encará-la. Para que veja, de fato, a pessoa à sua frente. A maioria murmura um relutante *bom-dia*, e as palavras a preenchem um pouquinho. Outros perguntam como ela está, e ela se expande um pouco mais.

Irene jamais responde. Não sabe como. Em vez disso, olha de novo para a caixa e observa cada objeto procurando pistas, algum pedaço de informação para guardar e examinar mais tarde.

Ela gostaria, mais do que tudo, de poder tirar as luvas e tocar as chaves, as carteiras e o dinheiro trocado. Gostaria de poder deslizar a ponta dos dedos pela superfície daqueles pertences, memorizar texturas e deixar que os artefatos da vida dos outros penetrassem nela. Mas não pode atrasar demais a fila. Acaba mandando a caixa e o dono para longe.

A noite passada foi particularmente ruim. A boca faminta de sua solidão queria engoli-la inteira. Nesta manhã ela precisa de contato para salvar sua vida. Com muita dificuldade, desvia o olhar de uma caixa que se afasta e se vira para o próximo requerente.

É a garota que apareceu aqui todos os dias desta semana. Não deve ter mais de 17 anos. Como todo mundo, ela não levanta o olhar da caixa. Mantém os olhos focalizados nela, como se não suportasse ficar separada dos fones de ouvido *pink* e do celular. Irene encosta a mão enluvada na lateral da caixa para impedir que ela deslize para longe de sua vida, chegando à esteira rolante.

A garota levanta os olhos e Irene se infla. Ela parece tão desesperada quanto Irene. Irene quase sorri para ela. Em sua mente, faz exatamente isso.

Bem-vinda de volta. É um prazer ver você, diz Irene, mas só dentro de sua mente.

Na realidade, já está baixando os olhos, examinando a capinha do telefone da garota. A foto é de um bebê branco e gordinho completamente submerso em água azul-clara. O bebê está com as pernas e os braços abertos e mais parece voar do que nadar. A boca e os olhos estão abertos. Na frente dele uma nota de dólar pende de um anzol. A foto não é apropriada, e toda vez que Irene olha para ela sente necessidade de respirar mais profundamente, como se fosse ela que estivesse embaixo d'água.

Quer encontrar um motivo para confiscar o celular, mas não existe nenhum.

daniel

SEI QUAL FOI O MOMENTO EXATO em que Charlie parou de gostar de mim. Foi no verão em que fiz 6 anos e ele, 8. Ele estava em sua bicicleta nova e brilhante (vermelha, de dez marchas, maneiríssima) com seus amigos novos e brilhantes (brancos, de 10 anos, maneiríssimos). Apesar das várias dicas durante o verão inteiro, eu não tinha entendido de verdade que havia sido rebaixado a Irmão Mais Novo Chato.

Naquele dia, ele e seus amigos saíram sem mim. Fui atrás por um monte de quarteirões, gritando "Charlie", convencido de que ele se esquecera de me chamar. Pedalei tão depressa que me cansei (garotos de 6 anos andando de bicicleta não se cansam facilmente; isso mostra quanto os persegui).

Por que não desisti, simplesmente? *Claro* que ele podia me ouvir gritando.

Até que ele parou e desceu da bicicleta. Jogou-a no chão – para que usar o descanso? – e ficou ali, parado, esperando que eu chegasse. Dava para ver que estava com raiva. Ele chutou terra na bicicleta para garantir que todo mundo percebesse isso claramente.

– *Hyung* – comecei, usando a palavra que os irmãos mais novos usam para os mais velhos.

Soube que foi um grande erro assim que falei. O rosto inteiro dele ficou vermelho: bochechas, nariz, as pontas das orelhas, tudo. Ele estava praticamente pegando fogo. Seus olhos se viraram para o ponto de onde os novos amigos nos espiavam como se estivéssemos na TV.

– Do que ele chamou você? – perguntou o mais baixo.

– É algum tipo de código coreano secreto? – completou o mais alto.

Charlie ignorou os dois e partiu para cima de mim.

– O que você está fazendo aqui?

Ele estava tão irritado que sua voz falhou um pouco.

Eu não tinha o que dizer, mas, na verdade, ele não queria uma resposta.

Queria era bater em mim. Vi isso no modo como ele fechava e abria os punhos. Vi como ele tentava calcular a encrenca em que se meteria se me batesse bem ali no parque, na frente de uns garotos que ele mal conhecia.

– Por que não arranja uns amigos e para de ficar atrás de mim que nem um bebezinho? – disse Charlie em vez disso.

Deveria ter me batido.

Ele pegou a bicicleta no chão e se estufou com tanta raiva que achei que ele ia explodir, e aí eu teria que contar a mamãe que seu filho mais velho e mais perfeito tinha explodido.

– Meu nome é Charles – disse àqueles garotos, desafiando-os a falarem mais uma palavra. – Vocês vêm ou não?

Não esperou por eles nem olhou para trás para ver se o acompanhavam. E eles o seguiram em direção ao parque, ao verão e ao ensino médio, como tantas outras pessoas o seguiriam. De algum modo eu tinha transformado meu irmão num rei.

Nunca mais chamei Charlie de *hyung*.

charles jae won bae

Uma história futura

DANIEL ESTÁ CERTO EM RELAÇÃO A CHARLES. Ele é um completo idiota. Algumas pessoas amadurecem e melhoram o caráter, mas Charles não fará isso. Vai se acomodar dentro dela, na pele que sempre será sua.

Mas, antes disso, antes de virar político e ser bem casado, antes de mudar o nome para Charles Bay, antes de trair sua boa esposa e seus eleitores em todas as oportunidades, antes de ter muito dinheiro e sucesso, antes de conseguir absolutamente tudo que quer, ele vai fazer uma coisa boa e altruísta pelo irmão. Essa vai ser a última coisa boa e altruísta que ele fará na vida.

família

Uma história de nomes

QUANDO MIN SOO SE APAIXONOU por Dae Hyun, não esperava que o amor os levasse da Coreia do Sul para os Estados Unidos. Mas Dae Hyun havia sido pobre a vida inteira. Tinha um primo que estava se dando bem na cidade de Nova York. O primo prometeu ajudar.

Para a maioria dos imigrantes, mudar para um país novo é um ato de fé. Mesmo que você tenha ouvido histórias sobre segurança, oportunidade e prosperidade, ainda assim é um grande salto se afastar de sua língua, de seu povo e de seu país. De suas raízes. E se as histórias não fossem verdadeiras? E se você não conseguisse se adaptar? E se não fosse desejado no país novo?

No fim, apenas algumas histórias eram verdadeiras. Como todos os imigrantes, Min Soo e Dae Hyun se adaptaram tanto quanto possível. Evitavam as pessoas e os lugares que não os desejavam. O primo de Dae Hyun ajudou e eles prosperaram. A fé recompensou.

Alguns anos depois, quando Min Soo descobriu que estava grávida, seu primeiro pensamento foi sobre qual nome dariam ao filho. Tinha a sensação de que nos Estados Unidos os nomes não significavam nada, diferentemente do que acontecia na Coreia. Na Coreia, o nome de família vinha primeiro e contava toda a história de sua ancestralidade. Nos Estados Unidos, o nome de família é chamado de último nome. Dae Hyun dizia que isso provava que os americanos acham que o indivíduo é mais importante do que a família.

Min Soo se torturou com a escolha do nome pessoal, que os americanos chamam de primeiro nome. Será que seu filho deveria ter um nome americano, algo fácil para os professores e colegas pronunciarem? Será que eles deveriam se ater à tradição e escolher dois caracteres chineses para formar um nome pessoal de duas sílabas?

Nomes são coisas poderosas. Servem como marcadores de identidade e uma espécie de mapa, localizando a pessoa no tempo e na geografia. Mais do que isso, podem ser uma bússola. No fim das contas, Min Soo escolheu um meio-termo. Deu ao filho um nome americano seguido de um nome pessoal coreano seguido do nome da família. Chamou-o de Charles Jae Won Bae. Chamou o segundo filho de Daniel Jae Ho Bae.

Por fim, escolheu as duas coisas. Coreano e americano. Americano e coreano.

Para que eles soubessem de onde vinham.

Para que soubessem para onde iam.

natasha

ESTOU ATRASADA. Entro na sala de espera e vou até a recepcionista. Ela balança a cabeça para mim, como se já tivesse visto aquela cena. Todo mundo aqui já viu tudo antes, e eles realmente não se importam que tudo seja novo para você.

– Você terá que ligar para a linha principal do USCIS e marcar outra entrevista.

– Não tenho tempo para isso.

Explico sobre a guarda, Irene, e sua estranheza. Falo em voz baixa e razoável. Ela dá de ombros e baixa os olhos. Estou dispensada. Em qualquer outra ocasião eu cederia.

– Por favor, ligue para ela. Ligue para Karen Whitney. Ela disse para eu voltar.

– Sua entrevista era às oito horas. Agora são oito e cinco. Ela está falando com outro requerente.

– Por favor, não é minha culpa se estou atrasada. Ela me disse...

O rosto da mulher endurece. Não importa o que eu diga, ela não vai se comover.

– A Sra. Whitney já está com outro requerente. – Ela fala isso como se o inglês não fosse minha primeira língua.

– Ligue para ela – exijo.

Meu tom de voz é alto e pareço histérica. Todos os outros requerentes, até os que não falam inglês, estão me olhando. O desespero se traduz em qualquer língua.

A recepcionista balança a cabeça na direção de um segurança parado junto à porta. Antes que ele possa me alcançar, a porta que dá para as salas de reunião se abre. Um homem negro muito alto e magro me chama. Ele faz um sinal para a recepcionista.

– Tudo bem, Mary. Eu falo com ela.

Passo rapidamente pela porta, antes que ele mude de ideia. Ele não me olha, só se vira e vai andando por uma série de corredores. Acompanho em silêncio até que ele para na frente da sala de Karen Whitney.

– Espere aqui.

O homem só passa alguns segundos lá dentro, mas quando volta está segurando uma pasta vermelha: a minha.

Andamos por outro corredor até chegarmos, finalmente, à sua sala.

– Meu nome é Lester Barnes – apresenta-se. – Sente-se.

– Eu venho...

Ele levanta uma das mãos para me calar.

– Tudo que preciso saber está nesta pasta. – Ele belisca o canto da pasta e a sacode para mim. – Faça um favor a você mesma e fique quieta enquanto eu leio.

A mesa é tão arrumada que dá para ver que ele se orgulha disso. Tem um conjunto de acessórios prateados: porta-canetas, bandejas para correspondência e até um porta-cartões de visita com LRB gravado. Quem ainda usa cartões de visita? Estendo a mão, pego um e enfio no bolso.

O armário alto atrás dele é um mar de pilhas de pastas separadas por cor. Cada pasta guarda a vida de alguém. Será que as cores são tão óbvias quanto imagino? A minha é Vermelho Rejeição.

Depois de alguns minutos ele me olha.

– Por que você está aqui?

– Karen... A Sra. Whitney disse para eu voltar. Ela foi gentil comigo. Disse que talvez houvesse alguma coisa.

– Karen é nova. – Ele diz isso como se me explicasse algo, mas não sei o que é. – A última apelação da sua família foi rejeitada. A deportação está mantida, Srta. Kingsley. Você e sua família terão de partir esta noite às dez horas.

Ele fecha a pasta e empurra uma caixa de lenços de papel para mim, antecipando minhas lágrimas. Mas não sou chorona.

Não chorei no dia em que meu pai falou pela primeira vez sobre a ordem de deportação nem quando as apelações foram rejeitadas.

Não chorei no inverno passado ao descobrir que Rob, meu ex-namorado, estava me traindo.

Nem chorei ontem quando Bev e eu tivemos nossa despedida oficial. Nós duas sabíamos havia meses que aquele momento ia chegar. Não chorei, mas, mesmo assim... não foi fácil. Ela teria vindo comigo hoje, mas está na

Califórnia com a família, conhecendo Berkeley e algumas outras faculdades do estado.

– Talvez você ainda esteja aqui quando eu voltar – insistiu Bev depois do nosso milésimo abraço. – Talvez tudo dê certo.

Bev sempre foi implacavelmente otimista, mesmo diante de situações muito difíceis. Ela é o tipo de garota que compra bilhetes de loteria. Eu sou o tipo que zomba de pessoas que compram bilhetes de loteria.

Pois é. Definitivamente, não vou começar a chorar agora. Fico de pé, pego minhas coisas e vou para a porta. Preciso de toda a energia para continuar não sendo chorona. Na minha mente, ouço a voz da minha mãe.

Não deixe seu orgulho dominar você, Tasha.

Dou meia-volta.

– Não existe mesmo nada que o senhor possa fazer para me ajudar? Preciso mesmo ir embora?

Falo isso tão baixo que mal escuto. O Sr. Barnes não tem dificuldade para ouvir. Ouvir vozes baixas e sofridas faz parte de seu trabalho.

Ele tamborila na pasta fechada.

– Seu pai foi apanhado dirigindo embriagado...

– Isso é problema dele. Por que eu preciso pagar pelo erro dele?

Meu pai. Sua única noite de fama o levou a ser apanhado por dirigir bêbado, o que nos levou a ser descobertos e me levou a perder o único lugar que chamo de lar.

– Ainda assim, vocês estão aqui ilegalmente. – Mas a voz dele não está tão dura quanto antes.

Confirmo com a cabeça, mas não digo nada, porque agora vou chorar mesmo. Ponho os fones de ouvido e me encaminho de novo para a porta.

– Já estive no seu país. Já estive na Jamaica. – Ele está sorrindo com a lembrança da viagem. – Foi um período ótimo. Tudo lá é *irie*, cara. Você vai ficar bem.

Os psiquiatras dizem para a gente não guardar os sentimentos porque eles acabam explodindo. Não estão errados. Venho sentindo raiva há meses. Parece que estou com raiva desde o início dos tempos. Com raiva do meu pai. Com raiva do Rob, que na semana passada disse que nós deveríamos ser amigos apesar de "tudo", isto é, apesar de ele ter me traído.

Nem Bev escapou da minha raiva. Durante todo o outono ela ficou preocupada com a faculdade a que iria se candidatar, baseada naquela a que seu namorado – Derrick – está se candidatando. Ela vive checando o tempo de deslocamento entre diferentes faculdades. *Será que os relacionamentos a distância funcionam?*, pergunta dia sim, dia não. Na última vez que perguntou, eu disse que ela talvez não devesse basear todo o *futuro* em seu namorado *atual*. Ela não recebeu isso bem. Bev acha que os dois vão ficar juntos para sempre. Eu acho que vão durar até a formatura do ensino médio. Talvez até o verão. Tive que fazer o dever de física para ela durante semanas, para compensar.

E agora um homem que provavelmente não passou mais de uma semana na Jamaica está dizendo que tudo vai ficar *irie*.

Tiro os fones de ouvido.

– Aonde o senhor foi? – pergunto.

– Negril. Um lugar muito bom.

– Saiu da área do hotel?

– Eu quis, mas minha...

– Mas sua mulher não quis porque ficou com medo, certo? O guia turístico disse que era melhor permanecer na área do balneário.

Eu me sento de novo.

Ele pousa o queixo sobre as mãos fechadas. Pela primeira vez desde o início da conversa ele não está no comando.

– Ela estava preocupada com a segurança? – Ponho aspas no ar em volta de *segurança*, como se isso não fosse algo digno de preocupação. – Ou talvez ela simplesmente não quisesse arruinar o clima das férias vendo como todo mundo é pobre de verdade.

A raiva que guardei sobe da barriga para a garganta.

– O senhor ouviu Bob Marley, um barman lhe arranjou um pouco de maconha e alguém disse qual é o significado de *irie*, e o senhor acha que sabe de alguma coisa. O senhor viu um bar temático, uma praia e um quarto de hotel. Isso não é um país. É um balneário.

Ele levanta as mãos como se estivesse se defendendo, como se estivesse tentando empurrar as palavras no ar, de volta para mim.

É, estou sendo uma pessoa horrível.

Não, não me importo.

– Não diga que vou ficar bem. Eu não conheço aquele lugar. Estou aqui desde os 8 anos. Não conheço ninguém na Jamaica. Não tenho sotaque. Não conheço minha família de lá, pelo menos não como a gente deve conhecer a família. Estou no último ano do colégio. E o baile de formatura, a cerimônia e meus amigos?

Quero me preocupar com as mesmas coisas idiotas com as quais eles estão se preocupando. Até comecei a preparar minha inscrição para o Brooklyn College. Minha mãe economizou durante dois anos para viajar para a Flórida e me comprar um cartão do seguro social "bom". Um cartão "bom" é um que tem números roubados impressos, em vez de números falsos. O homem que o vendeu a ela disse que os mais baratos, com números fajutos, não passam nas verificações sobre o passado da pessoa e nas inscrições para faculdades. Com o cartão posso me candidatar a um auxílio financeiro. Se eu conseguir também uma bolsa, posso até entrar para a SUNY Binghamton e outras faculdades no interior do estado.

– E a faculdade? – pergunto, agora chorando.

Minhas lágrimas são incontroláveis. Esperaram muito tempo para cair.

O Sr. Barnes empurra a caixa de lenços de papel para perto de mim. Pego uns seis ou sete, uso e depois pego mais seis ou sete. Junto minhas coisas de novo.

– O senhor tem alguma ideia de como é não se encaixar em lugar nenhum? – De novo falo baixo demais para ser ouvida, e de novo ele escuta.

Estou me encaminhando para a porta, ponho a mão na maçaneta quando ele diz:

– Srta. Kingsley. Espere.

irie

Uma história etimológica

TALVEZ VOCÊ JÁ TENHA OUVIDO a palavra *irie*. Talvez tenha viajado à Jamaica e saiba que ela tem algumas raízes no dialeto jamaicano, o *patois*. Ou talvez saiba que tem outras raízes na religião rastafári. O famoso cantor de reggae Bob Marley era rastafári e ajudou a espalhar a palavra para além das fronteiras do país. De modo que, quando ouve a palavra, talvez você tenha alguma ideia da história da religião.

Talvez você saiba que o rastafári é uma pequena ramificação das três principais religiões abraâmicas: o cristianismo, o islamismo e o judaísmo. Que as religiões abraâmicas são monoteístas e se baseiam em diferentes personificações de Abraão. Talvez na palavra você ouça ecos da Jamaica da década de 1930, quando o rastafári foi inventado. Ou talvez ouça ecos de seu líder espiritual, Haile Selassie I, imperador da Etiópia de 1930 a 1974.

E assim, quando ouve a palavra, você ouve o antigo sentido espiritual. Tudo está *bem* entre você e seu Deus, e portanto entre você e o mundo. Estar *irie* é estar num lugar espiritual elevado e contente. Na palavra você ouve a invenção da própria religião.

Ou talvez você não conheça a história.

Você não sabe nada sobre Deus, espírito ou língua. Conhece a definição atual dos dicionários coloquiais. Estar *irie* é simplesmente estar *bem*.

Às vezes, quando você procura uma palavra no dicionário, vê algumas definições indicadas como obsoletas. Natasha pensa nisso com frequência, em como a língua pode ser escorregadia. Uma palavra pode começar significando uma coisa e acabar significando outra. Será que isso decorre do excesso de uso e do excesso de simplificação, igual ao modo como *irie* é ensinado aos turistas nos balneários jamaicanos? Será por emprego incorreto, como o pai de Natasha vem fazendo ultimamente?

Antes do aviso de deportação ele se recusava a falar com sotaque jamaicano ou a usar gírias jamaicanas. Agora que a família está sendo obrigada a voltar, tem usado um vocabulário novo, como um turista estudando expressões estrangeiras para uma viagem. *Tá tudo irie, cara*, diz aos caixas nas mercearias quando lhe fazem a pergunta padrão: *Como vai?* Ele responde *irie* para o carteiro que entrega a correspondência e pergunta a mesma coisa de volta. Seu sorriso é largo demais. Ele enfia as mãos nos bolsos, joga os ombros para trás e age como se o mundo tivesse derramado sobre sua cabeça mais dons do que ele pode, de modo razoável, aceitar. Sua atuação é tão ruim que Natasha tem certeza de que todo mundo vai enxergar isso, mas ninguém enxerga. Ele faz com que as pessoas se sintam bem momentaneamente, como se parte de sua sorte evidente fosse passar para elas.

Natasha pensa que as palavras deveriam se comportar mais como unidades de medida. Um metro é um metro. As palavras não deveriam ter permissão de mudar de significado. Quem decide que o significado mudou, e quando? Será que existe um tempo intermediário em que a palavra significa as duas coisas? Ou um tempo em que a palavra não significa absolutamente nada?

Ela sabe que, se tiver que deixar os Estados Unidos, todas as suas amizades, até mesmo com Bev, vão desaparecer. Claro, no início as duas tentarão manter contato, mas não será o mesmo que se encontrarem todo dia. Não irão juntas ao baile de formatura, com seus acompanhantes. Não vão comemorar as cartas de aceitação na faculdade nem chorar com as de rejeição. Não haverá fotos de formatura idiotas. Em vez disso, o tempo vai passar e a distância vai parecer maior a cada dia. Bev estará nos Estados Unidos fazendo coisas de americanos. Natasha estará na Jamaica sentindo-se estrangeira no país em que nasceu.

Quanto tempo até que os amigos se esqueçam dela? Quanto tempo até falar com sotaque jamaicano? Quanto tempo até esquecer que já esteve nos Estados Unidos?

Um dia, no futuro, o significado de *irie* vai mudar de novo e ela vai se tornar apenas mais uma palavra com uma lista de significados arcaicos ou obsoletos. Alguém vai perguntar *Tá tudo irie?*, num sotaque perfeitamente americano, e você vai responder *Tudo irie*, querendo dizer que está tudo bem, mas realmente sem vontade de falar a respeito. Nenhum dos dois vai saber sobre Abraão, a religião rastafári ou o dialeto jamaicano. A palavra estará desprovida de qualquer história.

daniel

Adolescente preso em um turbilhão de expectativas e desapontamento dos pais; não espera ser salvo.

O lado bom de ter um irmão mais velho cretino e cheio de conquistas é que isso tira a pressão. Charlie sempre foi o melhor dos dois filhos. Mas agora que não é mais tão perfeito, a pressão está sobre mim.

Eis o tipo de conversa que já tive 1,3 bilhão de vezes (mais ou menos) desde que ele voltou para casa:

Mamãe: Suas notas ainda boas?

Eu: Sim.

Mamãe: Biologia?

Eu: Sim.

Mamãe: E matemática? Você não gosta de matemática.

Eu: Eu sei que não gosto de matemática.

Mamãe: Mas notas ainda boas?

Eu: Ainda tiro B.

Mamãe: Por que não A, ainda? *Aigo.* É hora de você ficar sério. Você não menininho mais.

Hoje tenho uma entrevista para ver se sou aceito na Universidade Yale. Yale é a *Segunda Melhor Escola*, mas pela primeira vez bati o pé e me recusei a me candidatar à *Melhor Escola* (Harvard). A ideia de ser o irmão mais novo de Charlie em outra escola é uma ambição remota demais. Além disso, será que Harvard me aceitaria, agora que Charlie foi suspenso?

Minha mãe e eu estamos na cozinha. Por causa da entrevista que vou fazer, ela está fervendo *mandu* (bolinhos) para mim, como um petisco. Estou comendo Cap'n Crunch (o melhor cereal conhecido pela humanidade) como aperitivo pré-*mandu* e escrevendo em meu caderno Moleskine. Estou trabalhando, desde o início dos tempos (mais ou menos), num poema sobre coração partido. O problema é que nunca tive o coração partido, por isso estou com dificuldade.

Escrever à mesa da cozinha é um luxo. Eu não poderia fazer isso se meu pai estivesse aqui. Ele não desaprova em voz alta meu costume de escrever poemas, mas definitivamente desaprova.

Minha mãe interrompe minha comida e minha escrita para uma variação de nossa conversa de todo dia. Ouço sem prestar atenção, acrescentando "sim" através de bocados de cereal, quando ela muda de roteiro. Em vez do "Você não menininho mais", ela diz:

– Não seja igual ao seu irmão.

Diz isso em coreano. Para dar ênfase. E por causa de Deus, do Destino ou por Puro Azar, Charlie entra na cozinha bem a tempo de ouvir. Paro de mastigar.

Qualquer pessoa que nos olhasse de fora pensaria que as coisas estão ótimas. Uma mãe fazendo o café da manhã para os dois filhos. Um filho à mesa comendo cereal (sem leite). Outro filho entrando em cena pela esquerda do palco. Também vai tomar o café da manhã.

Mas não é isso que está acontecendo de verdade. Mamãe sente tanta vergonha por Charlie ter ouvido o que ela disse que fica vermelha. É um leve rubor, mas está ali. Ela lhe oferece um pouco de *mandu*, mesmo que ele odeie comida coreana e se recuse a comê-la desde o primeiro ano do ensino médio.

E Charlie? Simplesmente finge. Finge que não entende coreano. Finge que não ouviu a oferta de bolinhos. Finge que eu não existo.

Ele quase me engana, até que olho para suas mãos. Os punhos se fecham e revelam a verdade. Ele ouviu e entendeu. Ela poderia tê-lo chamado de grande babaca ou de cretino animatrônico, e seria melhor do que me dizer para não ser igual a ele. Toda a minha vida tem sido o oposto disso. *Por que você não pode ser mais parecido com seu irmão?* Essa reviravolta não é boa para nenhum de nós dois.

Charlie pega um copo no armário e enche com água da torneira. Bebe a água da torneira só para irritar mamãe. Ela abre a boca para dizer o "Não. Bebe do filtro" de sempre, mas fecha de novo. Charlie bebe a água em três goles rápidos e recoloca o copo no armário, sem lavar. Deixa o armário aberto.

– *Umma*, dá um tempo a ele – digo depois que Charlie saiu.

Estou chateado *com* ele e estou chateado *por* ele. Meus pais têm sido implacáveis com as críticas. Imagino como deve ser um saco para ele trabalhar o dia inteiro na loja com meu pai. Aposto que papai fica dando bronca nos intervalos entre os sorrisos para os clientes e as respostas às perguntas sobre apliques, óleos vegetais e tratamento para cabelos danificados por química (meus pais têm uma loja de cosméticos que vende produtos para cabelos de negros. Chama-se Tratamento para Cabelos Negros).

Ela destampa o cesto de cozimento a vapor para verificar os *mandu*. O vapor embaça seus óculos. Quando eu era pequeno isso me fazia rir, e ela incrementava a coisa deixando que eles ficassem o mais embaçados possível e fingindo que não conseguia me ver. Agora simplesmente os tira do rosto e limpa com uma toalha.

– O que acontece com seu irmão? Por que fracassa? Ele nunca fracassa.

Sem os óculos ela parece mais nova, mais bonita. É estranho pensar que a mãe da gente é bonita? Provavelmente. Tenho certeza de que Charlie nunca pensa isso. Todas as namoradas dele (as seis) eram muito bonitas, garotas brancas ligeiramente rechonchudas de cabelo louro e olhos azuis.

Não, estou mentindo. Houve uma garota, Agatha. Foi a última namorada antes da faculdade.

Tinha olhos verdes.

Mamãe recoloca os óculos e espera, como se eu fosse ter uma resposta para ela. Odeia não saber o que acontece em seguida. A incerteza é sua inimiga. Acho que é porque ela cresceu pobre na Coreia do Sul.

– Ele nunca fracassa. Alguma coisa aconteceu.

E agora estou mais chateado ainda. Talvez nada tenha *acontecido* com Charles. Talvez ele tenha fracassado porque não gostava das aulas. Talvez ele não queira ser médico. Talvez não saiba o que quer. Talvez tenha simplesmente mudado.

Mas em nossa casa não temos permissão para mudar. Estamos no rumo para ser doutores e não há fuga possível.

– Vocês, garotos, têm muita facilidade aqui. América faz vocês moles.

Se eu tivesse ganhado um neurônio a cada vez que ouvi isso na vida, seria um gênio.

– Nós nascemos aqui, mamãe. Sempre fomos moles.

Ela funga.

– E entrevista? Você pronto? – Ela me olha de cima a baixo e acha que não estou à altura. – Corta o cabelo antes entrevista.

Há meses ela vem pegando no meu pé para eu cortar meu rabo de cavalo. Faço um som que pode ser de concordância ou discordância. Ela põe um prato de *mandu* à minha frente e eu como em silêncio.

Por causa da grande entrevista meus pais permitem que eu falte à escola. São só oito da manhã, mas de jeito nenhum vou ficar em casa e ter mais uma conversa assim. Antes que eu possa escapar, ela me dá uma bolsa de dinheiro com envelopes de depósito para eu entregar ao meu pai na loja.

– *Appa* esqueceu. Você leva para ele.

Tenho certeza de que ela pretendia dar ao Charlie antes de ele sair para a loja, mas esqueceu por causa do pequeno incidente na cozinha.

Pego a bolsa, o caderno e subo a escada para me vestir. Meu quarto fica no fim de um corredor comprido. Passo pelo quarto do Charlie (porta fechada, como sempre) e pelo dos meus pais. Minha mãe deixou, ainda embrulhadas e encostadas no portal, duas telas em branco. Hoje é seu dia de folga na loja e aposto que está ansiosa para passar um tempo sozinha, pintando. Ultimamente tem pintado baratas, moscas e besouros. Andei provocando-a, dizendo que está em seu Período Insetos Nojentos, mas gosto mais deste do que do Período Orquídeas Abstratas, de alguns meses atrás.

Faço um desvio rápido até o quarto vazio que ela usa como ateliê, para ver se pintou alguma coisa nova. Na verdade, há um quadro de um besouro enorme. A tela não é especialmente grande, mas o besouro ocupa todo o espaço. As pinturas da minha mãe sempre foram muito coloridas e lindas, mas algo na aplicação de toda aquela cor em seus desenhos complexos, quase anatômicos, de insetos as torna mais do que lindas. Este é pintado em verdes, azuis e pretos sombrios e perolados. A carapaça reluz como óleo derramado em água.

Há três anos, no aniversário dela, meu pai a surpreendeu contratando um funcionário para a loja em meio expediente, de modo que ela não precisasse ir todo dia. Também comprou um kit de tintas a óleo para iniciantes e algumas telas. Eu nunca a tinha visto chorar por causa de um presente. Desde então ela tem pintado.

De volta ao meu quarto, imagino pela décima milésima vez (mais ou menos) como seria a vida da minha mãe se ela jamais tivesse saído da Coreia. E se não tivesse conhecido meu pai? E se nunca tivesse tido Charlie e eu? Seria uma artista?

Visto o terno cinza novo, feito sob medida, e ponho a gravata vermelha. "Cor forte demais", disse minha mãe sobre a gravata no momento em que estávamos comprando. Evidentemente, apenas as pinturas a óleo podem ser coloridas. Eu a convenci dizendo que o vermelho faria com que eu parecesse confiante. Agora, me olhando no espelho, devo dizer que o terno me faz mesmo parecer confiante e sofisticado (é, sofisticado). Uma pena só usá-lo para essa entrevista, e não para alguma coisa importante de verdade para mim. Verifico a previsão do tempo no aplicativo do celular e decido que não preciso de sobretudo. A máxima vai ser de 20 graus – um perfeito dia de outono.

Apesar de eu ter ficado chateado com ela pelo modo como tratou o Charlie, dou um beijo em mamãe e prometo cortar o cabelo, e então saio de casa. Hoje à tarde minha vida vai entrar num trem destinado à estação *Doutor* Daniel Jae Ho Bae, mas até lá o dia é meu. Vou fazer o que o mundo mandar. Vou agir como se estivesse numa porcaria de uma música do Bob Dylan e voar na direção do vento. Vou fingir que meu futuro está em aberto e que qualquer coisa pode acontecer.

natasha

TUDO ACONTECE POR UM MOTIVO. É o que se costuma dizer. Minha mãe sempre fala isso. Em geral, as pessoas dizem isso quando algo vai mal, mas não mal *demais*. Um acidente de carro que não seja fatal. Um tornozelo torcido, não quebrado.

De modo revelador, minha mãe não disse isso ao se referir à nossa deportação. Que motivo poderia haver para algo tão terrível? Meu pai, que é culpado de tudo, diz:

– A gente nem sempre sabe qual é o plano de Deus.

Quero dizer a ele que talvez não devesse deixar tudo por conta de Deus, e que esperar mesmo sem esperança não é uma estratégia de vida. Mas isso significaria falar com ele, o que não desejo fazer.

As pessoas repetem essas coisas para que o mundo faça sentido. Secretamente, no fundo do coração, quase todo mundo acredita que existe algum sentido, alguma *objetividade* na vida. Justiça. Coisas boas acontecem com pessoas boas. Coisas ruins acontecem com pessoas ruins.

Ninguém quer acreditar que a vida é aleatória. Meu pai diz que não sabe de onde vem meu ceticismo; mas não sou cética. Sou realista. É melhor ver a vida como ela é, e não como a gente quer que seja. As coisas não acontecem por algum motivo. Simplesmente acontecem.

Mas aqui vão alguns Fatos Observáveis: se eu não tivesse me atrasado para o compromisso, não teria conhecido Lester Barnes. E, se ele não tivesse dito a palavra *irie*, eu não iria desmoronar. E, se eu não tivesse desmoronado, não traria agora, apertado na mão, o nome de um advogado conhecido como "solucionador".

Saio do prédio passando pela segurança. Tenho uma ânsia irracional, e totalmente fora do meu estilo, de agradecer a essa guarda – Irene –, mas ela está meio longe e ocupada passando a mão nas coisas de outra pessoa.

Verifico as mensagens no celular. Mesmo sendo apenas 5h30 na Califórnia, onde ela está, Bev mandou uma fila de pontos de interrogação. Penso em contar sobre essa última novidade, mas decido que não é de fato uma novidade.

Por enquanto nada, digito de volta. Desejo mais uma vez, egoisticamente, que ela esteja aqui comigo. Na verdade, o que desejo é estar lá com ela, visitando faculdades e tendo uma experiência normal de último ano do ensino médio.

Olho de novo o bilhete na minha mão. Jeremy Fitzgerald. O Sr. Barnes não quis deixar que eu ligasse do telefone dele para marcar uma consulta.

– É uma possibilidade muito remota – disse, antes de basicamente me colocar porta afora.

Fato Observável: a gente nunca deveria tentar uma possibilidade remota. Melhor estudar as chances e tentar a possibilidade provável. Mas, se a remota é a única, é preciso tentar.

irene

Uma história experimental

NA PAUSA PARA O ALMOÇO IRENE baixa o disco do Nirvana. Ouve três vezes seguidas. Na voz de Kurt Cobain escuta a mesma coisa que Natasha: um sofrimento perfeito e lindo, uma voz tão esgarçada de solidão e carência que poderia se partir. Irene acha que seria melhor se ela se partisse, melhor do que viver querendo e não tendo, melhor do que simplesmente *viver*.

Ela acompanha a voz de Kurt Cobain descendo, descendo até um lugar onde é escuro o tempo todo. Depois de pesquisar sobre ele na internet, descobre que a história de Cobain não tem um final feliz.

Irene planeja. Hoje será o último dia da sua vida.

A verdade é que vem pensando em se matar há anos. Nas letras de Cobain encontra finalmente as palavras. Escreve um bilhete de suicídio endereçado a ninguém: "Oh well. Whatever. Nevermind (Ah, bom. Tanto faz. Deixa pra lá)".

natasha

DOU APENAS DOIS PASSOS para fora do prédio e já digito o número.
— Gostaria de marcar uma hora para hoje, o mais cedo possível, por favor.
A mulher que atende parece estar numa construção. Ao fundo ouço o som de uma furadeira e pancadas fortes. Preciso repetir meu nome duas vezes.
— E qual é o assunto? — pergunta ela.
Hesito. O lance de ser imigrante ilegal é que a gente fica craque em guardar segredos. Antes de começar toda essa aventura da deportação, a única pessoa a quem contei foi Bev, ainda que ela não costume ser muito fantástica com segredos.
— Eles simplesmente escapam — diz ela, como se não tivesse nenhum controle sobre as coisas que saem da sua boca.
Mesmo assim, até Bev sabia como era importante guardar esse.
— Alô, senhora? Poderia dizer qual é o assunto? — pergunta de novo a mulher ao telefone.
Pressiono mais o telefone contra o ouvido e fico parada no meio da escadaria. À minha volta o mundo acelera como um filme cujas cenas avançam rapidamente. As pessoas sobem e descem a escada com uma velocidade três vezes maior do que a normal, com movimentos espasmódicos. As nuvens disparam lá em cima. O sol muda de posição no céu.
— Sou imigrante sem documentos — respondo.
Meu coração acelera como se eu estivesse há um longo tempo percorrendo uma distância enorme.
— Preciso saber mais do que isso — diz ela.
Então eu conto. Sou jamaicana. Meus pais entraram no país ilegalmente quando eu tinha 8 anos. Estamos aqui desde então. Meu pai foi preso por dirigir embriagado. Vamos ser deportados. Lester Barnes achou que o advogado Fitzgerald poderia ajudar.

Ela marca uma consulta para as onze horas.

– Posso ajudar em mais alguma coisa? – pergunta.

– Não. Isso basta.

O escritório do advogado fica ao norte de onde estou, perto da Times Square. Verifico o celular: 8h35. Uma brisa fraca sopra, levantando a barra da minha saia e brincando com meu cabelo. O tempo está surpreendentemente bom para meados de novembro. Talvez eu não precisasse da jaqueta de couro, afinal. De repente torço para que o inverno não seja gelado demais, e então me dou conta de que é provável que eu não esteja aqui para ver. Se a neve cai numa cidade e não há ninguém para sentir, mesmo assim faz frio?

Faz. A resposta a esta pergunta é sim.

Aperto a jaqueta em volta do corpo. Ainda é difícil acreditar que meu futuro vai ser diferente do que planejei.

Faltam duas horas e meia. Minha escola fica a apenas quinze minutos de caminhada daqui. Penso em ir até lá e dar uma última olhada no prédio. É uma escola muito competitiva na área de ciências e me esforcei um bocado para entrar nela. Não acredito que depois de hoje posso não vê-la nunca mais. No fim decido não ir; são muitas pessoas que eu poderia encontrar e muitas perguntas – como "Por que não foi à aula hoje?" – a que não quero responder.

Em vez disso decido matar o tempo andando os cinco quilômetros até o escritório do advogado. Minha loja de discos de vinil predileta fica no caminho. Ponho os fones de ouvido e boto para tocar o disco *Temple of the Dog*. Este é um dia do tipo rock grunge dos anos 1990, todo feito de angústia e guitarra barulhenta. A voz de Chris Cornell sobe e eu deixo que ela carregue para longe parte das minhas preocupações.

samuel kingsley

Uma história de arrependimento – Parte 1

O PAI DE NATASHA, SAMUEL, mudou-se para os Estados Unidos dois anos antes do resto da família. O plano era: Samuel iria primeiro e se estabeleceria como ator da Broadway. Seria mais fácil assim, sem ter que se preocupar com uma esposa e uma filha pequena. Sem elas, estaria livre para ir aos testes a qualquer momento. Estaria livre para fazer contatos com a comunidade teatral de Nova York. Originalmente, isso deveria valer apenas por um ano, mas virou dois. Teria virado três, mas a mãe de Natasha não pôde e não quis esperar mais.

Natasha tinha apenas 6 anos na época, mas se lembra dos telefonemas para os Estados Unidos. Sempre sabia quando era para lá porque a mãe precisava discar todos aqueles números extras. A princípio os telefonemas eram tranquilos. Seu pai parecia seu pai. Parecia feliz.

Depois de cerca de um ano, a voz dele mudou. Tinha um sotaque novo e engraçado que era mais engrolado do que o *patois*. Parecia menos feliz. Ela se lembra de ouvir as conversas dos dois. Não conseguia escutar o que ele falava, mas não precisava.

"Quer que a gente espere você mais quanto tempo?"

"Mas, Samuel, com você aí e a gente aqui, não somos mais uma família."

"Fale com sua filha, homem."

Até que um dia deixaram a Jamaica de vez. Natasha se despediu dos amigos e do resto da família acreditando que os veria de novo, talvez nas festas de fim de ano. Na época, não sabia o que significava ser imigrante ilegal. Que isso implicava nunca mais voltar para casa. Que sua casa nem pareceria mais sua casa, só um outro lugar estranho sobre o qual iria ler. No dia em que foram embora ela se lembra de estar no avião e pensar, preocupada, em como voariam através das nuvens, antes de perceber que as nuvens não se pareciam nem um pouco com bolas de algodão. Perguntou-se se seu pai iria reconhecê-la, se ainda iria amá-la. Fazia muito tempo.

Mas ele a reconheceu e ainda a amava. No aeroporto ele abraçou as duas, apertando muito.

– Meu Deus, como senti saudade de vocês! – disse, e apertou-as mais ainda.

Parecia o mesmo. Nesse momento até falou do mesmo jeito, com o sotaque de sempre. Mas o cheiro era diferente, de sabonete americano, roupas americanas e comida americana. Natasha não se importou. Estava muito feliz em vê-lo. Poderia se acostumar com qualquer coisa.

Durante os dois anos em que Samuel ficou sozinho nos Estados Unidos, morou com um velho amigo da família da mãe dele. Não precisava de emprego e usou as economias para cobrir as poucas despesas que tinha.

Quando todos se reuniram nos Estados Unidos, isso precisou mudar. Ele conseguiu um emprego de segurança num prédio de Wall Street. Arranjou um apartamento de um quarto para alugar na parte do Brooklyn chamada de Flatbush.

– Posso fazer isso dar certo – disse ele a Patricia.

Escolheu o turno da madrugada para ter tempo de comparecer aos testes durante o dia.

Mas durante o dia ficava cansado.

E não havia papéis para ele; e o sotaque não sumia, por mais que Samuel tentasse. E também não ajudou muito o fato de Patricia e Natasha falarem com ele usando um sotaque jamaicano forte, mesmo ele tentando ensinar a elas a pronúncia americana "certa".

E a rejeição não era uma coisa fácil. Para ser ator é necessário criar uma casca, mas a de Samuel nunca era grossa o bastante. A rejeição parecia lixa. E sua pele foi se desgastando sob o ataque constante. Depois de um tempo, Samuel não sabia direito o que duraria mais: ele mesmo ou seus sonhos.

daniel

Jovem resignado pega o trem 7 sentido oeste, em direção ao fim da infância.

Claro, posso estar sendo meio dramático, mas este é o sentimento. Este trem é uma Porra de Trem Mágico me levando rapidamente da infância (alegria, espontaneidade, diversão) para a vida adulta (sofrimento, previsibilidade, absolutamente nenhuma diversão). Quando sair, meu cabelo estará simples e cortado com bom gosto (ou seja: curto). Não vou mais ler (nem escrever) poesia – só biografias de Pessoas Muito Importantes. Vou ter um Ponto de Vista sobre assuntos sérios como imigração, o papel da Igreja Católica numa sociedade cada vez mais secular, a relativa mediocridade dos times de futebol profissional.

O trem para e metade das pessoas desce. Vou para meu lugar predileto: o banco duplo no canto perto da cabine do condutor. Esparramo o corpo e ocupo os dois lugares.

É, é detestável. Mas tenho um bom motivo para este comportamento, que envolve um trem completamente vazio certa noite às duas da madrugada (muito depois do toque de recolher) e um homem com uma cobra enorme enrolada no pescoço que optou por se sentar perto de mim, apesar de haver (mais ou menos) mil lugares vazios.

Pego o caderno no bolso interno do paletó. Tenho cerca de uma hora até a rua 34 em Manhattan, onde fica meu barbeiro favorito, e esse poema não vai se escrever sozinho. Cinquenta minutos (e três versos muito mal escritos) mais tarde, só faltam duas paradas para a minha. A porta da Porra do Trem Mágico se fecha. Seguimos por uns cinco metros pelo túnel e paramos com um rangido. As luzes se apagam, claro. Ficamos sentados por cinco minutos antes que o condutor decida que seria bom se comunicar. Espero ouvi-lo dizer que o trem vai prosseguir em pouco tempo, etc., mas o que ele diz é o seguinte:

– SEnhoras e SEnhores. Até ontem eu era exatamente igual a vocês. Estava num trem indo para lugar NEnhum, como vocês.

Puta que o pariu. Em geral os malucos estão *no* trem, e não *dirigindo* o trem. Meus colegas passageiros ficam tensos. "*Que diabo é isso?*" aparece em balõezinhos de fala sobre nossas cabeças.

– Mas aconteceu uma coisa COmigo. Tive uma EXperiência religiosa.

Não sei de onde ele é (Malucópolis, população: 1 pessoa). Ele exagera na pronúncia do início das palavras e parece que está sorrindo o tempo todo em que evangeliza.

– O PRÓprio Deus desceu do céu e me SALvou.

Há testas franzidas e olhos revirados numa incredulidade completa.

– ELE vai salvar vocês também, porque vocês precisam Aceitá-lo no coração. ACEItem agora antes de chegarem ao DEStino final.

Agora estou resmungando também, porque as frases de duplo sentido são o pior de tudo. Um cara de terno berra que o condutor deveria simplesmente fechar a porra da boca e dirigir o trem. Uma mãe cobre os ouvidos da filhinha e diz ao sujeito que ele não precisa usar uma linguagem dessas. A gente pode acabar dando uma de *Senhor das Moscas* no trem número 7.

Nosso condutor/evangelista fica quieto e passamos mais um minuto sentados no escuro antes de voltarmos a nos mover. Entramos na estação Times Square, mas as portas não se abrem imediatamente. Os alto-falantes estalam.

– SEnhoras e SEnhores. Este trem está fora de SERviço. Façam um FAvor a si mesmos. Saiam daqui. Vocês vão encontrar Deus se procurarem por ele.

Saímos todos do trem, em algum estado entre o alívio e a raiva.

Todo mundo tem que ir para algum lugar. Encontrar Deus não está na programação.

natasha

OS SERES HUMANOS não são criaturas razoáveis. Em vez de governados pela lógica, somos governados pelas emoções. O mundo seria um lugar mais feliz se o oposto fosse verdade. Por exemplo, baseada num único telefonema, comecei a esperar um milagre.

E nem acredito em Deus.

o condutor

Uma história evangélica

O DIVÓRCIO DO CONDUTOR não foi fácil. Um dia sua mulher simplesmente anunciou que não o amava mais. Não conseguia explicar por quê. Não estava tendo um caso. Não queria estar com outra pessoa. Mas o amor que sentia antes havia acabado.

Nos quatro anos desde que o divórcio se oficializou, é justo dizer que o condutor se tornou uma espécie de descrente. Ele se lembra dos votos que os dois fizeram diante de Deus e de todo mundo. Se a pessoa que deveria amar você eternamente para de amá-lo repente, em que acreditar?

Inseguro e sem amarras, ele ficou à deriva, de cidade em cidade, de apartamento em apartamento, de emprego em emprego, ancorado ao mundo por quase nada. Tem dificuldade para dormir. A única coisa que ajuda é assistir à TV tarde da noite, sem som. A cascata interminável de imagens acalma a mente e o leva ao sono.

Certa noite, enquanto está cumprindo o mesmo ritual, um programa que nunca tinha visto atrai seu olhar. Um homem está de pé num pódio diante de uma plateia gigantesca. Atrás dele há uma tela enorme com o rosto do mesmo homem projetado. Ele está chorando. A câmera gira e mostra a plateia fascinada. Algumas pessoas choram, mas o condutor sabe que não é de tristeza.

Nessa noite ele não dorme. Aumenta o som e fica acordado a noite toda assistindo ao programa.

No dia seguinte pesquisa um pouco e encontra o Cristianismo Evangélico, e isso o leva a uma viagem da qual ele não sabia que necessitava. Descobre que existem quatro etapas principais para se tornar cristão evangélico. Primeiro, você precisa renascer. O condutor adora a ideia de alguém poder se renovar, livre do pecado e, portanto, digno do amor e da salvação.

Segundo e terceiro, você precisa acreditar totalmente na Bíblia e no fato de que Cristo morreu para que nossos pecados possam ser perdoados. Por fim, você precisa virar uma espécie de ativista, compartilhando e espalhando a mensagem do evangelho.

E é por isso que o condutor faz seu anúncio pelos alto-falantes. Como ele poderia não compartilhar o júbilo recém-descoberto com seus companheiros humanos? E é júbilo. Há uma espécie de júbilo puro na certeza da crença. A certeza de que sua vida tem um propósito e um significado. De que, ainda que sua vida terrena possa ser difícil, existe um lugar melhor no futuro e que Deus tem um plano para você chegar lá.

De que todas as coisas que aconteceram com ele, mesmo as ruins, aconteceram por um motivo.

daniel

JÁ QUE ESTOU DEIXANDO O UNIVERSO determinar minha vida neste Último Dia da Infância, decido não esperar outro trem que me leve à rua 34. O condutor mandou encontrar Deus. Talvez Ele (ou Ela... Ah, até parece. Deus é, definitivamente, um cara. De que outro modo explicar as guerras, as doenças e as ereções matinais?) esteja aqui na Times Square, só esperando ser encontrado. Mas assim que chego à rua lembro que a Times Square é uma espécie de inferno (um poço feroz de anúncios de néon piscando e vendendo todos os sete pecados capitais). Deus jamais pararia aqui.

Ando pela Sétima Avenida em direção ao meu barbeiro, mantendo o olhar atento a alguma espécie de Sinal. Na 37 vejo uma igreja. Subo a escada e experimento a porta, mas está trancada. Deus deve estar dormindo lá dentro. Olho à esquerda e à direita. Ainda nenhum Sinal. Estou procurando alguma coisa sutil, tipo um homem de cabelo comprido transformando água em vinho e segurando uma placa em que proclama ser Jesus Cristo, Nosso Senhor e Salvador.

Que se dane a sutileza: sento-me nos degraus. Do outro lado da rua as pessoas estão desviando de uma garota que oscila ligeiramente. É negra, com uma enorme cabeleira afro encaracolada e fones de ouvido cor-de-rosa quase igualmente enormes. Os fones são do tipo que tem almofadas gigantes para bloquear o som externo (e também o resto do mundo). Seus olhos estão fechados e ela está com uma das mãos no coração. Em completo êxtase.

A coisa toda dura uns cinco segundos antes que ela abra os olhos. Olha ao redor, encolhe os ombros como se estivesse sem graça e vai andando rapidamente. O que quer que esteja ouvindo deve ser incrível, para fazer com que ela se perca bem ali no meio de uma calçada em Nova York. A única coisa capaz de fazer com que eu me sinta assim é escrever poesia, e isso não vai poder acontecer nunca mais.

Eu daria tudo para desejar de verdade a vida que meus pais querem para mim. As coisas seriam mais fáceis se a carreira de medicina me empolgasse. Ser médico parece uma daquelas coisas pelas quais a gente *deveria* ter paixão. Salvar vidas e coisa e tal. Mas tudo que sinto é eca.

Observo enquanto a garota se afasta. Ela muda a mochila para um dos ombros e eu vejo: nas costas da jaqueta de couro está impresso DEUS EX MACHINA em letras grandes e brancas. *Deus saído da máquina.* Ouço a voz do condutor na cabeça e me pergunto se é um Sinal.

Em geral não sou de perseguir ninguém, e não estou exatamente seguindo a garota. Estou mantendo a distância inocente de meio quarteirão entre nós.

Ela entra numa loja chamada Discos Segundo Advento. Sem sacanagem. Agora sei: é definitivamente um Sinal, e estou falando sério sobre voar na direção do vento hoje. Quero saber aonde ele me leva.

natasha

ENTRO NA LOJA DE DISCOS esperando evitar os olhares de qualquer pessoa que tenha me visto agindo feito uma desequilibrada na rua. Estava tendo um momento de êxtase com minha música. Chris Cornell cantando "Hunger Strike" me pega toda vez que ouço. Ele canta o refrão como se sempre tivesse sentido fome.

Dentro da Segundo Advento as luzes são fracas e o ar cheira a poeira e odorizador de ambiente com perfume de limão, como sempre. Eles mudaram um pouco a arrumação desde a última vez em que estive aqui. Os discos eram organizados por década, mas agora são por gênero musical. Cada seção tem seu pôster definidor de era: *Nevermind*, do Nirvana, para o grunge. *Blue Lines*, do Massive Attack, para o trip-hop. *Straight Outta Compton*, do N. W. A., para o rap.

Eu poderia passar o dia inteiro aqui. Se hoje não fosse Hoje, eu *passaria* o dia inteiro aqui. Mas não tenho tempo nem dinheiro.

Estou indo para o trip-hop quando noto um casal se beijando na seção de divas pop, no canto do fundo. Estão de lábios colados perto de um pôster do *Like a Virgin*, da Madonna, por isso não posso ver os rostos exatamente, mas conheço intimamente o perfil do cara. É meu ex-namorado Rob. Sua parceira de grude é Kelly, a garota com quem ele me traiu.

De todas as pessoas nas quais eu poderia trombar... e logo hoje! Por que ele não está na escola? Sabe que este lugar é meu. Ele nem gosta de música. A voz da minha mãe ressoa na minha cabeça. *As coisas acontecem por um motivo, Tasha.* Não acredito nessa ideia, mas mesmo assim tem que haver uma explicação lógica para este dia horrível. Queria que Bev estivesse aqui comigo. Se estivesse, eu nem teria entrado na loja. *Velha demais e chata demais*, diria ela. Em vez disso provavelmente estaríamos na Times Square observando os turistas e tentando adivinhar, com base em suas roupas, de onde eram. Os alemães costumam usar bermuda não importa o clima.

Como se ver Rob e Kelly tentando comer o rosto um do outro não fosse nojento o suficiente, vejo a mão dela se estender, pegar um disco e depois enfiar entre os corpos dos dois e para dentro de sua jaqueta muito larga, perfeita para roubos.

Meu. Deus.

Eu preferiria ter os olhos queimados a continuar espiando, mas olho. Na verdade, não consigo acreditar no que vejo. Eles devoram um ao outro por mais alguns segundos e depois ela estende a mão de novo.

– Ah, meu Deus, eles são nojentos. Por que são tão nojentos?

As palavras escorrem da minha boca antes que eu possa impedir. Como minha mãe, tenho tendência a pensar em voz alta.

– Ela vai mesmo roubar aquilo? – questiona uma voz igualmente incrédula ao meu lado.

Dou uma olhada rápida para ver com quem estou falando. É um garoto asiático de terno cinza e gravata vermelha ridiculamente espalhafatosa.

Viro o rosto outra vez para olhar mais um pouco.

– Não tem ninguém trabalhando aqui? Eles não veem o que está acontecendo? – pergunto mais para mim mesma do que para ele.

– Não deveríamos falar alguma coisa?

– Com eles? – Indico os ladrõezinhos.

– Com os funcionários, talvez?

Balanço a cabeça sem olhar para ele.

– Eu conheço os dois.

– A Mão Leve é sua amiga? – A voz dele sai ligeiramente acusadora.

– É namorada do meu namorado.

O Gravata Vermelha afasta a atenção do crime em progresso e se vira para mim.

– Como isso funciona, exatamente?

– Quero dizer, *ex*-namorado. Ele me traiu com ela, na verdade.

Estou mais incomodada por ver o Rob do que imagino. É a única explicação para eu me dispor a dar essa informação a um estranho.

Gravata Vermelha volta a atenção de novo para o pequeno delito.

– Grande casal: um traidor e uma ladra.

Dou um meio sorriso. Ele diz:

– Deveríamos contar a alguém.

Balanço a cabeça.

– De jeito nenhum. Conta você.

– Juntos teremos mais credibilidade – devolve ele.
– Se eu disser alguma coisa, vai parecer que estou com ciúme.
– E está?
Olho para ele. Seu rosto é simpático.
– Essa pergunta é meio pessoal, não é, Gravata Vermelha?
Ele dá de ombros, dizendo:
– Estávamos tendo um momento íntimo.
– Não.
E me viro mais uma vez para observar os dois. Rob sente que estou olhando e me vê antes que eu possa desviar o olhar.
– Jesus Cristo – sussurro baixinho.
Rob me lança seu meio sorriso idiota e um aceno. Quase faço um sinal mandando ele para aquele lugar. Como foi que namorei esse cara durante oito meses e quatro dias? Como deixei que esse cúmplice de roubo segurasse minhas mãos e me beijasse?
Encaro o Gravata Vermelha.
– Ele está vindo para cá?
– Está.
– Talvez a gente devesse se beijar ou algo assim, tipo os espiões nos filmes – sugiro.
Gravata Vermelha fica vermelhíssimo.
– Estou brincando – digo sorrindo.
Ele não responde nada, só fica um pouquinho mais rubro. Olho a cor aquecer seu rosto.
Rob chega antes que o Gravata Vermelha possa se controlar e reagir.
– Oi – diz ele.
Sua voz tem um tom profundo, um barítono tranquilizante. É uma das coisas de que eu gostava. Além disso, ele parece um jovem Bob Marley, só que branco e sem os dreadlocks.
– Por que você e sua namorada estão roubando coisas? – intervém o Gravata Vermelha antes que eu possa dizer algo ao Rob.
Rob levanta as mãos e dá um passo para trás.
– Ei, cara. Fala baixo. – Ele gruda de novo o meio sorriso idiota no rosto idiota.
Gravata Vermelha fala mais alto ainda:
– Esta é uma loja de discos independente. Isso quer dizer que pertence a uma família. Vocês estão roubando de pessoas de verdade. Sabe como

é difícil os negócios pequenos sobreviverem quando pessoas como vocês roubam coisas?

Gravata Vermelha está indignado e Rob até consegue parecer um tanto sem graça.

– Não olhe agora, mas acho que sua namorada acaba de ser apanhada – digo.

Dois funcionários da loja estão sussurrando furiosamente com Kelly e batendo de leve na frente da jaqueta dela.

O rosto idiota de Rob finalmente perde o sorriso idiota. Em vez de ir salvar Kelly, ele enfia as mãos nos bolsos e anda/corre em direção à porta da loja. Kelly chama seu nome enquanto ele foge, mas Rob não para. Um funcionário ameaça chamar a polícia. Ela implora a ele que não faça isso e tira dois discos da jaqueta. Kelly tem bom gosto. Vejo Massive Attack e Portishead.

O funcionário arranca os discos da mão dela.

– Se voltar aqui, eu chamo a polícia.

Ela sai correndo da loja gritando por Rob.

– Bom, isso foi divertido – diz o Gravata Vermelha depois de ela sair.

Ele dá um sorriso enorme e me fita com olhos felizes. Tenho uma sensação de déjà vu. Já estive aqui. Já vi esses olhos brilhantes e esse sorriso. Até já tive essa conversa.

Mas então o momento passa.

Ele estende a mão e se apresenta:

– Daniel.

Sua mão é quente, grande e macia, e segura a minha por um tempo um pouquinho maior do que deveria.

– Prazer em conhecê-lo – digo, puxando a mão de volta.

O sorriso dele é legal, legal mesmo, mas não tenho tempo para garotos de terno com sorrisos legais. Ponho os fones de volta. Ele ainda está esperando que eu diga meu nome.

– Tenha uma vida boa, Daniel – falo.

E saio pela porta.

daniel

Pretenso dom-juan aperta a mão de garota bonita e oferece empréstimo imobiliário com taxa de juros razoável.

Aperto a mão dela. Estou usando terno e gravata e aperto a mão dela.
O que eu sou? Um funcionário de banco?
Quem conhece uma garota bonita e aperta a mão dela?
Charlie diria alguma coisa encantadora para ela. Os dois estariam tomando um café em algum lugar escuro e romântico. Ela já estaria sonhando com bebezinhos mestiços, meio coreanos, meio afro-americanos.

natasha

DO LADO DE FORA AS RUAS estão mais apinhadas do que antes. A multidão é uma mistura de turistas que se afastaram demais da Times Square e nova-iorquinos de verdade querendo que os turistas simplesmente voltem para a Times Square. Um pouco adiante na rua vejo Rob e Kelly. Fico parada olhando os dois por um tempo. Ela está chorando, e sem dúvida ele está tentando dizer que não é um sacana infiel e desleal. Tenho a sensação de que ele vai ter sucesso. Rob é muito convincente e ela quer ser convencida.

Nós nos sentávamos perto um do outro na aula de física avançada no ano passado. Eu só o notei porque ele me pediu ajuda a respeito de isótopos e meia-vida. Sou excelente nessa matéria. Ele me chamou para ir ao cinema depois de ir bem no teste na semana seguinte.

Ser parte de um casal era novidade para mim, mas gostei. Gostei de nos encontrarmos perto do armário dele entre as aulas e de sempre ter planos para o fim de semana. Gostei de ser considerada parte de um casal e de sair com Bev e Derrick. Por mais que odeie admitir agora, eu gostava *dele*. E aí ele me traiu. Ainda me lembro de ter me sentido magoada, enganada e, estranhamente, envergonhada. Como se eu tivesse culpa de ele me trair. Mas o que nunca pude entender foi por que ele mentiu. Por que não terminar comigo e namorar a Kelly?

Mesmo assim, não demorei muito a superar. E é isso que me deixa cautelosa. Para onde foram todos aqueles sentimentos? As pessoas passam a vida inteira procurando o amor. Mas como a gente vai confiar numa coisa que pode acabar tão subitamente quanto começa?

meia-vida

Uma história de decaimento

A MEIA-VIDA DE UMA SUBSTÂNCIA é o tempo que ela demora para perder metade do valor inicial.

Na física nuclear, é o tempo que os átomos instáveis demoram para perder energia emitindo radiação. Na biologia, geralmente se refere ao tempo necessário para eliminar metade de uma substância (água, álcool, medicamentos) do corpo. Na química, é o tempo necessário para converter metade de um reagente (hidrogênio, oxigênio, por exemplo) em um produto (água).

No amor, é a quantidade de tempo que demora para os amantes sentirem metade do que sentiram um dia.

Quando Natasha pensa no amor, é nisto que pensa: nada dura para sempre. Como o hidrogênio-7, o lítio-5 ou o boro-7, o amor tem uma meia-vida infinitesimalmente pequena que decai até o nada. E quando acaba é como se nunca tivesse existido.

daniel

A GAROTA SEM NOME parou num cruzamento à minha frente. Juro que não estou indo atrás dela. Ela apenas está indo para onde eu vou. Ela recolocou os fones de ouvido e está balançando com a música outra vez. Não posso ver seu rosto, mas suponho que os olhos estejam fechados. Ela perde a oportunidade de atravessar uma vez e agora estou logo atrás. Se ela se virasse acharia, sem dúvida, que a estou perseguindo. O semáforo fica vermelho e ela sai do meio-fio.

Não está prestando atenção suficiente para perceber que um cara num BMW branco vai avançar o sinal vermelho. Mas eu estou suficientemente perto.

Puxo seu braço para trás. Nossos pés se embolam. Tropeçamos um no outro e caímos na calçada. Ela meio que aterrissa em cima de mim. Seu celular não tem tanta sorte e cai na calçada.

Umas duas pessoas perguntam se estamos bem, mas a maioria apenas desvia de nós como se fôssemos só mais um objeto na pista de obstáculos que é Nova York.

A Garota Sem Nome sai de cima de mim e olha para o celular. Algumas rachaduras imitam teias de aranha na tela.

— O que foi isso?! — diz ela, e é tanto uma pergunta quanto um protesto.
— Você está bem?
— Aquele cara quase me matou.

Levanto os olhos e vejo que o carro parou perto da calçada no quarteirão seguinte. Tenho vontade de gritar com o motorista, mas não quero deixá-la sozinha.

— Você está bem? — pergunto de novo.
— Sabe há quanto tempo eu tenho isto?

A princípio, acho que a garota está falando do telefone, mas são os fones de ouvido que ela aninha nas mãos. De algum modo eles quebraram na nossa queda. Uma das almofadas está rasgada e pendurada no fio e o invólucro rachou.

Ela parece prestes a chorar.

– Compro outro para você.

Estou desesperado para impedir suas lágrimas, mas não porque eu seja nobre nem nada. Sou do tipo chorão por contágio. Sabe quando uma pessoa começa a bocejar e todo mundo também começa? Sou assim, só que com o choro; e não tenho intenção de chorar na frente da garota bonita cujos fones de ouvido acabei de quebrar.

Parte dela quer dizer sim à minha oferta, mas já sei que não vai. Ela aperta os lábios e balança a cabeça.

– É o mínimo que posso fazer – digo.

Por fim ela me olha.

– Você já salvou minha vida.

– Você não teria morrido. Ficaria meio aleijada, talvez.

Estou tentando fazer com que ela ria, mas de nada adianta. Seus olhos se enchem de lágrimas.

– Estou tendo o pior dia da minha vida – confessa.

Desvio os olhos para que ela não veja minhas lágrimas se formando.

donald christiansen

Uma história de dinheiro

DONALD CHRISTIANSEN SABE o preço de coisas que não têm preço. Chega a ter tabelas na mente. Sabe o custo da vida humana perdida num acidente de avião, num acidente de carro, num desastre de mineração. Sabe essas coisas porque já trabalhou com seguros. Seu trabalho era precificar as coisas indesejadas e inesperadas.

O preço por atropelar sem querer uma garota de 17 anos que obviamente não estava prestando atenção é consideravelmente menor do que o preço por sua filha ser morta por um motorista digitando no celular. Na verdade, a primeira coisa em que pensou ao saber da notícia da filha foi o preço que a companhia de seguros pagaria.

Ele para o carro, acende o pisca-alerta e apoia a cabeça no volante. Toca o frasco que está no bolso do paletó. As pessoas se recuperam dessas coisas? Ele acha que não.

Já faz dois anos, mas o sofrimento não o abandonou, não dá sinais de ir embora até tirar tudo dele. Custou seu casamento, seu sorriso, a capacidade de comer o suficiente, dormir o suficiente e sentir o suficiente.

Custou a capacidade de ficar sóbrio.

E foi por isso que quase atropelou Natasha.

Donald não sabe direito o que o Universo estava tentando dizer ao lhe tirar a filha única, mas o que aprendeu foi o seguinte: ninguém pode colocar preço em todas as perdas. E outra coisa: todas as nossas histórias futuras podem ser destruídas num único instante.

natasha

GRAVATA VERMELHA AFASTA os olhos de mim. Acho que ele está prestes a chorar, e isso não faz sentido. Ele se oferece para me comprar fones de ouvido novos. Mesmo que eu permita, os novos não podem substituir estes.

Tenho estes fones desde que chegamos aos Estados Unidos. Quando meu pai os comprou para mim, ainda tinha esperanças de realizar muita coisa aqui. Ainda estava tentando convencer minha mãe de que, no fim das contas, a mudança de país, para longe de todos os amigos e parentes, valeria a pena. Ele ia fazer sucesso. Ia alcançar o Sonho Americano que os próprios americanos sonham.

Eu e meu irmão éramos usados para ajudar a convencer minha mãe. Ele nos comprava, à prestação, muitos presentes – coisas que não poderíamos ter nem pagando a prazo. Mas se nós dois estávamos felizes aqui, talvez a mudança tivesse sido, afinal, a coisa certa.

Eu não me importava com os motivos para os presentes. Os fones caríssimos foram meu presente favorito. A mim só importava o fato de que eles tinham a minha cor favorita e prometiam som de alta qualidade. Foram meu primeiro amor. Eles conhecem todos os meus segredos. Sabem quanto eu adorava meu pai. Sabem que estou me odiando por não adorá-lo nem um pouco agora.

Parece fazer muito tempo desde quando eu o achava o máximo. Ele era um planeta exótico e eu era seu satélite predileto. Mas ele não é nenhum planeta, é só a última luz desbotada de uma estrela morta.

E não sou um satélite. Sou lixo espacial, me distanciando dele o máximo que posso.

daniel

NÃO ACHO QUE EU JÁ TENHA REPARADO em alguém como estou reparando nessa garota. A luz do sol se infiltra pelo cabelo dela, formando uma espécie de halo ao redor de sua cabeça. Mil emoções passam pelo seu rosto. Os olhos são pretos e grandes, com cílios longos. Posso me imaginar olhando para eles por um tempo enorme. Neste momento estão opacos, mas sei exatamente como ficariam se estivessem brilhantes e sorridentes. Imagino se consigo fazer com que ela ria. Sua pele é de um marrom quente e sedoso. Os lábios são rosados e cheios, e é provável que eu esteja olhando para eles há muito tempo. Felizmente ela está triste demais para notar o sacana superficial (e cheio de tesão) que eu sou.

Ela ergue o olhar dos fones de ouvido quebrados. Quando nossos olhos se encontram, sinto uma espécie de déjà vu, mas, em vez de parecer que estou repetindo alguma coisa do passado, parece que experimento algo que vai acontecer no futuro. Vejo nós dois velhos. Não consigo enxergar nossos rostos; não sei quando nem onde estamos. Mas tenho uma sensação estranha e feliz que não consigo descrever de modo exato. É como conhecer todas as palavras de uma música mas ainda assim achar que são lindas e surpreendentes.

natasha

FICO DE PÉ E LIMPO A SUJEIRA da minha roupa. Este dia não pode piorar. Vai ter de acabar em algum momento.
– Você estava me seguindo? – pergunto.
Estou mais irritada do que deveria ficar com alguém que acaba de salvar minha vida.
– Cara, eu sabia que você ia pensar isso.
– Por acaso você estava atrás de mim? – Remexo nos fones de ouvido, tentando reencaixar a almofada, mas não adianta.
– Talvez eu estivesse destinado a salvar sua vida hoje.
Ignoro isso.
– Certo, obrigada pela ajuda – digo, me preparando para ir embora.
– Pelo menos diga qual é o seu nome.
– Gravata Vermelha...
– Daniel.
– Certo, Daniel. Obrigada por me salvar.
– Esse é um nome comprido.
Ele não tira os olhos dos meus. Não vai desistir até eu dizer.
– Natasha.
Acho que ele vai apertar minha mão de novo, mas em vez disso enfia as mãos nos bolsos.
– Belo nome.
– Fico feliz que você aprove. – Ofereço meu tom mais sarcástico.
Ele não diz mais nada, só me olha com a testa ligeiramente franzida, como se tentasse deduzir alguma coisa.
Por fim, não aguento mais.
– Por que está me encarando?
Ele fica vermelho de novo, e agora eu é que estou encarando. Dá para ver como seria divertido provocá-lo, só para ele ficar vermelho. Deixo o olhar

percorrer os ângulos do seu rosto. Ele é classicamente bonito; até mesmo sofisticado. Olhando esse cara aqui parado, de terno, posso visualizá-lo numa comédia romântica antiga de Hollywood, em preto e branco, trocando diálogos espirituosos com sua heroína. Os olhos são de um castanho límpido e profundo. De algum modo sei que ele sorri bastante. O cabelo preto e grosso está preso num rabo de cavalo.

Fato Observável: o rabo de cavalo o promove de bonito para sexy. Ele diz:

– Agora *você* está me encarando.

É minha vez de ficar vermelha.

Pigarreio.

– Por que você está de terno?

– Tenho uma entrevista mais tarde. Quer comer alguma coisa?

– Para quê?

– Yale. Entrevista para admissão, com um ex-aluno. Foi a única universidade para a qual me inscrevi.

Nego com um gesto de cabeça.

– Não. Quero saber por que você quer comer alguma coisa.

– Porque estou com fome? – responde ele perguntando, como se não tivesse certeza.

– Hmmm. Eu não.

– Café, então? Ou chá, ou refrigerante, ou água filtrada?

– Por quê? – pergunto, percebendo que ele não vai desistir.

Seus ombros se encolhem, mas os olhos não.

– Por que não? Além disso, tenho certeza de que você me deve sua vida, já que acabei de salvá-la.

– Acredite, você não quer minha vida.

daniel

CAMINHAMOS DOIS QUARTEIRÕES compridos para o oeste, na direção da Nona Avenida, e passamos por nada menos do que três cafés. Dois deles são da mesma cadeia nacional. Escolho o independente, porque nós, ligados a estabelecimentos de família, precisamos nos apoiar.

O lugar tem móveis de madeira escura e cheira exatamente como você acha que cheiraria. Além disso, é ligeiramente elegante demais. E com ligeiramente quero dizer que há vários quadros a óleo pendurados na parede, cada um representando um único grão de café. Quem imaginaria que os retratos de grãos de café são chiques? Quem imaginaria que eles poderiam parecer tão solitários?

Não há quase ninguém aqui, e os três baristas atrás do balcão parecem bem entediados. Tento animar a vida deles pedindo uma bebida tremendamente elaborada na qual entram meia dose de café, leites com vários níveis de gordura, caramelo e xarope de baunilha.

Eles continuam parecendo entediados.

Natasha pede café puro sem açúcar. É difícil não ler sua personalidade no pedido de café. Quase digo alguma coisa, mas percebo que ela pode achar que estou fazendo uma piada racista, o que seria um modo Muito Ruim (numa escala que vai de Ruim a Extremamente Ruim. A escala inteira é: Ruim, Um Pouco Ruim, Moderadamente Ruim, Muito Ruim e Extremamente Ruim) de começar esse relacionamento.

Ela insiste em pagar, dizendo que é o mínimo que pode fazer. Minha bebida custa 6,38 dólares, e eu digo que o custo de salvar uma vida é de pelo menos duas bebidas elaboradas. Ela nem sorri.

Escolho uma mesa no fundo e o mais longe possível da não ação. Assim que nos sentamos, ela pega o celular para verificar a hora. Ele ainda funciona, apesar das rachaduras na tela. Ela passa o polegar por elas e suspira.

– Precisa ir a algum lugar? – pergunto.

– Preciso – responde ela, e desliga o telefone.

Espero que ela continue a falar, mas definitivamente não vai fazer isso. Seu rosto me desafia a perguntar mais, porém alcancei minha cota de coisas ousadas (1 = seguir uma garota bonita, 2 = gritar com o ex-namorado da garota bonita, 3 = salvar a vida da garota bonita, 4 = convidar a garota bonita para um café) para o dia.

Ficamos sentados num silêncio bem desconfortável durante 33 segundos. Entro naquele estado de constrangimento de quando você está com uma pessoa nova e quer muito que ela goste de você.

Vejo todos os meus movimentos através dos olhos dela. Será que esse gesto de mão me faz parecer um idiota? Será que minhas sobrancelhas estão se arrastando para fora do rosto? Isto é um sorriso sensual ou será que pareço estar tendo um derrame?

Estou nervoso, por isso exagero todos os movimentos. SOPRO meu café, TOMO UM GOLE, MEXO, representando o papel de um adolescente moderno tomando uma bebida de verdade chamada café.

Sopro a bebida com muita força e um pouco de espuma voa. Eu não poderia ser mais descolado. Eu me namoraria (na verdade, não). É difícil dizer, mas ela pode ter sorrido ligeiramente do voo da espuma.

– Ainda está feliz porque salvou minha vida?

Tomo um gole grande demais e queimo não somente a língua mas todo o caminho garganta abaixo. Meu Deus. Talvez seja um sinal de que devo desistir. Obviamente não estou destinado a impressionar essa garota.

– Eu deveria me arrepender?

– Bom, não estou sendo exatamente legal com você.

Ela é bem direta, por isso decido ser direto também.

– É verdade, mas não tenho uma máquina do tempo para voltar e desfazer tudo. – Falo isso sem demonstrar emoção.

– Você desfaria? – pergunta ela, franzindo a testa ligeiramente.

– Claro que não.

Que tipo de imbecil ela acha que eu sou?

Ela pede licença para ir ao banheiro. Para não estar sentado de modo desinteressante quando ela voltar, pego meu caderno e fico mexendo no poema. Ainda estou escrevendo quando ela volta.

– Ah, não – resmunga ela ao se sentar.

– O que foi?

Ela indica meu caderno.

– Você não é poeta, é?

Seus olhos estão sorrindo, mas mesmo assim fecho o caderno depressa e enfio de volta no paletó.

Talvez não seja uma ideia muito boa. O que estou pensando, com esse absurdo de déjà vu reverso? Só estou afastando o futuro. Como meus pais querem, vou me casar com uma adorável garota coreano-americana. Diferentemente do Charles, não tenho nada contra as coreanas. Ele diz que não fazem o seu tipo, mas não entendo de verdade o conceito de ter um tipo. Meu tipo são garotas. Todas. Por que iria limitar as opções de namoro?

Vou ser um médico fantástico que sabe ouvir seus pacientes.

Vou ser perfeitamente feliz.

Mas alguma coisa em Natasha me faz pensar que minha vida poderia ser extraordinária.

É melhor que ela seja babaca e a gente siga por caminhos separados. Não consigo pensar em nenhum modo de meus pais (principalmente meu pai) acharem bom que eu namore uma garota negra.

Mesmo assim, faço uma última tentativa:

– O que você faria se tivesse uma máquina do tempo?

Pela primeira vez desde que nos sentamos ela não parece irritada nem entediada. Franze a testa e se inclina sobre a mesa.

– Ela pode viajar para o passado?

– Claro. É uma máquina do tempo.

O olhar dela me diz que há muita coisa que eu não sei.

– A viagem para o passado é um negócio cheio de complicações.

– Digamos que a gente supere as complicações. O que você faria?

Ela pousa o café, cruza os braços na frente do peito. Seus olhos estão mais brilhantes.

– E vamos ignorar o paradoxo do avô? – pergunta.

– Completamente – respondo, fingindo que sei do que ela está falando.

Mas ela percebe que não faço ideia do que aquilo significa.

– Não conhece o paradoxo do avô?

Sua voz sai incrédula, como se eu desconhecesse uma informação básica sobre o mundo (tipo como os bebês são feitos). Será que ela é uma nerd fanática por ficção científica?

– Não, não conheço.

– Certo. Digamos que você tenha um avô mau.

– Ele morreu. Só me encontrei com ele uma vez na Coreia. Ele parecia legal.

– Você é coreano?

– Coreano-americano. Nasci aqui.

– Sou jamaicana. Nasci lá.

– Mas não tem sotaque.

– Bom, estou aqui há um tempo.

Ela aperta a xícara e sinto que seu humor está começando a mudar.

– Fale do paradoxo – cutuco, tentando distraí-la.

Isso funciona e ela se anima de novo.

– Certo. Digamos que seu avô estivesse vivo e que ele fosse mau.

– Vivo e mau – digo, confirmando com a cabeça.

– Ele é mau de verdade, por isso você inventa uma máquina do tempo e volta ao passado para matá-lo. Digamos que você o mate antes de ele conhecer sua avó. Isso significaria que um dos seus pais nunca nasceu e que você nunca nasceu, então não pode voltar no tempo para matá-lo. Mas... se você matá-lo *depois* de ele conhecer sua avó, aí você *vai* nascer, e aí vai inventar uma máquina do tempo para matá-lo. Esse círculo vai continuar para sempre.

– Hã. É, estamos definitivamente ignorando isso.

– E também estamos ignorando o princípio de autoconsistência de Novikov, imagino?

Antes eu achava que ela era bonita, mas agora ela é mais bonita ainda. Seu rosto está animado, o cabelo balançando e os olhos reluzindo. Está gesticulando com as mãos, falando sobre pesquisadores do MIT e de alterar a probabilidade para impedir os paradoxos.

– De modo que, teoricamente, você não poderia matar seu avô, porque a arma iria falhar no momento exato, ou você teria um ataque cardíaco...

– Ou uma jamaicana bonita entraria na sala e me derrubaria.

– É. Alguma coisa estranha e improvável aconteceria de modo que o impossível não acontecesse.

– Hã – digo de novo.

– Isso é mais do que um "hã" – diz ela, sorrindo.

É mais do que um hã, mas não consigo pensar em nada inteligente ou espirituoso para dizer. Estou tendo dificuldade para pensar e olhar para ela ao mesmo tempo.

Há uma expressão japonesa da qual eu gosto: *koi no yokan*. Não significa exatamente amor à primeira vista. É mais parecido com amor à segunda vista. É a sensação que a gente tem quando conhece uma pessoa por quem vai se apaixonar. Talvez você não a ame imediatamente, mas é inevitável que acabe amando.

Tenho quase certeza de que é isso que estou experimentando. O único probleminha (possivelmente intransponível) é que tenho quase certeza de que Natasha não está.

natasha

NÃO DIGO AO GRAVATA VERMELHA toda a verdade sobre o que eu faria se tivesse uma máquina do tempo. Viajaria ao passado e faria com que o dia mais importante da vida do meu pai jamais acontecesse. É uma coisa completamente egoísta, mas é o que eu faria para que o *meu* futuro não tivesse de ser apagado.

Em vez disso explico toda a ciência a ele. Quando termino, ele está me olhando como se estivesse apaixonado por mim. Acontece que ele nunca ouviu falar do paradoxo do avô ou do princípio de autoconsistência de Novikov, o que me surpreende um pouco. Acho que presumi que ele seria nerd porque é asiático, o que é sacanagem minha porque odeio quando as outras pessoas supõem coisas a meu respeito, como que eu gosto de rap ou sou boa em esportes. Só para constar, apenas uma dessas coisas é verdade.

Além do fato de que vou ser deportada hoje, realmente não sou uma garota por quem vale a pena se apaixonar. Para começo de conversa, não gosto de coisas temporárias, sem provas concretas, e o amor romântico é temporário e não é passível de prova.

A outra coisa secreta que não conto a ninguém é o seguinte: não tenho certeza se sou capaz de amar. Nem temporariamente. Quando estava com Rob, nunca me senti como as músicas dizem que a gente deveria se sentir. Não me senti dominada nem consumida. Não precisava dele como precisava do ar. Gostava realmente dele. Gostava de olhar para ele. Gostava de beijá-lo. Mas sempre soube que poderia viver sem ele.

— Gravata Vermelha — digo.

— Daniel — insiste ele.

— Não se apaixone por mim, Daniel.

Ele engasga com o café.

— Quem disse que vou me apaixonar?

– Aquele caderninho preto em que vi você escrevendo, e seu rosto. Seu rosto grande, escancarado, incapaz de enganar qualquer pessoa com relação a qualquer coisa, diz que vai.

Ele fica vermelho de novo, porque ficar vermelho é todo o seu estado de ser.

– E por que não deveria?
– Porque não vou me apaixonar por você.
– Como você sabe?
– Não acredito no amor.
– O amor não é uma religião. Ele existe, quer você acredite ou não.
– É mesmo? Você consegue provar?
– Canções de amor. Poesia. A instituição do casamento.
– Por favor. São palavras no papel. Dá para usar o método científico nele? Você pode observar, medir, fazer experiências com ele e repetir as experiências? Não pode. Você pode fatiá-lo, pôr um corante, estudá-lo ao microscópio? Não pode. Pode cultivá-lo numa placa de Petri ou mapear a sequência genética?
– Não pode – diz ele, imitando minha voz e rindo.

Não consigo evitar e rio também. Às vezes eu me levo um tanto a sério demais.

Ele pega uma camada de espuma do café com a colher e leva à boca.

– Você diz que são apenas palavras no papel, mas precisa admitir que todas aquelas pessoas estão sentindo *alguma coisa*.

Confirmo com a cabeça.

– Alguma coisa temporária e nem um pouco mensurável. As pessoas simplesmente querem acreditar. Caso contrário precisariam admitir que a vida não passa de uma série aleatória de coisas boas e ruins que se sucedem até o dia em que a gente morre.

– E você se sente bem acreditando que a vida não tem sentido?
– Que opção eu tenho? A vida é assim.

Outra colherada de espuma e mais riso da parte dele.

– Então para você não existe destino, nada de "feitos um para o outro"?
– Não sou completamente palerma – digo, definitivamente me divertindo mais do que deveria.

Ele afrouxa a gravata e recosta na cadeira, fazendo com que ela fique apenas com os pés traseiros no chão. Uma mecha de cabelo escapa do rabo de cavalo e eu observo enquanto ele a enfia atrás da orelha. Em vez de afastá-lo, meu niilismo só está deixando que ele fique mais confortável.

– Acho que nunca encontrei uma pessoa tão encantadoramente iludida. – Ele diz isso como se eu fosse um objeto curioso.

– E acha isso atraente?

– Acho interessante.

Olho o ambiente ao redor. De algum modo o café se encheu sem que eu notasse. Pessoas fazem fila junto ao balcão, esperando os pedidos. Os alto-falantes estão tocando "Yellow Ledbetter", do Pearl Jam – outra das minhas bandas grunge prediletas dos anos 1990. Não consigo evitar. Preciso fechar os olhos e ouvir Eddie Vedder murmurando o refrão.

Quando os abro, Daniel está me encarando. Ele se inclina para a frente de modo que a cadeira está agora de novo apoiada nos quatro pés.

– E se eu dissesse que poderia fazer com que você se apaixonasse por mim cientificamente?

– Eu acharia ridículo – respondo. – E muito.

multiversos

Uma história quântica

UMA SOLUÇÃO POSSÍVEL para o paradoxo do avô é a teoria dos multiversos, apresentada originalmente por Hugh Everett. Segundo a teoria dos multiversos, cada versão da história do nosso passado e do nosso futuro existe, só que num universo alternativo.

Para cada evento no nível quântico, o universo atual se divide em múltiplos universos. Isso significa que, para cada escolha que a gente faz, existe um número infinito de universos em que você fez uma escolha diferente.

A teoria resolve muito bem o paradoxo do avô propondo universos separados em que cada resultado possível existe, evitando assim o paradoxo.

Desse modo nós vivemos vidas múltiplas.

Por exemplo, existe um universo em que Samuel Kingsley não estraga a vida da filha. Um universo onde ele a estraga mas Natasha consegue consertá-la. Um universo onde ele a estraga e ela não consegue consertá-la. Natasha não sabe direito em que universo está vivendo agora.

daniel

Rapaz tenta usar ciência para ganhar garota.

Eu não estava brincando sobre o lance de alguém se apaixonar cientificamente. Saiu até um artigo no *The New York Times* sobre isso.

Um pesquisador colocou duas pessoas num laboratório e fez com que cada uma fizesse à outra várias perguntas íntimas. Além disso, elas precisavam se olhar nos olhos durante quatro minutos sem falar. Tenho quase certeza de que não vou conseguir que ela faça o negócio de olhar nos olhos neste momento. Para ser honesto, não acreditei de verdade no artigo quando li. Você não pode *fazer* as pessoas se apaixonarem, certo? O amor é muito mais complicado do que isso. Não é só uma questão de escolher duas pessoas e fazer com que elas se façam algumas perguntas e aí o amor floresce. A lua e as estrelas estão envolvidas. Tenho certeza.

Mesmo assim...

Segundo o artigo, o resultado da experiência foi que as duas pessoas se apaixonaram de verdade e se casaram. Não sei se ficaram casadas. (Eu meio que não quero saber, porque, se os dois ficaram casados, então o amor é menos misterioso do que eu pensava e *pode* ser cultivado numa placa de Petri. Se não ficaram casados, o amor é tão fugaz quanto Natasha diz.)

Pego meu celular e dou uma olhada no estudo. Trinta e seis perguntas. A maioria é bem idiota, mas algumas são legais. Gosto da coisa de olhar nos olhos.

Não estou acima da ciência.

natasha

ELE ME FALA DE UM ESTUDO envolvendo um laboratório, perguntas e amor. Fico cética e digo isso. Também fico ligeiramente intrigada, mas não digo.

– Quais são os cinco ingredientes-chave para se apaixonar? – pergunta ele.

– Não acredito no amor, lembra?

Pego minha colher e mexo o café, mesmo não tendo nada para ser misturado.

– Então do que as canções de amor falam de verdade?

– Fácil. De desejo.

– E o casamento?

– Bom, o desejo vai se apagando, então existem os filhos para criar e as contas para pagar. Num determinado ponto ele simplesmente vira amizade com interesse mútuo pelo benefício da sociedade e da próxima geração.

A música termina quando acabo de falar. Por um momento tudo que podemos ouvir são copos tilintando e leite espumando.

– Hã – diz ele, pensativo. – Eu não poderia discordar mais de você.

Ele ajeita o rabo de cavalo sem deixar que o cabelo caia no rosto.

Fato Observável: quero ver seu cabelo cair no rosto.

Quanto mais falo com ele, mais bonito ele fica. Gosto até do jeito sério, apesar de geralmente odiar a seriedade. O rabo de cavalo sensual pode estar atrapalhando o funcionamento do meu cérebro. É só cabelo, digo a mim mesma. Sua função é manter a cabeça quente e protegê-la contra a radiação ultravioleta. Não há nada inerentemente sensual no cabelo.

– De que estamos falando mesmo? – pergunta ele.

Digo *ciência* ao mesmo tempo em que ele diz *amor*, e nós dois rimos. Ele instiga de novo:

– Quais são os ingredientes?

– Interesse mútuo e compatibilidade socioeconômica.
– Será que pelo menos você tem alma?
– Não existe essa coisa de alma – respondo.
Ele ri, como se eu estivesse brincando.
– Bem – diz depois de perceber que não é brincadeira –, meus ingredientes são amizade, intimidade, compatibilidade moral, atração física e o fator X.
– Qual é o fator X?
– Não se preocupe. Nós já temos.
– Bom saber – falo rindo. – Ainda assim não vou me apaixonar por você.
– Me dê o dia de hoje.
Ele fica sério de repente.
– Não é um desafio, Daniel.
Ele só me encara com aqueles olhos castanhos e grandes, esperando uma resposta.
– Você tem uma hora – declaro.
Ele franze a testa.
– Só uma hora? O que acontece em seguida? Você vira abóbora?
– Tenho um compromisso e depois preciso ir para casa.
– Qual é o compromisso?
Em vez de responder, olho ao redor. Um barista grita uma lista de pedidos. Uma pessoa ri. Outra tropeça.
Mexo o café de novo, desnecessariamente.
– Não vou contar.
– Certo – diz ele, inabalável.
Ele decidiu o que deseja, e o que deseja sou eu. Tenho a sensação de que ele pode ser decidido e paciente. Quase o admiro por isso. Mas ele não sabe o que eu sei. Amanhã estarei morando em outro país. Amanhã terei ido embora daqui.

daniel

MOSTRO MEU CELULAR A ELA e discutimos sobre que perguntas escolher. Não temos tempo para todas as 36. Ela quer riscar os quatro minutos de ficar se encarando expressivamente, mas isso não vai acontecer. O negócio do olhar é minha carta na manga. Todas as minhas ex-namoradas (certo, uma das minhas ex-namoradas – certo, só tive uma namorada, agora ex) gostavam bastante dos meus olhos. Grace (a singular e única ex-namorada mencionada acima) dizia que eles pareciam pedras preciosas, especificamente quartzo esfumado (seu hobby era fazer joias). A gente estava se beijando no quarto dela quando Grace disse isso pela primeira vez, e parou bem no meio para pegar um exemplar dessa pedra para mim.

De qualquer modo, meus olhos são como quartzo (do tipo esfumado) e as garotas (pelo menos uma) curtem isso.

As perguntas se encaixam em três categorias, cada qual mais pessoal do que a anterior. Natasha quer escolher as menos pessoais da primeira categoria, mas eu impeço isso também.

Da categoria 1 (menos íntimas) escolhemos:

1. Se pudesse escolher qualquer pessoa no mundo, com quem você gostaria de jantar?

2. Você gostaria de ser famoso? Em quê?

7. Você tem alguma intuição secreta sobre como vai morrer?

Da categoria 2 (intimidade média):

17. Qual é sua lembrança mais preciosa?

24. O que você acha do seu relacionamento com sua mãe?

Da categoria 3 (mais íntima):

25. Faça três declarações verdadeiras que comecem com "nós". Por exemplo: "Nós dois estamos nesta sala sentindo..."

29. Conte ao seu companheiro um momento constrangedor da sua vida.

34. Sua casa, contendo tudo que você possui, pega fogo. Depois de salvar seus entes queridos e seus bichos de estimação, você tem tempo para entrar em segurança uma última vez e pegar um único item. O que seria? Por quê?

35. Dentre todas as pessoas da sua família, a morte de quem você acharia mais perturbadora? Por quê?

Acabamos tendo dez perguntas, porque Natasha pensa que na número 24 deveríamos falar do relacionamento com a mãe *e* o pai.

– Por que as mães são sempre as mais culpadas por ferrar os filhos? Os pais sabem muito bem como ferrá-los – diz Natasha, como se tivesse vivido a experiência na própria carne.

Ela olha a hora no celular de novo.

– Preciso ir – diz, empurrando a cadeira para trás e se levantando depressa demais.

A mesa balança. Parte do seu café é derramado.

– Merda. Merda!

É uma reação exagerada. Quero mesmo perguntar sobre o compromisso e sobre o pai dela, mas sei que é melhor não fazer isso agora.

Fico de pé, pego uns guardanapos e limpo o café derramado.

O olhar que ela me dirige é algo entre a gratidão e a exasperação.

– Vamos sair daqui – digo.

– Certo. Obrigada.

Fico observando enquanto ela desvia da fila de pessoas ávidas por café. Eu não deveria ficar olhando as pernas dela, mas são fantásticas (o terceiro par mais incrível que já vi). Quero tocá-las quase tanto quanto quero continuar falando com ela (talvez um pouco mais), porém não existem circunstâncias em que ela me deixaria fazer isso.

Ou ela está tentando me dispensar ou estamos numa competição de caminhada em alta velocidade e eu não percebi. Ela dispara no meio de um casal que anda devagar e contorna um andaime pela beira da calçada para não ter de diminuir o passo.

Talvez eu devesse desistir. Não sei por que ainda não fiz isso. O universo está nitidamente tentando me salvar de mim mesmo. Aposto que, se eu procurasse sinais de separação, iria encontrar.

– Para onde vamos? – pergunto quando paramos num cruzamento.

O corte de cabelo que eu ia fazer vai ter que esperar. Tenho quase certeza de que deixam pessoas de cabelo comprido entrar na faculdade.

– *Eu* estou indo para meu compromisso e *você* está me seguindo.

– É, estou – digo, ignorando sua ênfase pouco sutil.

Atravessamos a rua e andamos lado a lado em silêncio por alguns minutos. A manhã se acomoda em si mesma. Algumas lojas deixam as portas totalmente abertas. O tempo está frio demais para ar-condicionado e quente demais para portas fechadas. Tenho certeza de que meu pai fez a mesma coisa na nossa loja.

Passamos pela vitrine extraordinariamente bem iluminada e extremamente atulhada de uma loja de produtos eletrônicos. Cada item à mostra tem um adesivo vermelho escrito LIQUIDAÇÃO. Há centenas de lojas assim por toda a cidade. Não entendo como elas conseguem permanecer funcionando.

– Quem faz compras nessas lojas? – penso em voz alta.

– Pessoas que gostam de pechinchar.

Meio quarteirão depois, passamos por outra loja quase idêntica e nós dois rimos.

Pego meu celular.

– Bom. Está pronta para as perguntas?

– Você é implacável.

Ela não olha para mim.

– Persistente – corrijo.

Ela diminui a velocidade e me olha.

– Você não acha de verdade que fazer perguntas profundas e filosóficas vai fazer com que a gente se apaixone, acha?

Ela faz aspas no ar (ah, como odeio aspas no ar) em volta de *profundas*, *filosóficas* e *se apaixone*.

– Pense nisso como uma experiência. O que você disse antes sobre o método científico?

Isso me rende um pequeno sorriso. Ela contra-ataca:

– Os cientistas não devem fazer experimentos em si mesmos.

– Nem mesmo para o bem maior? Para aprimorar o conhecimento da humanidade sobre si própria?

Isso me rende uma gargalhada.

natasha

USAR A CIÊNCIA CONTRA MIM é bem inteligente.

Quatro Fatos Observáveis: ele é perfeitamente bobo. E otimista demais. E sério demais. E muito bom em me fazer rir.

– A número um é muito difícil – afirma ele. – Vamos começar com a pergunta dois: Você gostaria de ser famosa? Em quê?

– Primeiro você – digo.

– Eu seria o poeta supremo.

Claro que seria. Fato Observável: ele é um romântico inveterado.

– Você ficaria falido.

– Falido em dinheiro, mas rico em palavras – devolve ele imediatamente.

– Vou vomitar bem aqui na calçada – falo alto demais, e uma mulher de terninho se afasta de nós.

– Eu limparia você.

Ele realmente passa do ponto no quesito sinceridade. Pergunto:

– O que um poeta supremo faz?

– Oferece conselhos sábios e poéticos. Eu seria a pessoa que os líderes mundiais procurariam em busca de solução para os mais terríveis problemas filosóficos.

– Que você resolveria escrevendo um poema para eles? – O ceticismo na minha voz não pode passar despercebido.

– Ou lendo um – responde ele com mais sinceridade inabalável.

Faço sons de engasgo.

Ele tromba ligeiramente em mim com o ombro e depois me firma colocando a mão nas minhas costas. Gosto tanto da sensação que acelero um pouco para evitá-la.

– Você pode ser cética quanto quiser, mas muitas vidas podem ser salvas com poesia.

Examino seu rosto procurando um sinal de que ele está brincando, mas não. Ele acredita mesmo nisso. O que é doce. E também idiota. Mas acima de tudo doce. Ele pergunta:

– E você? Que tipo de fama você quer?

Essa é fácil.

– Eu seria uma ditadora benevolente.

Ele gargalha.

– De algum país específico?

– Do mundo inteiro – respondo, e ele ri mais um pouco.

– Todos os ditadores se acham benevolentes. Até os que seguram facões.

– Tenho quase certeza de que esses sabem que estão sendo uns sacanas gananciosos e assassinos.

– Mas você não seria?

– Não. De mim só viria benevolência. Eu decidiria o que é bom para todo mundo e faria isso.

– E se o que é bom para uma pessoa não for bom para outra?

Dou de ombros.

– Não se pode agradar a todo mundo. Como meu poeta supremo, você poderia consolar o perdedor com um bom poema.

– *Touché.*

Ele sorri, pega o celular de novo e começa a examinar as perguntas. Olho rapidamente o meu telefone. Por um segundo fico surpresa com a rachadura na tela, até que me lembro do tombo. Que dia! De novo penso em multiversos e imagino aqueles em que meu telefone e os fones de ouvido ainda estão inteiros.

Há um universo em que fiquei em casa e fiz as malas, como minha mãe queria. O celular e os fones estão bem, mas não conheci Daniel.

Há um universo em que fui à escola e estou sentada na aula de inglês em vez de quase ser atropelada. De novo, nada de Daniel.

Em outro universo sem Daniel eu *fui* ao USCIS, mas não conheci Daniel na loja de discos, por isso nossa conversa não teve oportunidade de me atrasar. Cheguei à calçada antes que o motorista do BMW aparecesse e não houve um quase atropelamento. Meu celular e os fones continuam inteiros.

Claro, há um número infinito desses universos, inclusive um em que conheci Daniel mas ele não pôde me salvar no cruzamento, e não foram só o celular e os fones que se quebraram.

Suspiro e verifico a distância até o prédio do advogado Fitzgerald. Mais doze quarteirões. Imagino quanto vai custar para consertar a tela. Mas, afinal de contas, talvez eu não precise que ela seja consertada. Provavelmente vou precisar de um telefone novo na Jamaica.

Daniel interrompe meus pensamentos e fico agradecida. Não quero pensar em nada que tenha a ver com ir embora.

– Certo – diz ele. – Vamos passar para a número sete. Qual é sua intuição secreta sobre o modo como você vai morrer?

– Em termos estatísticos, uma mulher negra morando nos Estados Unidos provavelmente vai morrer aos 78 anos de doença cardíaca.

Chegamos a outro cruzamento e ele me puxa para não ficar perto demais da beirada. Seu gesto e minha reação são familiares demais, como se tivéssemos feito isso muitas vezes. Ele belisca minha jaqueta no cotovelo e puxa só um pouquinho. Eu recuo na direção dele e cedo ao seu gesto protetor.

– Então o coração vai pegar você, é?

Por um momento esqueço que estamos falando da morte.

– Provavelmente. E você?

– Assassinato. Num posto de gasolina, numa loja de bebidas ou algo assim. Um cara armado vai assaltar o lugar. Vou tentar bancar o herói, mas farei alguma coisa idiota, tipo derrubar a pirâmide de latas de refrigerante, e isso vai fazer o cara pirar. E o que seria um assalto comum vai virar um banho de sangue. Vai passar no noticiário das onze.

Rio dele.

– Então você vai morrer como um herói incompetente?

– Vou morrer tentando.

E nós rimos juntos.

Atravessamos a rua.

– Por aqui – digo quando ele está indo em frente, em vez de virar à direita. – Precisamos ir à Oitava.

Ele gira e ri para mim, como se estivéssemos numa aventura épica.

– Espere um pouco.

Ele tira o paletó. Parece uma coisa estranhamente íntima ficar olhando, por isso observo dois caras muito velhos e mal-humorados discutindo por causa de um táxi a poucos metros de nós. Há pelo menos outros três táxis livres nas proximidades.

Fato Observável: as pessoas não são lógicas.

– Isto cabe na sua mochila? – pergunta ele estendendo o paletó para mim.

Sei que não está pedindo para eu usá-lo, como se eu fosse sua namorada ou algo assim. De qualquer modo, carregar o paletó dele parece ainda mais íntimo do que olhar enquanto ele o tira.

– Tem certeza? Vai ficar amarrotado.

– Não faz mal.

Ele me guia para o lado, para não bloquearmos o caminho dos outros pedestres, e de repente estamos muito perto um do outro. Não me lembro de ter notado os ombros dele antes. Eram tão largos assim há um segundo? Desvio o olhar do peito dele para o rosto, mas isso não melhora o meu equilíbrio. Seus olhos são ainda mais límpidos e castanhos à luz do sol. Na verdade, são lindos.

Tiro a mochila do ombro e a coloco entre nós, de modo que ele precisa recuar um pouco.

Ele dobra o paletó muito bem e o coloca dentro dela.

Sua camisa é de um branco brilhante e a gravata se destaca mais ainda sem o paletó. Fico imaginando como ele fica com roupas comuns, e quais são as roupas comuns dele. Sem dúvida jeans e camiseta – o uniforme de todos os garotos americanos em toda parte.

Será o mesmo para os jamaicanos?

Meu humor fica sombrio com esse pensamento. Não quero recomeçar. Já foi bem difícil quando a gente se mudou para os Estados Unidos. Não quero ter de aprender os rituais e os costumes de outra escola. Amigos novos. Panelinhas novas. Novos códigos de vestimenta. Novos pontos de encontro.

Eu volto a andar. Digo:

– Os homens americanos de origem asiática têm mais probabilidade de morrer de câncer.

Ele franze a testa e acelera o passo para me alcançar.

– Verdade? Não gosto disso. De que tipo?

– Não sei bem.

– Nós deveríamos descobrir.

Ele diz *nós* como se existisse algum futuro juntos, onde a morte de um importasse para o outro.

– Você acha mesmo que vai morrer de doença cardíaca? E não de uma coisa mais épica?

– Quem se importa com o épico? Morto é morto.
Ele só me encara, esperando a resposta.
– Certo – digo. – Não acredito que vou contar isso. Secretamente, acho que vou me afogar.
– Tipo no oceano aberto, salvando a vida de alguém ou algo assim?
– No fundo de uma piscina de hotel.
Ele para de andar e me puxa de lado outra vez. Nunca houve pedestre mais atencioso. A maioria das pessoas simplesmente para no meio da calçada.
– Espera aí. Você não sabe nadar?
Encolho a cabeça contra a jaqueta.
– Não.
Seu olhar está examinando meu rosto e ele está rindo de mim sem rir.
– Mas você é jamaicana. Cresceu cercada de água.
– Apesar de ter nascido numa ilha, não sei nadar.
Dá para ver que ele quer se divertir à minha custa, mas resiste.
– Eu ensino a você.
– Quando?
– Um dia desses. Logo. Você sabia nadar quando morava na Jamaica?
– Sabia, mas então viemos para cá, e em vez do oceano existem piscinas. Não gosto de cloro.
– Mas você sabe que agora existem piscinas de água salgada.
– Agora é tarde. Esse barco já partiu.
Agora ele curte com minha cara.
– Qual é o nome do seu barco? *Garota que cresceu numa ilha, que é uma coisa cercada de água por todos os lados, não sabe nadar?* Seria um bom nome.
Rio e lhe dou um soco no ombro. Ele pega minha mão e segura meus dedos. Tento não querer que ele pudesse cumprir a promessa de me ensinar a nadar.

daniel

SOU UM ESTUDIOSO COMPILANDO o Livro de Natasha. O que sei até agora é o seguinte: ela é ligada em ciência. Na certa é mais inteligente do que eu. Seus dedos são ligeiramente mais compridos do que os meus e a sensação deles na minha mão é boa. Gosta de música angustiante. Está preocupada com alguma coisa que tem a ver com seu compromisso misterioso. Ela pede:

— Me conta outra vez por que está usando terno.

Solto um gemido longo, alto e sentido.

— Vamos falar sobre Deus, em vez disso.

— Eu também posso fazer perguntas — diz ela.

Andamos em fila embaixo de mais andaimes na calçada. (Em qualquer época, aproximadamente 99% de Manhattan estão em construção.)

— Eu me candidatei a Yale. Tenho uma entrevista com um ex-aluno mais tarde.

— Está nervoso? — pergunta ela quando ficamos lado a lado outra vez.

— Estaria se não estivesse cagando e andando.

— E está?

— Talvez só andando — respondo rindo.

— Então seus pais estão obrigando você a fazer isso?

Um grito súbito na rua atrai nossa atenção, mas é só um motorista de táxi berrando com outro.

— Meus pais são imigrantes coreanos de primeira geração — explico.

Ela diminui o passo e me olha.

— Não sei o que isso significa.

Dou de ombros.

— Significa que não importa o que eu quero. Vou para Yale. Vou ser médico.

— E você não quer isso?

— Não sei o que quero.

Pela expressão dela, essa era a pior coisa que eu poderia dizer. Ela vira as costas e começa a andar mais depressa.

– Bem, então poderia ser médico.

– O que eu deveria fazer? – pergunto ao alcançá-la.

– A vida é sua.

Sinto como se estivesse perto de fracassar numa prova.

– O que você quer ser quando crescer?

– Uma cientista de dados – responde ela sem hesitar.

Abro a boca para perguntar "que diabo é isso?", mas ela se adianta com um discurso ensaiado. Não sou a primeira pessoa que reagiu com "que diabo é isso?" sobre sua escolha profissional.

– Os cientistas de dados analisam dados, separam o ruído do sinal, discernem padrões, chegam a conclusões e recomendam ações baseadas nos resultados.

– Tem computadores envolvidos nisso?

– Claro. Existe um monte de dados neste mundo.

– Isso é muito prático. Você sempre soube o que queria ser? – É difícil esconder a inveja na minha voz.

Ela para de andar outra vez. Nesse ritmo nunca vamos chegar aonde ela vai.

– Isso não tem a ver com destino. Eu escolhi essa carreira. Ela não me escolheu. Não estou destinada a ser uma cientista de dados. Há uma seção sobre carreiras na biblioteca da escola. Eu pesquisei sobre os campos da ciência que estão em crescimento e... encontrei. Não tem nada de destino, só pesquisa.

– Então não é uma coisa pela qual você é apaixonada?

Ela dá de ombros e começa a andar de novo.

– Combina com minha personalidade.

– Não quer fazer alguma coisa que ame?

– Por quê? – questiona ela como se genuinamente não entendesse o apelo de amar alguma coisa.

– A vida é meio longa para passar fazendo uma coisa que você só acha... legal – insisto.

Contornamos um carrinho que vende pretzel e cachorro-quente, que já está com uma fila. Tem cheiro de chucrute e mostarda (ou seja, o céu).

Ela franze o nariz.

– A vida é mais longa ainda se você a passa perseguindo sonhos que nunca, jamais, vão se realizar.

– Espera aí. – Ponho a mão no seu braço para fazer com que ela ande um pouco mais devagar. – Quem disse que eles não podem se realizar?

Isso me rende um olhar de lado.

– Por favor. Sabe quantas pessoas querem ser atores, escritores ou astros do rock? Um monte. Bem, 99% não vão conseguir. E 0,9% dos que restam mal vão ganhar algum dinheiro fazendo isso. Só 0,1% será bem-sucedido de verdade. Todo o resto só desperdiçará a vida tentando ser alguma coisa.

– Você é meu pai disfarçado?

– Estou falando igual a um coreano de 50 anos?

– Sem o sotaque.

– Bom, ele só está protegendo você. Quando você for um médico feliz e ganhar um dinheirão, vai agradecer a ele por não ter virado um artista morto de fome que odeia o emprego que encontrou para sobreviver e que sonha inutilmente com o sucesso.

Imagino se ela percebe como é passional com relação a não ser passional.

Ela se vira para me encarar com os olhos apertados.

– Por favor, diga que não está falando sério sobre o negócio de poesia.

– Que Deus não permita – reajo com ultraje fingido.

Passamos por um homem segurando uma placa em que está escrito AJUDE, POR FAVOR. ESTOU SEM SORTE. Um motorista de táxi apressado buzina alto e demoradamente para outro taxista, também apressado.

– Será que a gente deveria mesmo saber o que quer fazer pelo resto da vida na idade madura de 17 anos?

– Você não *quer* saber? – Ela definitivamente não é fã da incerteza.

– Não sei. Gostaria de viver dez vidas ao mesmo tempo.

– Você só não quer escolher.

– Não é isso. Não quero ficar preso a uma coisa que não significa nada para mim. Essa trilha onde estou... ela segue sem fim. Yale. Faculdade de medicina. Residência. Casamento. Filhos. Aposentadoria. Asilo de idosos. Funerária. Cemitério.

Talvez seja por causa da importância deste dia, talvez seja por ter conhecido Natasha, mas neste momento é crucial dizer exatamente o que quero dizer.

– Nós temos cérebros grandes e lindos. Inventamos coisas que voam. *Voam*. Escrevemos poesia. Você provavelmente odeia poesia, mas é difícil questionar "Devo comparar-te a um dia de verão? És por certo mais linda e mais amena" em termos de pura beleza. Somos capazes de grandes vidas. De uma grande história. Por que aceitar menos? Por que escolher a coisa prática, a coisa corriqueira? Nós nascemos para sonhar e fazer as coisas com as quais sonhamos.

Tudo sai de modo mais passional do que pretendo, mas falo cada palavra com sinceridade.

Nossos olhares se encontram. Há algo entre nós que não havia um minuto atrás.

Espero que ela diga alguma coisa irreverente, mas não diz.

O universo para e nos espera.

Ela abre a mão e vai segurar a minha. Ela deveria segurar minha mão. Deveríamos passar juntos por este mundo. Vejo isso nos olhos dela. Somos feitos um para o outro. Tenho certeza disso como não tenho certeza de mais nada.

Mas ela não segura minha mão. Sai andando.

natasha

ESTAMOS TENDO UM MOMENTO que não quero ter.

Quando dizem que o coração quer o que quer, estão falando do coração poético – o coração das canções de amor e dos solilóquios, o que pode se partir como se fosse vidro recém-feito.

Não estão falando do coração de verdade, que só precisa de comida saudável e exercícios aeróbicos.

Mas o coração poético não é de confiança. É volúvel e leva a gente a se desviar do caminho. Ele vai dizer que tudo que a gente precisa é de amor e sonhos. Não vai dizer nada sobre comida, água, abrigo e dinheiro. Vai dizer que essa pessoa que está à sua frente, a que atraiu seu olhar por algum motivo, é a Certa. E ele é. E ela é. A Certa. Por enquanto, até que o coração dele ou dela decida se voltar para outra pessoa ou outra coisa.

O coração poético não é confiável em termos de decisões de longo prazo.

Sei de tudo isso. Sei como sei que a estrela Polar não é a mais brilhante do céu: é a quinquagésima.

E, ainda assim, estou com Daniel no meio da calçada, no que é quase certamente meu último dia nos Estados Unidos. Meu coração volúvel, nada prático, que não pensa no futuro, absurdo quer Daniel. Não se importa que ele seja sério demais, que ele não saiba o que quer nem que esteja acalentando sonhos de ser poeta, uma profissão que leva ao coração partido e à pobreza.

Sei que não existe isso de "feitos um para o outro", no entanto fico imaginado se talvez não esteja errada.

Fecho a mão que quer tocá-lo e saio andando.

amor

Uma história química

SEGUNDO OS CIENTISTAS, existem três estágios no amor: desejo, atração e ligação. E, por acaso, cada estágio é orquestrado por substâncias químicas – neurotransmissores – no cérebro.

Como seria de esperar, o desejo é governado pela testosterona e pelo estrogênio.

O segundo estágio, a atração, é governado pela dopamina e pela serotonina. Quando, por exemplo, os casais dizem que se sentem indescritivelmente felizes na presença um do outro, isso é a dopamina – o hormônio do prazer – fazendo seu trabalho.

Cheirar cocaína induz o mesmo nível de euforia. De fato, cientistas que estudam os cérebros de amantes recentes e de viciados em cocaína têm dificuldade em dizer qual é a diferença.

A segunda substância química da fase da atração é a serotonina. Quando cada membro do casal confessa que não consegue parar de pensar no outro é porque seu nível de serotonina baixou. As pessoas apaixonadas têm o mesmo nível baixo de serotonina das que têm TOC. O motivo de não conseguirem parar de pensar no outro é que estão literalmente obcecadas.

A oxitocina e a vasopressina controlam o terceiro estágio: a ligação, ou a conexão de longo prazo. A oxitocina é liberada durante o orgasmo e faz a gente se sentir mais próxima da pessoa com quem fez sexo. Também é liberada durante o parto e ajuda a ligar mãe e filho. A vasopressina é liberada pós-coito.

Natasha conhece esses fatos friamente. Ter esse conhecimento a ajudou a superar a traição de Rob. Por isso sabe: o amor não passa de substâncias químicas e coincidência.

Então por que Daniel parece algo mais?

daniel

NÃO EXISTE NENHUM ITEM na lista de coisas que eu queira menos fazer do que ir à minha entrevista. E no entanto... São quase onze da manhã e, se vou fazer essa coisa, preciso ir logo.

Natasha e eu estamos andando juntos em silêncio desde O Momento. Eu gostaria de dizer que é um silêncio confortável, mas não é. Quero falar com ela sobre isso – O Momento –, mas como saber se ela o sentiu? De jeito nenhum ela acredita nesse tipo de coisa.

A região central de Manhattan é diferente do lugar onde nos conhecemos. Mais arranha-céus e menos lojas de suvenires. As pessoas também agem de modo diferente. Não são turistas passeando ou fazendo compras. Não há empolgação, bocas abertas nem sorrisos. Essas pessoas trabalham nesses arranha-céus. Tenho quase certeza de que meu compromisso é em algum lugar por aqui.

Continuamos andando sem dizer uma palavra até chegarmos a um prédio que é uma monstruosidade de concreto e vidro. Fico pasmo pensando quantos indivíduos passam o dia inteiro dentro de lugares assim, fazendo coisas que não amam para pessoas de quem não gostam. Pelo menos ser médico vai ser melhor do que isso.

– É aqui que eu fico – avisa ela.

– Posso esperar aqui fora – digo, como uma pessoa que não tem, dentro de pouco mais de uma hora, um compromisso capaz de determinar seu futuro.

– Daniel. – Ela usa o tom sério que sem dúvida vai usar com nossos futuros filhos (definitivamente, vai ser a disciplinadora). – Você tem uma entrevista e eu tenho essa... coisa. É aqui que a gente se despede.

Ela está certa. Não quero o futuro que meus pais planejaram para mim, mas não tenho nenhuma ideia melhor. Se eu ficar aqui por mais tempo, meu trem vai descarrilar.

Então me ocorre que talvez eu queira exatamente isso. Talvez todas as coisas que estou sentindo por Natasha sejam apenas desculpas para fazer com que ele saia do trilho. Afinal de contas, meus pais nunca aprovariam. Não somente ela não é coreana, é negra. Não existe futuro aqui.

Isso e o fato de que meu apreço extremo por ela claramente não é retribuído. E o amor não é amor se não for retribuído, certo?

Eu deveria ir embora.

Vou embora.

Vou indo.

– Você está certa – digo.

Ela fica surpresa e talvez até um pouco desapontada, mas que diferença isso faz? Ela tem de querer, e obviamente não quer.

natasha

EU NÃO ESPERAVA QUE ELE dissesse isso. E não esperava ficar desapontada, mas fico. Por que estou pensando em romance com um cara que nunca mais vou ver? Meu futuro vai ser decidido em cinco minutos.

Estamos suficientemente perto da porta deslizante de vidro para sentir o ar-condicionado fresco na minha pele quando as pessoas entram e saem.

Ele estende a mão para um aperto, mas recua rapidamente.

– Desculpe – pede ele, ficando vermelho.

Daniel cruza os braços na frente do peito.

– Bom, estou indo – digo.

– Você está indo – concorda ele.

E nenhum de nós se mexe. Ficamos parados sem falar nada por mais alguns segundos até que me lembro de que ainda estou com o paletó dele na mochila. Tiro e fico olhando enquanto ele o veste de novo.

– Com esse terno, parece que você trabalha neste prédio.

Falo isso como um elogio, mas ele não entende assim.

Puxa a gravata e faz uma careta.

– Talvez venha a trabalhar um dia.

– Certo – digo depois de ficarmos nos olhando por mais um tempo sem falar. – Isso está ficando esquisito.

– Será que deveríamos nos abraçar?

– Pensei que vocês, de terno, só apertavam as mãos.

Estou tentando manter o tom leve, mas minhas cordas vocais ficam roucas e estranhas.

Ele sorri e não tenta esconder a tristeza do rosto. Como pode ficar tão à vontade expondo o coração?

Preciso desviar os olhos. Não quero que o que está acontecendo entre a gente aconteça, mas parece igual a tentar impedir que o clima aconteça.

A porta se abre e sinto de novo o ar fresco em minha pele. Estou com calor e frio ao mesmo tempo. Abro os braços para um abraço ao mesmo tempo que ele. Tentamos nos abraçar pelo mesmo lado e acabamos trombando os peitos. Rimos sem jeito e paramos de nos mexer.

– Vou pela direita – diz ele. – Você vem pela esquerda.

– Ok – respondo, e vou pela esquerda.

Ele me abraça, e como temos mais ou menos a mesma altura meu rosto roça no dele, que é macio, liso e quente. Deixo a cabeça baixar sobre seu ombro e meu corpo relaxa nos braços dele. Por um minuto, me permito sentir como estou cansada. É difícil ficar num lugar que não quer a gente. Mas Daniel me quer. Sinto no modo como ele me abraça.

Saio dos braços dele e não o encaro.

Ele decide não dizer o que ia dizer.

Pego meu celular e olho a hora.

– É hora de ir – diz ele, antes que eu possa falar.

Eu me viro e entro no prédio frio.

Penso nele enquanto assino o livro da segurança. Penso nele enquanto atravesso o saguão. Penso nele no elevador, andando pelo corredor comprido e em todos os momentos até o instante em que preciso parar de pensar nele, quando entro no escritório.

Os ruídos que ouvi pelo telefone eram mesmo de construção, porque o escritório ainda está sendo montado. As paredes estão parcialmente pintadas e lâmpadas nuas pendem do teto. Serragem e manchas de tinta sujam o chão coberto de lona. Atrás da mesa, uma mulher está sentada com as duas mãos pousadas no telefone do escritório, como se quisesse que ele tocasse. Apesar do batom vermelho-vivo e das bochechas com ruge, é muito pálida. O cabelo é de um preto intenso e perfeitamente arrumado. Algo nela não parece real. Parece estar representando um papel: uma figurante de um desenho animado antigo da Disney ou de um filme passado nos anos 1950 sobre secretárias. A mesa é bem organizada, com pilhas de pastas separadas por cor. Há uma caneca onde está escrito ESTAGIÁRIOS SÃO MAIS BARATOS.

Ela dá um sorriso triste e trêmulo quando me aproximo.

– Estou no lugar certo? – pergunto em voz alta.

Ela me olha sem dizer nada.

– Aqui é o escritório do advogado Fitzgerald?

– Você é Natasha – afirma ela.

Deve ser a pessoa com quem falei antes. Chego perto da mesa.

– Tenho más notícias – continua ela.

Meu estômago se contrai. Não estou pronta para o que ela vai dizer. A coisa acabou antes de começar? Será que meu destino já foi decidido? Vou ser mesmo deportada esta noite?

Um homem com macacão sujo de tinta entra e começa a usar uma furadeira. Outra pessoa, que não vejo, começa a martelar. Ela não muda o volume para se ajustar ao ruído. Chego mais perto ainda.

– Jeremy, o advogado Fitzgerald, teve um acidente de carro há uma hora. Ainda está no hospital. A esposa disse que ele está bem, só teve alguns arranhões. Mas só vai vir mais tarde.

Sua voz parece calma, mas seus olhos não. Ela puxa o telefone um pouco mais para perto e olha para ele, não para mim.

– Mas temos hora marcada agora. – Minha reclamação é pouco compassiva, mas não consigo evitar. – Preciso tanto da ajuda dele...

Agora a mulher se vira para mim, os olhos arregalados e incrédulos.

– Não ouviu o que eu disse? Ele foi atropelado. Não pode estar aqui agora. – Ela empurra um maço de formulários para mim e não me olha de novo.

Demoro pelo menos quinze minutos para preencher a papelada. No primeiro formulário respondo a várias perguntas do tipo: se sou comunista, criminosa ou terrorista e se pegaria em armas para defender os Estados Unidos. Não pegaria, mas mesmo assim marco o quadrado que diz que sim.

Outro formulário pede detalhes do que aconteceu no processo de deportação até agora.

O último formulário é um questionário sobre o cliente, pedindo que eu faça um relato completo do tempo que passei nos Estados Unidos. Não sei o que dizer. Não sei o que o advogado Fitzgerald está procurando. Será que ele quer saber como entrei no país? Como nos escondemos? Qual é a sensação sempre que escrevo meu número falso do seguro social num formulário de escola? Como, em toda vez que faço isso, visualizo minha mãe entrando naquele ônibus para a Flórida?

Será que ele quer saber qual é a sensação de ser imigrante ilegal? Ou como vivo esperando alguém descobrir que não pertenço a este lugar?

Provavelmente não. Ele está querendo fatos, não filosofia, por isso anoto fatos. Viajamos para os Estados Unidos com vistos de turista. Quando chegou a época de irmos embora, ficamos. Desde então não saímos do país. Não cometemos nenhum crime a não ser a direção embriagada do meu pai.

Entrego os formulários e ela vai imediatamente para o questionário do cliente.

– Você precisa de mais coisas aqui – diz.

– De que, por exemplo?

– O que os Estados Unidos significam para você? Por que quer ficar? Como vai contribuir para tornar o país melhor?

– Isso é mesmo...?

– Qualquer coisa que Jeremy possa usar para humanizar você vai ajudar.

Se as pessoas que nasceram aqui tivessem que provar que eram dignas de viver nos Estados Unidos, este seria um país muito menos povoado.

Ela folheia os outros formulários enquanto escrevo sobre a cidadã trabalhadora, otimista e patriota que eu seria. Escrevo que os Estados Unidos são meu lar no coração e que a cidadania legalizaria o que já sinto. Meu lugar é aqui. Resumindo, sou mais sincera do que jamais me senti confortável sendo. Daniel sentiria orgulho de mim.

Daniel.

Provavelmente está num trem rumo ao compromisso dele. Será que vai fazer a coisa certa e virar médico, afinal de contas? Será que vai pensar em mim no futuro e se lembrar da garota com quem passou duas horas um dia em Nova York? Será que vai se perguntar o que aconteceu comigo? Talvez faça uma busca no Google usando só meu primeiro nome e não chegue muito longe. Porém, o mais provável é que se esqueça de mim hoje à tarde, como eu certamente vou me esquecer dele.

O telefone toca enquanto escrevo, e a mulher o pega antes de ele ter a chance de tocar outra vez.

– Ah, meu Deus, Jeremy. Você está bem? – Ela fecha os olhos, segura o telefone com as duas mãos e o aperta com força contra o rosto. – Eu queria ir, mas sua mulher disse que eu deveria manter as coisas funcionando por aqui.

Seus olhos se abrem quando ela diz a palavra *mulher*.

– Tem certeza de que você está bem?

Quanto mais ela ouve, mais animada fica. Seu rosto está vermelho e os olhos brilham com lágrimas de felicidade.

Está tão obviamente apaixonada por ele que espero ver bolhas em formato de coração voando pela sala. Será que estão tendo um caso?

– Eu queria ir – sussurra ela de novo. E, depois de uma série de "ok" murmurados, ela desliga. – Ele está bem – diz sorrindo, enquanto todo o seu corpo reluz de alívio.

– Isso é ótimo – digo.
Ela pega os formulários na minha mão. Espero enquanto lê.
– Gostaria de receber uma boa notícia? – pergunta.
Claro que eu gostaria. Confirmo lentamente com a cabeça.
– Já vi um monte de casos assim, e acho que você vai ficar bem.
Não sei o que esperava que ela dissesse, mas certamente não era isso.
– A senhora acha mesmo que ele vai poder ajudar? – Posso ouvir a esperança e o ceticismo na minha voz.
– Jeremy nunca perde – responde ela, tão orgulhosa que parece estar falando de si mesma.
Mas, claro, isso não pode ser verdade. Todo mundo perde alguma coisa alguma vez. Eu deveria pedir que ela fosse mais precisa, que me fornecesse uma porcentagem de ganhos e perdas exata, para que eu pudesse decidir como me sentir.
– Há esperança – afirma simplesmente.
Mesmo eu odiando poesia, um poema que li na aula de inglês surge na minha cabeça. *"Esperança" é a coisa que tem penas.* Agora entendo concretamente o que isso significa. Alguma coisa dentro do meu peito quer sair voando, quer cantar, rir e dançar aliviada.
Agradeço e saio rapidamente do escritório, antes que possa perguntar algo que leve embora esse sentimento. Em geral sou a favor de saber a verdade, mesmo que a verdade seja ruim. Não é o modo mais fácil de se viver. Às vezes a verdade pode doer mais do que a gente espera.
Há algumas semanas meus pais estavam discutindo no quarto, de porta fechada. Era uma daquelas ocasiões raras em que minha mãe fica com raiva do meu pai na cara dele. Peter me flagrou xeretando do lado de fora da porta. Quando eles pararam de discutir, perguntei se ele queria saber o que eu tinha ouvido, mas ele não quis. Disse que dava para ver que o que eu havia escutado era ruim e que ele não queria nada de ruim na vida dele naquele momento. Na hora fiquei chateada. Mas depois achei que talvez ele estivesse certo. Senti vontade de "desouvir" o que tinha ouvido.
De volta ao corredor, encosto a testa na parede e hesito. Penso se vale a pena voltar e pressionar a mulher por mais detalhes, mas decido não fazer isso. De que vai adiantar? É melhor esperar a notícia oficial do advogado. Além disso, estou cansada de me preocupar. Sei que o que ela disse não é garantia. Mas preciso sentir alguma coisa que não o pavor resignado. A esperança parece uma boa alternativa.

Penso em ligar para os meus pais e contar a novidade, mas também não faço isso. Não tenho qualquer informação nova para dar. O que eu diria? Um homem que não conheço me mandou falar com outro homem que não conheço. Uma secretária, que não é advogada, e que também não conheço, diz que tudo pode ficar bem. De que adianta criar grandes expectativas?

A pessoa com quem quero mesmo falar é Daniel, mas ele já foi há um tempo para sua entrevista.

Eu gostaria de ter sido mais legal com ele.

Gostaria de ter pedido o número do seu telefone.

E se esse absurdo da imigração se solucionar? E se eu ficar, como vou encontrá-lo de novo? Porque, não importa quanto eu tenha fingido o contrário, algo aconteceu entre nós. Algo grande.

hannah winter

Um conto de fadas – Parte 1

HANNAH SEMPRE PENSOU em si mesma como alguém que vivia num conto de fadas no qual não é a personagem principal. Não é a princesa nem a fada madrinha. Nem a bruxa malvada nem os parentes. Hannah é um personagem menor, ilustrado pela primeira vez na página doze ou treze. A cozinheira, talvez, preparando os bolinhos e os confeitos. Ou talvez seja a criada, afável e simplesmente fora das vistas.

Só quando conheceu o advogado Jeremy Fitzgerald e começou a trabalhar para ele imaginou que poderia virar a estrela. Nele reconhecia seu Amor Verdadeiro. Seu Felizes Para Sempre. Isso apesar de ele ser casado. Apesar de ser pai de duas crianças pequenas.

Hannah jamais acreditou que ele retribuiria seu amor até o dia em que ele fez exatamente isso.

Esse dia é hoje.

advogado jeremy fitzgerald

Um conto de fadas – Parte 1

JEREMY FITZGERALD ESTAVA atravessando a rua quando um homem bêbado e perturbado – um corretor de seguros –, num BMW branco, o atropelou a 30 quilômetros por hora. A pancada não foi suficiente para matá-lo, mas bastou para fazê-lo pensar na morte e em sua vida atual. Bastou para fazer com que ele admitisse que estava apaixonado por sua assistente, Hannah Winter, e que já se sentia assim havia algum tempo.

Mais tarde, quando voltar ao escritório, vai pegar Hannah nos braços sem dizer nada. Vai segurá-la e pensar, muito brevemente, no futuro que o amor por ela vai lhe custar.

daniel

Adolescente escolhe mal.

Minha mãe, a pacifista, me mataria se soubesse o que acabei de fazer. Remarquei minha entrevista. Por causa de uma garota. E nem é uma garota coreana, é uma negra. Uma garota negra que eu não conheço de verdade. Uma garota negra que não conheço de verdade e que pode nem gostar de mim.

A mulher ao telefone disse que minha noção de tempo foi perfeita. Ela já ia ligar para mim, também, para remarcar o compromisso. Só consegui horário para o fim da tarde, seis horas, portanto aqui estou, no saguão do prédio onde deixei Natasha, lendo a lista de escritórios e atento à chegada dela. A maioria dos ocupantes do prédio é de advogados (J. D., Adv.) e contadores (CPA, CFA, etc.). Nunca vi tantas abreviações de títulos. Daniel Jae Ho Bae, SI (Sujeito Idiota), CAF (Condenado ao Fracasso).

Que compromisso ela poderia ter neste prédio? Ou é uma herdeira com dinheiro para investir ou está com problemas e precisa da ajuda de um advogado.

Do outro lado do saguão a porta do elevador se abre e ela sai.

Enquanto remarcava meu compromisso, parte de mim se perguntou se eu estava sendo ridículo. Uma garota que acabei de conhecer não vale colocar meu futuro em risco. Era mais fácil pensar assim quando não estava olhando para ela, porque agora não consigo lembrar por que hesitei.

Claro que ela vale. Não sei como explicar...

É, ela é bonita. A combinação do cabelo volumoso, dos olhos pretos e brilhantes e dos lábios rosados e cheios é linda. Além disso, ela tem as pernas mais incríveis que existem no mundo conhecido (depois de um estudo cuidadoso, elevei-as do terceiro para o primeiro lugar. Estou sendo objetivo aqui). Portanto, sim, definitivamente me sinto atraído por ela, mas é muito mais que isso... e não estou dizendo isso só porque ela tem as pernas mais incríveis no universo conhecido. Mesmo.

Observo enquanto ela atravessa o saguão. Está olhando em volta, tentando encontrar alguma coisa ou alguém. Seus ombros se afrouxam quando não encontra. Deve estar me procurando, certo? A não ser que tenha conhecido outro potencial amor de sua vida nos trinta minutos em que ficou longe de mim.

Do lado de fora, faz um lento giro de 360° para um lado e depois um 360° mais lento para o outro. A pessoa que ela está procurando ainda não está lá.

natasha

ELE NÃO ESTÁ NO SAGUÃO e não está do lado de fora, no pátio. Devo admitir que ele não está aqui e que eu queria que estivesse. Meu estômago parece meio oco, como se eu estivesse com fome, mas não é comida que desejo.

O dia ficou mais quente. Tiro a jaqueta, dobro-a no antebraço e fico parada, decidindo o que vou fazer. Reluto em ir embora e reluto em admitir que não quero ir. Não que eu ache que estávamos destinados um ao outro ou qualquer coisa ridícula assim. Mas seria legal passar as próximas horas com ele. Poderia ser legal sair com ele. Eu adoraria saber se fica vermelho quando beija.

Este foi o último lugar em que o vi. Se eu for embora, não terei chance de vê-lo de novo. Imagino como está sendo a sua entrevista. Se está dizendo as coisas certas ou se está deixando a dúvida e a angústia existencial aparecerem. Esse cara precisa de um *coaching* de vida.

Estou prestes a ir embora quando algo me faz olhar em volta uma última vez. Sei que não é possível sentir a presença de uma pessoa específica. É provável que meu subconsciente o tenha visto enquanto eu atravessava o saguão. As pessoas usam linguagem poética para descrever coisas que não entendem. Em geral há uma explicação científica, se você se der ao trabalho de procurá-la.

De qualquer modo, aí está ele.

Ele está aqui.

daniel

ELA VEM ANDANDO NA MINHA DIREÇÃO. Há duas horas eu diria que seu rosto estava inexpressivo; mas estou ficando especialista em Natasha, e seu rosto só está tentando ser inexpressivo. Se eu tivesse de adivinhar, diria que ela está feliz em me ver.

– O que aconteceu com sua entrevista? – pergunta ela assim que chega perto.

Sem abraço. Sem "Que bom ver você". Talvez eu não seja tão especialista em Natasha, afinal de contas.

Será que apresento os fatos ou a verdade? (Curiosamente, as duas coisas não são sempre o mesmo.) O fato é que adiei. A verdade é que adiei para passar mais tempo com ela. Parto para a verdade:

– Adiei para passar mais tempo com você.

– Ficou maluco? Você está falando da sua vida.

– Não taquei fogo no prédio, Tash. Só adiei para mais tarde.

– Quem é Tash? – questiona ela, mas há um sorriso no canto dos seus lábios.

– Como foi a sua coisa?

Aponto o queixo na direção dos elevadores. O sorriso dela some. Nota para mim mesmo: não puxe esse assunto de novo.

– Foi bem. Preciso voltar às três e meia.

Olho meu celular: 11h35.

– Parece que temos mais tempo juntos – digo.

Espero que ela revire os olhos, mas não faz isso. Recebo como uma pequena vitória.

Ela estremece um pouco e esfrega as mãos nos antebraços. Dá para ver o arrepio na pele, e agora fico sabendo outra coisa sobre ela: sente frio com facilidade. Pego a jaqueta e a ajudo a vestir. Ela enfia um braço e depois o outro, então ajeita os ombros. Ajudo com a gola.

É uma coisa pequena. Deixo a mão pousar na sua nuca e ela se encosta em mim ligeiramente. Seu cabelo pinica meu nariz. É uma coisa boba, mas parece algo que já fazemos há muito tempo.

Ela se vira e preciso recolher as mãos para não tocá-la de modo mais íntimo. Aonde quer que estejamos indo, ainda não chegamos lá.

– Tem certeza de que não está colocando em risco... – começa a falar.

– Não me importo.

– Deveria. – Ela para de falar e me olha com expressão inquieta. – Você fez isso por minha causa?

– Fiz.

– Por que tem tanta certeza de que eu valho a pena?

– Instinto.

Não sei o que há nela que me deixa sem medo da verdade.

Seus olhos se abrem mais e ela estremece ligeiramente.

– Você é impossível.

– É possível – respondo.

Ela ri e seus olhos pretos brilham para mim.

– O que vamos fazer agora? – pergunta.

Preciso cortar o cabelo e levar a bolsa e as fichas de depósito para o meu pai. Não quero fazer nada disso. O que quero é achar um local aconchegante e ficar aconchegado a ela. A bolsa precisa ser entregue. Pergunto se ela topa uma ida ao Harlem e ela concorda. Na verdade, essa é absolutamente a última coisa que eu deveria fazer. Não poderia ter tido uma ideia pior. Meu pai vai deixá-la apavorada. Ela vai conhecê-lo e imaginar que em cinquenta anos estarei do mesmo jeito, e aí vai sair correndo para bem longe, porque é isso que eu faria no seu lugar.

Meu pai é um cara esquisito. Digo esquisito, mas o que quero dizer é estranho pra cacete. Primeiro, ele não fala de verdade com ninguém, a não ser com os clientes. Isso inclui Charlie e eu. A não ser que as broncas contem como diálogo. Se as broncas contam, ele falou mais com o Charlie nesse último verão e no outono do que em 19 anos. Posso estar exagerando, mas só um pouco.

Não sei como vou explicar Natasha a ele ou ao Charlie. Bom, com Charlie não me importo mesmo, mas meu pai vai notá-la. Vai saber que há alguma coisa, assim como sabe qual cliente vai roubar algo e qual é confiável o suficiente para comprar fiado.

Mais tarde, no jantar, dirá alguma coisa em coreano à minha mãe, na voz que ele usa para reclamar dos americanos. Não quero nenhum deles envolvido nisto por enquanto. Não estamos prontos para esse tipo de pressão.

Natasha diz que todas as famílias são estranhas, e é verdade. Mais tarde, depois de encararmos esse "evento", terei que perguntar sobre a família dela. Descemos para o metrô.

– Prepare-se – aviso.

natasha

O HARLEM FICA A APENAS vinte minutos de metrô de onde estávamos, mas é como se tivéssemos ido para um país diferente. Os arranha-céus foram substituídos por lojas pequenas, espremidas umas nas outras, com letreiros multicoloridos. O ar tem um cheiro diferente, menos de cidade e mais de subúrbio. Quase todo mundo na rua é negro.

Daniel não diz nada enquanto andamos pelo boulevard Martin Luther King na direção da loja dos pais dele. Desacelera quando passamos por uma loja vazia com uma enorme placa de ALUGA-SE e por uma loja de penhores com toldo verde. Por fim, paramos diante de uma loja de cosméticos e artigos de beleza para os cabelos dos negros.

Chama-se Tratamento para Cabelos Negros. Já estive em um monte de lugares assim. "Vá à loja de cosméticos ali da esquina e pegue um relaxante de cabelos para mim", diz minha mãe a cada dois meses, mais ou menos.

É incrível. Todo mundo sabe que é incrível como todas as lojas de cosméticos para negros pertencem a coreanos, e que injustiça isso é. Não sei por que não pensei nisso quando Daniel falou que eles tinham uma loja.

Não consigo enxergar o lado de dentro porque as vitrines estão cobertas por cartazes velhos e desbotados de negras sorridentes, de terninho, todas com o mesmo estilo de cabelo tratado quimicamente. Pelo jeito – ao menos segundo esses cartazes –, apenas certos estilos de cabelo são permitidos em reuniões de diretoria. Até minha mãe é culpada desse tipo de sentimento. Ela não ficou feliz quando decidi usar o cabelo afro, dizendo que não parece uma coisa profissional. Mas gosto do meu afro grandão. Também gostava quando meu cabelo era comprido e relaxado. Fico feliz em ter opções. Elas são minhas.

Perto de mim, Daniel está tão nervoso que treme. Imagino se é porque vou conhecer o pai dele ou por causa da política de seus pais serem donos desta loja. Ele me encara e puxa a gravata para um lado e para outro, como se estivesse apertada demais o tempo todo.

– Bom, o meu pai é... – Ele para e recomeça: – E meu irmão é...

Seu olhar está em toda parte, menos nos meus olhos, e sua voz está tensa, provavelmente porque tenta falar sem respirar.

– Talvez você devesse esperar aqui fora – diz, conseguindo enfim desembuchar uma frase inteira.

A princípio não penso nada sobre isso. Acho que todo mundo tem vergonha da própria família. Eu tenho da minha. Bom, pelo menos do meu pai. No lugar do Daniel eu faria a mesma coisa. Meu ex traidor, Rob, não conheceu meu pai. Era mais fácil assim. Não ouvir o sotaque americano falso do meu pai. Não vê-lo tentando encontrar uma abertura para falar sobre si mesmo e sobre todos os seus planos para o futuro e de como ele vai ser famoso um dia.

Estamos parados na frente da loja quando duas adolescentes negras saem rindo. Outra mulher, também negra, entra.

Ocorre-me que talvez ele não esteja com vergonha da família. Talvez esteja com vergonha de mim. Ou talvez tenha medo de seus pais terem vergonha de mim. Não sei por que não pensei nisso antes.

Na verdade, os Estados Unidos não são um caldeirão de raças. É mais como uma daquelas bandejas de metal com partes separadas para carboidrato, carne e vegetais. Estou olhando para ele e ele ainda não olha para mim. De repente estamos tendo um momento que eu não esperava.

cabelo

Uma história afro-americana

NAS CIVILIZAÇÕES AFRICANAS DO SÉCULO XV os estilos de cabelo eram marcas de identidade. O estilo de cabelo podia indicar tudo, desde a tribo ou a família até a religião ou o status social. Penteados elaborados designavam poder e riqueza. Um estilo discreto podia ser sinal de que você estava de luto. Mais do que isso, o cabelo podia ter importância espiritual. Como ele está na cabeça – a parte mais alta do corpo e a mais próxima do céu –, muitos africanos o enxergavam como uma passagem para os espíritos até a alma, um modo de interagir com Deus.

Essa história foi apagada com o início da escravidão. Nos navios negreiros, os africanos recém-capturados tinham a cabeça raspada à força, num profundo ato de desumanização, um ato que cortava efetivamente o elo entre cabelo e identidade cultural.

Depois da escravidão o cabelo afro-americano assumiu associações complexas. Cabelo "bom" era qualquer coisa mais próxima dos padrões europeus de beleza. O cabelo bom era liso e macio. O cabelo crespo, texturizado, natural de muitos afro-americanos, era considerado ruim. Cabelo liso era lindo. Cabelo crespo era feio. No início da década de 1900, madame C. J. Walker, uma afro-americana, ficou milionária inventando e vendendo seus produtos de beleza para as negras. Ficou mais famosa por melhorar o projeto do "pente quente", um instrumento para alisar o cabelo. Na década de 1960, George E. Johnson lançou o "relaxante", um produto químico usado para alisar cabelos afro-americanos crespos. Segundo algumas estimativas, a indústria de produtos para cabelos de negros movimenta mais de 1 bilhão de dólares por ano.

Desde os dias pós-escravatura até os tempos modernos, o debate na comunidade afro-americana tem sido feroz. O que significa usar o cabelo natural versus o alisado? Alisar o cabelo é uma forma de ódio contra si mesmo? Significa que seu cabelo no estado natural não é bonito? Se você usa o cabelo de modo natural está fazendo uma declaração política, reivindicando o poder dos negros? O modo como as afro-americanas usam o cabelo costuma ter a ver com mais coisas do que só com a vaidade. Tem a ver com algo mais do que a noção de um indivíduo sobre sua própria beleza.

Quando Natasha decide usar o cabelo afro não é porque tem consciência de toda essa história. Ela faz isso apesar das afirmativas de Patricia Kingsley de que o cabelo afro faz as mulheres parecerem militantes e pouco profissionais. Essas afirmações são enraizadas no medo – medo de que a filha seja prejudicada por uma sociedade que com muita frequência ainda teme a negritude. Além disso, Patricia não expõe sua outra objeção: o novo estilo de cabelo de Natasha parece uma rejeição. Ela vem alisando o cabelo ao longo de toda a vida. Alisou o de Natasha desde que a menina tinha 10 anos. Hoje em dia, quando olha para a filha, Patricia não vê tanto de si mesma refletido nela como antes, e isso dói. Mas, claro, todos os adolescentes fazem isso. Todos os adolescentes se afastam dos pais. Crescer é se afastar.

O cabelo natural de Natasha demora três anos para crescer totalmente. Ela não faz isso como uma afirmação política. Na verdade, gostava do cabelo liso. No futuro pode alisá-lo de novo. Faz isso porque quer tentar uma coisa nova.

Faz apenas porque parece bonito.

daniel

Adolescente é tão cretino quanto o irmão.
— Talvez você devesse esperar aqui fora — digo.

Falo como se sentisse vergonha dela, como se estivesse tentando mantê-la escondida. Meu arrependimento é instantâneo. Sem esperar alguns segundos para perceber todo o impacto das palavras. Não. Não. Não. É imediato e consome tudo.

E, assim que as palavras saem, não acredito no que falei. É disso que sou feito? De nada?

Sou mais cretino do que o Charlie.

Não consigo olhar para ela. Seu olhar está no meu rosto e não consigo olhá-la. Quero aquela máquina do tempo. Quero o último minuto de volta.

Ferrei tudo.

Se vai ser Daniel e Natasha, lidar com o racismo do meu pai é só o início. Mas ela e eu só estamos no início, e simplesmente não quero ter que lidar com ele agora. Quero fazer a coisa fácil, e não a certa. Quero me apaixonar, cair de quatro.

Sem obstáculos na queda, por favor. Ninguém quer se machucar quando cai de amor. Só quero cair como todo mundo cai.

natasha

VOU FICAR BEM.

Vou ficar bem esperando aqui. Entendo. Entendo de verdade. Mas há uma parte de mim, a parte que não acredita em Deus nem no amor verdadeiro, que deseja que ele prove que estou errada em não acreditar nessas coisas. Quero que ele me escolha. Mesmo sendo cedo demais na história de nós dois. Mesmo não sendo o que eu faria. Quero que ele seja tão nobre quanto pareceu a princípio, mas, claro, não é. Ninguém é. Por isso deixo que ele se solte do anzol.

– Não se preocupe tanto – digo. – Eu espero.

daniel

QUANDO A GENTE NASCE, ELES (Deus, os pequenos alienígenas ou sei lá o quê) deveriam mandar a gente para o mundo com um punhado de passes livres. Um Cartão de Refazer, um de Adiar, um de Voltar Atrás, um de Soltura da Cadeia. Eu usaria o meu de Refazer agora mesmo.

Olho para Natasha e percebo que ela sabe exatamente o que estou passando. Vai entender se eu simplesmente entrar, entregar a bolsa e voltar lá para fora. Então poderemos continuar nosso caminho e eu não precisarei ter, mais tarde com meu pai, nenhuma conversa do tipo "Quem era aquela garota?" Nem precisarei ouvir qualquer piadinha do tipo "Tá vendo a coisa preta?" por parte do Charlie. Esse pequeno incômodo vai ser um pequeno soluço na nossa estrada para a grandeza, para a perfeita união.

Mas não posso. Não posso deixar Natasha aqui fora. Em parte porque é a coisa certa. Mas principalmente porque ela e eu não estamos de fato no início.

— Posso tentar de novo? — pergunto, apresentando meu Cartão de Refazer.

Ela dá um sorriso tão grande que sei que, o que quer que aconteça, valerá a pena.

natasha

UM SININHO TOCA ASSIM que entramos. É como todas as outras lojas de produtos de beleza em que estive. Pequena e atulhada de fileiras de estantes de metal transbordando de frascos de plástico prometendo que sua fórmula secreta é a melhor para o seu cabelo, sua pele, etc.

A caixa registradora fica de frente para a entrada, por isso vejo o pai dele no mesmo instante. Sei imediatamente de quem Daniel herdou a beleza. O pai é meio velho e está ficando careca, mas tem a mesma estrutura óssea e o mesmo rosto perfeitamente simétrico que torna Daniel tão atraente. Está ocupado fechando a conta de um cliente e não reconhece o filho, mas tenho certeza de que viu nós dois. O cliente é um cara mais ou menos da minha idade, negro, com cabelo curto e roxo, três argolas no lábio, uma no nariz, uma na sobrancelha e mais brincos do que posso contar. Quero ver o que ele está comprando, mas já foi empacotado.

Daniel tira a bolsinha do bolso do paletó e começa a se dirigir ao caixa. Seu pai olha rapidamente para ele. Não sei bem o que foi comunicado, mas Daniel para de andar e suspira.

– Você precisa ir ao banheiro ou algo assim? – pergunta. – Há um nos fundos.

Balanço a cabeça. Ele estrangula a bolsa com as mãos.

– Bom, é isso aí. Esta é a loja.

– Quer me mostrar as coisas? – pergunto para ajudar a distraí-lo.

– Não há muito para ver. Os três primeiros corredores são de produtos para o cabelo: xampu, condicionador, apliques, tinturas, um monte de coisas químicas que eu não entendo. O terceiro é de maquiagem. O quarto é de equipamentos.

Ele olha para o pai, que ainda está ocupado.

– Você quer alguma coisa?

Toco meu cabelo.

– Não, eu...

– Não estou falando de algum produto. Nós temos uma geladeira nos fundos, com refrigerantes e coisas assim.

– Está bem. – Gosto da ideia de dar uma olhada nos bastidores.

Vamos pelo corredor de tinturas. Todas as caixas mostram mulheres com sorrisos largos e os cabelos perfeitamente tingidos e arrumados. O que é vendido naqueles frascos não é tintura de cabelo, é felicidade.

Paro na frente de um monte de caixas com tinturas multicoloridas e pego uma cor-de-rosa. Há uma parte muito pequena de mim, pouco prática, que sempre quis um cabelo cor-de-rosa.

Daniel demora alguns segundos para ver que parei de andar.

– Rosa? – pergunta ele, quando vê a caixa na minha mão.

Balanço-a para ele.

– Por que não?

– Não parece o seu estilo.

Claro que ele está completamente certo, mas odeio que pense assim. Será que sou tão previsível e tediosa? Penso no cara que vi quando entramos na loja. Aposto que ele deixa todo mundo intrigado.

– Isso mostra quanto você sabe – digo e dou um tapinha no meu cabelo.

O olhar dele acompanha minha mão. Agora estou realmente sem jeito e espero que ele não peça para tocar meu cabelo nem faça um monte de perguntas idiotas. Não que eu não queira que ele toque meu cabelo; quero. Só que não como uma curiosidade.

– Acho que você ficaria linda com um afro rosa gigante.

A sinceridade é sensual, e meu coração cético nota isso.

– Não seria todo rosa. Talvez só as pontas.

Ele estende a mão para a caixa, de modo que agora nós dois estamos segurando-a e nos encarando num corredor em que só há espaço suficiente para um.

– Iria parecer uma cobertura de morango.

Com a outra mão ele puxa alguns fios do meu cabelo entre os dedos e eu descubro que não me importo nem um pouquinho.

– Ah, olha. Meu irmãozinho – diz uma voz no fim do corredor.

Daniel tira a mão rapidamente do meu cabelo. Nós dois largamos a caixa ao mesmo tempo e ela cai no chão. Daniel se abaixa para pegar. Eu me viro para o intruso.

É mais alto e mais corpulento do que Daniel. No rosto a estrutura óssea da família parece ainda mais acentuada. Ele encosta numa estante a vassoura que estava segurando e vem andando pelo corredor. Seus olhos grandes e escuros estão cheios de curiosidade e uma espécie de alegria maliciosa.

Não sei se gosto dele.

Daniel se levanta e me devolve a tintura.

– E aí, Charlie? – pergunta.

– Aqui tudo bem, irmãozinho – diz Charlie.

Está me olhando enquanto responde, e a expressão é mais de desprezo do que um sorriso.

– Quem é essa? – pergunta ele, ainda olhando só para mim.

Daniel respira fundo e se prepara para dizer alguma coisa, mas sou mais rápida:

– Natasha. – Ele me encara como se devesse haver mais alguma coisa a dizer. – Amiga do seu irmão – continuo.

– Ah, achei que ele tinha apanhado uma freguesa roubando. – Seu rosto é uma paródia de inocência. – Temos muito disso numa loja assim. – Seus olhos são risonhos e maus. – Tenho certeza de que você entende.

Definitivamente, não gosto dele.

– Meu Deus, Charlie.

Daniel dá um passo na direção de Charlie, mas eu seguro sua mão. Ele para, entrelaça os dedos nos meus e aperta.

Charlie exagera o olhar que lança para nossas mãos juntas e depois olha para nosso rosto.

– Isso é o que eu acho que é? Amooooor. É, irmãozinho?

Ele bate palmas ruidosamente e faz uma dancinha, gargalhando.

– Isso é fantástico. É. Você sabe o que significa, não sabe? Vão parar de pegar no meu pé. Quando nossos pais descobrirem, vou ser o perfeito escoteiro de novo. Foda-se a suspensão acadêmica.

Agora ele está gargalhando e esfregando as mãos, como um vilão detalhando os planos para dominar o mundo.

– Você é um escroto – digo, incapaz de me conter.

Ele sorri como se eu tivesse feito um elogio. Mas o sorriso não dura.

Olha para nossas mãos de novo e em seguida para Daniel.

– Você é um tremendo idiota – diz. – Aonde você vai com isso?

Aperto a mão de Daniel com mais força e a puxo. Quero provar que Charlie está errado.

– Faça o que tem que fazer e vamos embora daqui – peço.

Daniel confirma com a cabeça e nós nos viramos – e damos de cara com o pai dele. Tiro a mão da sua ao mesmo tempo em que ele está soltando a minha, mas é tarde demais. O pai já viu.

daniel

Gigantesco saco de canalhice se disfarça de adolescente e não engana ninguém.

Charlie é um gigantesco saco de canalhice que eu adoraria incendiar. Quero dar um soco naquela cara presunçosa. Não é uma emoção nova, já que quero fazer isso desde os meus 10 anos, mas desta vez ele finalmente foi longe demais. Estou pensando em como seria bom quebrar a mão na cara dele, mas também estou concentrado na sensação da mão de Natasha na minha.

Preciso tirá-la daqui antes que minha família escangalhe minha vida justo quando ela está começando.

– O que você está fazendo? – meu pai pergunta em coreano.

Decido ignorar a pergunta que ele faz. Em vez disso estendo a bolsa.

– Mamãe disse que eu precisava trazer isto. – Respondo em inglês para que Natasha não pense que estamos falando dela.

Charlie vem para perto de mim.

– Quer que eu ajude a traduzir para sua *amiga*?

Ele superenfatiza o *amiga*. Porque ser um saco de canalhice é a razão da existência de Charlie.

Meu pai lança um olhar duro para ele.

– Achei que você não entendia coreano – diz ao Charlie.

Charlie dá de ombros.

– Eu me viro.

Nem a desaprovação do meu pai consegue impedir que ele se divirta à minha custa.

– Foi por isso que fracassou em Harvard? Você só se vira?

Essa parte meu pai diz em coreano, porque a última coisa que ele faria seria lavar nossa roupa suja na frente de uma *miguk saram*. Uma americana.

Charlie não liga a mínima e traduz mesmo assim, mas está sorrindo um pouco menos.

— Não se preocupe — explica a Natasha. — Ele não está falando de você. Ainda não. Só está me chamando de idiota.

O rosto do meu pai fica totalmente inexpressivo, portanto sei que agora ele está com raiva de verdade. Charlie o encurralou. Charlie vai traduzir qualquer coisa que ele disser, e o senso de adequação do meu pai não pode permitir isso. Então ele se transforma no Lojista Educado, como o vi fazer um milhão de vezes com um milhão de clientes.

— Quer alguma coisa antes de sair? — pergunta a Natasha.

Ele junta as mãos, se curva um tantinho e dá seu melhor sorriso de atendimento ao cliente.

— Não, obrigada, senhor... — Ela para porque não sabe meu sobrenome.

Meu pai não responde.

— Sim. Sim. Você amiga do Daniel. Pegue o que quiser.

Sinto que é um acidente prestes a acontecer, mas não sei como impedi-lo. Ele bate nos bolsos até encontrar os óculos e olha os frascos na prateleira.

— Este corredor, não — murmura. — Venha comigo.

Talvez a coisa termine rápido se concordarmos com isso. Natasha e eu o acompanhamos, impotentes, enquanto Charlie ri.

Meu pai encontra o que está procurando no corredor seguinte.

— Aqui. Relaxante para o seu cabelo.

Ele pega um tubo grande, preto e branco, numa prateleira e entrega a Natasha.

— Relaxante — repete. — Faz seu cabelo não tão grande.

Charlie dá uma gargalhada longa.

Começo a dizer que ela não precisa de nada, mas Natasha interrompe.

— Obrigada, senhor...

— Bae — digo, porque ela deveria saber meu sobrenome.

— Sr. Bae. Não preciso de...

— Cabelo grande demais — repete ele.

— Gosto de grande — diz ela.

— Então é melhor arranjar outro namorado. — Charlie mexe as sobrancelhas para garantir que todos entendemos sua insinuação.

Fico surpreso porque ele não acompanha isso com um gesto de mão, para ser absolutamente claro. Minha surpresa não dura, porque ele mostra o polegar e o indicador separados por dois centímetros.

— Boa piada, Charlie — digo. — É, meu pênis só tem dois centímetros.

Não me incomodo em encarar meu pai.

Natasha se vira para mim e parece meio chocada. Está definitivamente reconsiderando suas escolhas recentes na vida. Praticamente jogo a bolsa para o meu pai. As coisas não podem piorar, por isso pego a mão dela apesar de meu pai estar ali parado. Graças a Deus, ela deixa que eu a pegue.

– Obrigado, volte sempre – troveja Charlie quando estamos quase saindo pela porta.

Ele parece um pinto no lixo. Ou talvez só o lixo.

Faço um gesto obsceno para ele e ignoro a enorme desaprovação que vem do meu pai, porque mais tarde haverá tempo para isso.

natasha

ESTOU RINDO, MESMO SABENDO que não deveria. Foi uma experiência completamente medonha. Coitado do Daniel.

Fato Observável: as famílias são a pior coisa do mundo.

Estamos quase de volta à estação do metrô quando ele para de me puxar. Dá um tapa na própria nuca e baixa a cabeça.

– Desculpe – diz, tão baixinho que mais leio seus lábios do que ouço.

Estou tentando segurar o riso, porque ele parece estar de luto por alguém, mas tenho dificuldade. A imagem do pai dele tentando me empurrar o tubo de relaxante de cabelos me vem à mente e é quase impossível conter o riso. Quando começo não consigo mais parar. Aperto a barriga e a histeria me domina. Daniel só me olha. Ele franze tanto a testa que é capaz de ela ficar assim permanentemente.

– Aquilo foi terrível – digo ao me acalmar. – Acho que não poderia ter sido pior. Pai racista. Irmão mais velho racista *e* sexista.

Daniel esfrega um ponto na nuca e franze a testa mais um pouco.

– E a loja! Puxa, aqueles cartazes velhíssimos com aquelas mulheres, e seu pai criticando meu cabelo, e seu irmão fazendo uma piada de pau pequeno.

Quando termino de fazer a lista de todas as coisas horríveis estou gargalhando outra vez. Ele demora mais alguns segundos, mas finalmente sorri também, e fico feliz com isso.

– Que bom que você acha engraçado – declara ele.

– Qual é! Tragédia é um negócio engraçado.

– Estamos numa tragédia? – pergunta ele, agora com um sorriso largo.

– Claro. A vida não é isso? No fim, todos nós morremos.

– Acho que é.

Ele chega mais perto, pega a minha mão e a coloca em seu peito.

Examino minhas unhas. Examino as cutículas. Qualquer coisa para não olhar aqueles olhos castanhos. O coração dele bate sob os meus dedos.

Por fim levanto a cabeça e ele cobre minha mão com a sua.

– Desculpe – diz. – Desculpe pela minha família.

Confirmo com a cabeça, porque a sensação do coração batendo está fazendo coisas esquisitas com minhas cordas vocais.

– Desculpe tudo, toda a história do mundo, todo o racismo e a injustiça disso.

– O que você está dizendo? A culpa não é sua. Você não pode se desculpar pelo racismo.

– Posso e me desculpo.

Meu Deus. Me salve dos caras legais e sinceros que sentem as coisas de modo muito profundo. Ainda acho que o que aconteceu é engraçado em seu horror perfeito, mas também entendo a vergonha dele. É difícil vir de um lugar ou de uma pessoa de quem a gente não se orgulha.

– Você não é o seu pai – afirmo.

Mas ele não acredita. Entendo seu medo. Quem somos nós, senão produtos dos nossos pais e da história deles?

cabelo

Uma história coreano-americana

A FAMÍLIA DE DANIEL NÃO ENTROU no mercado de cosmética para negros por acaso. Quando Dae Hyun e Min Soo se mudaram para Nova York, havia toda uma comunidade de imigrantes sul-coreanos querendo ajudá-los. O primo de Dae Hyun emprestou dinheiro e aconselhou que abrissem uma loja de cosméticos para negros. Seu primo tinha um comércio semelhante, assim como muitos outros imigrantes na nova comunidade. As lojas estavam prosperando.

O domínio dos sul-coreanos no ramo de cosmética para negros também não aconteceu por acaso. Começou na década de 1960, com o aumento da popularidade das perucas feitas com cabelos de sul-coreanos entre a comunidade afro-americana. As perucas eram tão populares que o governo sul-coreano proibiu a exportação de cabelo. Isso garantiu que as perucas de cabelos sul-coreanos *só* pudessem ser feitas na Coreia do Sul. Essas duas ações solidificaram o domínio da Coreia do Sul no mercado de perucas. O negócio de perucas evoluiu naturalmente para o de produtos para os cabelos dos negros.

Estima-se que empresas sul-coreanas controlem entre 60% e 80% desse mercado, incluindo distribuição, varejo e, cada vez mais, produção. Seja por motivos culturais ou raciais, esse domínio torna impossível qualquer outro grupo colocar os pés no negócio. Os distribuidores sul-coreanos vendem principalmente para os varejistas sul-coreanos, deixando todos os outros fora do mercado.

Dae Hyun não sabe dessa história. O que sabe é o seguinte: os Estados Unidos são a terra da oportunidade. Seus filhos terão mais do que ele teve.

daniel

QUERO AGRADECER A ELA por não me odiar. Depois da experiência na loja dos meus pais, quem poderia culpá-la? Além disso, ela não precisava reagir à minha família de modo tão pacífico. Se tivesse gritado com meu irmão e meu pai, eu entenderia. É um milagre (do tipo água transformada em vinho) ela ainda aceitar ficar aqui comigo, e estou mais do que grato.

Em vez de dizer tudo isso, pergunto se ela quer almoçar. Estamos de volta à entrada do metrô e tudo que quero é me afastar o máximo possível da loja. Se a linha D fosse para a Lua, eu compraria um bilhete.

– Estou morrendo de fome – digo.

Ela revira os olhos.

– Morrendo, verdade? Você tem uma queda para o exagero.

– É para dar ênfase.

– Pensou em algum lugar?

Sugiro meu restaurante predileto no bairro coreano e ela concorda.

Encontramos lugares juntos no trem e nos sentamos. Vai demorar quarenta minutos para voltarmos ao centro.

Pego o telefone para encontrar mais perguntas.

– Pronta para mais?

Ela desliza mais para perto, de modo que nossos ombros estão comprimidos, e olha para o meu celular. Está tão perto que seu cabelo pinica o meu nariz. Não consigo evitar. Dou uma discreta cheiradinha que não é nem um pouco discreta.

Ela se afasta, com os olhos arregalados e mortificada.

– Você me cheirou? – Ela toca a parte do cabelo onde meu nariz estava.

Não sei o que dizer. Se admitir, sou tarado e esquisito. Se negar, sou mentiroso *além* de tarado e esquisito. Ela puxa os fios até o nariz e cheira também. Agora preciso garantir que ela não acha que seu cabelo cheira mal.

– Não. Quero dizer, sim. É, cheirei.

Paro porque os olhos dela ficam mais arregalados do que deveria ser possível.

– E?

Demoro um segundo para deduzir o que ela está pensando.

– O cheiro é bom. Sabe quando às vezes, na primavera, chove tipo uns cinco minutos e aí o sol aparece, a água está evaporando e o ar ainda está úmido? O cheiro é assim. Bom mesmo.

Faço minha boca fechar, mesmo que ela queira continuar falando. Baixo os olhos para o telefone e espero, desejando que ela chegue perto de novo.

natasha

ELE ACHA QUE MEU CABELO cheira a chuva de primavera. Estou tentando mesmo permanecer impassível e não me deixar afetar. Lembro que não gosto de linguagem poética. Não gosto de poesia. Nem gosto de pessoas que gostam de poesia.

Mas também não estou morta por dentro.

daniel

ELA CHEGA PERTO OUTRA VEZ e eu vou em frente, porque parece que é assim que eu sou com essa garota. Talvez parte de se apaixonar por alguém também seja se apaixonar por si mesmo. Gosto de quem sou com ela. Gosto de dizer o que estou pensando. Gosto de prosseguir apesar dos obstáculos que ela coloca. Normalmente eu desistiria, mas não hoje.

Levanto a voz acima do estardalhaço do trem nos trilhos.

– Certo. Segunda seção. – Levanto o olhar do telefone. – Está preparada? Vamos aumentar o nível de intimidade.

Ela franze a testa, mas concorda. Leio as perguntas em voz alta e ela escolhe a 24: o que você acha do seu relacionamento com sua mãe (e seu pai)?

– Você tem que responder primeiro.

– Bem, você conheceu meu pai.

Nem sei por onde começar a responder a essa pergunta. Claro, eu amo meu pai, mas a gente pode amar uma pessoa e ainda assim não ter um relacionamento fantástico com ela. Imagino quanto do nosso não relacionamento seja por causa das típicas coisas de pai versus filho adolescente (ter que voltar para casa às dez da noite, fala sério!) e quanto seja cultural (coreano-coreano versus coreano-americano). Nem sei se é possível separar as duas coisas. Às vezes acho que estamos em lados opostos de um vidro à prova de som. Podemos nos ver, mas não conseguimos nos ouvir.

– Então você acha que é ruim? – provoca ela.

Rio, porque esse é um modo muito simples e conciso de descrever uma coisa muito complicada. O trem freia de repente e faz a gente se aproximar ainda mais. Ela não se afasta.

– E com sua mãe? – pergunta.

– É bastante bom. – E percebo que sou sincero. – Minha mãe é meio parecida comigo. Ela pinta. É artística. – Engraçado, nunca pensei antes que éramos parecidos nesse sentido. – Agora é a sua vez.

Ela me olha.

– Me lembre de novo por que concordei com isso.

– Quer parar? – pergunto, mesmo sabendo que ela vai dizer não. É o tipo de pessoa que termina o que começa. – Vou facilitar sua vida. Você pode responder virando o polegar para cima ou para baixo, certo?

Ela confirma com a cabeça.

– Mãe?

Polegar para cima.

– Muito para cima?

– Não vamos exagerar. Eu tenho 17 anos e ela é minha mãe.

– Pai?

Polegar para baixo.

– Muito para baixo?

– Muito, muito, muito para baixo.

natasha

– É DIFÍCIL AMAR ALGUÉM que não ama a gente – digo a ele.

Daniel abre a boca e fecha de novo. Quer me dizer que, claro, meu pai me ama. Quer dizer que todos os pais amam os filhos. Mas não é verdade. Nada jamais é universal. *A maioria* dos pais ama os filhos. É verdade que minha mãe me ama. Eis outra coisa que é verdade: sou o maior arrependimento do meu pai.

Como eu sei?

Ele mesmo disse.

samuel kingsley

Uma história de arrependimento – Parte 2

SAMUEL KINGSLEY TINHA CERTEZA de que seu destino era ser famoso. Deus não iria lhe dar tanto talento sem lhe proporcionar um lugar onde apresentá-lo.

E então surgiu Patricia. Deus não lhe daria uma mulher e filhos lindos se não quisesse que ele os provesse de tudo que há de melhor.

Samuel se lembra do momento em que a conheceu. Ainda estavam na Jamaica, em Montego Bay. Chovia lá fora, e era uma daquelas tempestades tropicais que começam tão de repente quanto param. Ele entrou numa loja de roupas para se abrigar, para não chegar encharcado ao teste.

Ela era gerente da loja, de modo que na primeira vez que a viu ela usava crachá e parecia muito profissional. O cabelo era curto e encaracolado e os olhos eram os mais lindos, grandes e tímidos que ele já vira. Samuel jamais conseguira resistir a uma garota tímida – a todo aquele sofrimento e cautela.

Citou Bob Marley e Robert Frost. Cantou. Patricia não teve chance diante da força do seu charme. A hora do teste veio e passou, mas ele não se importou. Não conseguia se fartar daqueles olhos que se arregalavam de modo tão dramático diante do menor flerte.

Mesmo assim, parte dele disse para ficar longe. Alguma parte presciente viu os dois caminhos se separando na floresta amarela, como no poema de Robert Frost "The Road Not Taken". Se tivesse escolhido o outro caminho, talvez tivesse saído da loja em vez de ficar, e isso teria feito toda a diferença.

daniel

– COMIDA COREANA? Melhor comida. Saudável. Boa para você – digo a Natasha, imitando minha mãe.

É uma coisa que ela repete toda vez que jantamos fora. Charlie sempre sugere irmos a um restaurante americano, mas toda vez mamãe e papai nos levam a um coreano, apesar de comermos essa comida em casa todo dia. Não me importo, porque por acaso concordo com minha mãe. Comida coreana? Melhor comida.

Natasha e eu não temos muito tempo antes do compromisso dela, e estou começando a duvidar de que posso fazer com que ela se apaixone por mim nas próximas duas horas. Mas pelo menos posso fazer com que ela queira me ver de novo amanhã.

Entramos no meu estabelecimento favorito de *soon dubu* e somos recebidos com um "*Annyeonghaseyo*" pelos funcionários. Adoro este lugar, e o cozido de frutos do mar é quase tão bom quanto o da minha mãe. Não é chique, só pequenas mesas de madeira no centro, cercadas por reservados no entorno. Não está lotado, de modo que conseguimos pegar um reservado.

Natasha pede que eu escolha por ela.

– Como o que você pedir – diz.

Toco o sininho preso à mesa e uma garçonete aparece quase imediatamente. Peço *soon dubu, kalbi* e *pa jun*.

– Tem um sino? – pergunta ela quando a garçonete se afasta.

– Incrível, né? Somos um povo prático – declaro, meio que brincando. – Tira todo o mistério do serviço. Quando meu garçom vai aparecer? Quando vou receber a conta?

– Os restaurantes americanos sabem disso? Porque deveríamos contar a eles. Os sinos deveriam ser obrigatórios.

Rio e concordo, mas depois ela volta atrás:

– Não, mudei de ideia. Dá para imaginar um idiota tocando o sino sem parar e pedindo o ketchup?

Os *panchan*, entradas grátis, chegam muito rápido. Parte de mim se prepara para explicar o que ela está comendo. Uma vez o amigo de um amigo fez uma piada do tipo: *o que tem nessa comida? Carne de cachorro?* Eu me senti um merda, mas ri mesmo assim. É um desses momentos que me levam a desejar um Cartão de Refazer.

Mas Natasha não pergunta nada sobre a comida.

A garçonete vem e nos entrega os hashis.

Natasha pede:

– Ah, pode me dar um garfo, por favor?

A garçonete lança um olhar desaprovador para ela e se vira para mim.

– Ensina namorada usar pauzinhos – repreende, e se afasta.

Natasha me encara com os olhos arregalados.

– Isso quer dizer que ela não vai trazer um garfo?

Rio e balanço a cabeça, dizendo:

– O que foi isso?

– Acho que você deveria me ensinar a usar os pauzinhos.

– Não se preocupe com ela. Certas pessoas não ficam felizes até que tudo seja feito do jeito delas.

Natasha dá de ombros.

– Toda cultura é assim. Os americanos, os franceses, os jamaicanos, os coreanos. Todo mundo acha que seu jeito é o melhor.

– Mas nós, os coreanos, talvez estejamos certos – digo rindo.

A garçonete volta e coloca a sopa e dois ovos crus à nossa frente. Joga colheres embrulhadas em papel no centro da mesa.

– Qual é o nome disso? – pergunta Natasha quando a garçonete vai embora.

– *Soon dubu.*

Ela me olha quebrar o ovo na sopa e afundá-lo, para cozinhar, sob cubos de tofu, camarão e mariscos fumegando. Faz o mesmo e não comenta se é seguro comer isso.

– É delicioso – diz, tomando uma colherada.

Ela praticamente estremece de prazer.

– Por que você diz que é coreano? – questiona depois de mais algumas colheradas. – Você não nasceu aqui?

– Não importa. As pessoas sempre perguntam de onde eu sou. Eu costumava responder que era daqui, mas aí elas perguntavam de onde a gente era *de verdade*, e eu dizia: da Coreia. Às vezes falo que somos da Coreia do Norte e que meus pais e eu escapamos de uma masmorra subaquática cheia de piranhas onde Kim Jong-un nos mantinha como prisioneiros.

Ela não sorri como espero. Só quer saber por que faço isso.

– Porque não importa o que eu diga. As pessoas me olham e acreditam no que querem.

– Isso é uma bosta – declara ela, pegando um pouco de kimchi e colocando na boca.

Eu poderia olhá-la comendo o dia inteiro.

– Estou acostumado. Meus pais acham que não sou suficientemente coreano. Todas as outras pessoas acham que não sou suficientemente americano.

– É uma bosta mesmo. – Ela passa do kimchi para os brotos de feijão. – Mas acho que você não deveria dizer que é da Coreia.

– Por quê?

– Porque não é verdade. Você é daqui.

Adoro como isso é simples para ela. Adoro que sua solução para tudo seja contar a verdade. Luto com minha identidade e ela só diz para falar o que é verdadeiro.

– Você não deve ajudar as outras pessoas a ajustá-lo numa caixa.

– As pessoas fazem isso com você?

– Fazem; mas, na verdade, eu não sou daqui, lembra? Nós nos mudamos para cá quando eu tinha 8 anos. Eu tinha sotaque. A primeira vez que vi a neve eu estava na sala de aula e fiquei tão pasma que me levantei para olhar.

– Ah, não.

– Ah, sim.

– As outras crianças...

– Não foi bonito. – Ela estremece de mentirinha, lembrando. – Quer ouvir uma coisa ainda pior? No meu primeiro teste de ditado a professora marcou que eu escrevi *"favorite"* errado porque incluí o *u*: *"favourite"*.

– Isso está *mesmo* errado.

– Não. – Ela balança a colher para mim. – A grafia correta em inglês inclui o *u*. Assim diz a rainha da Inglaterra. Pesquise, garoto americano. De qualquer modo, eu era tão nerd que mostrei o dicionário para ela e ganhei os pontos de volta.

– Você não fez isso.

– Fiz – diz Natasha, sorrindo.

– Você queria mesmo aqueles pontos.
– Os pontos eram meus.

Ela dá uma risadinha, coisa que eu não achava que ela fazia. Claro, só a conheço há algumas horas, por isso obviamente ainda não sei tudo a seu respeito. Adoro essa parte de conhecer outra pessoa. A forma como cada informação nova, cada expressão nova, parece mágica. Não consigo imaginar isso envelhecendo e ficando chato. Não imagino não querer ouvir o que ela tem a dizer.

– Pare de fazer isso – ordena ela.

– O quê?

– Ficar me encarando.

– Certo. – Desencavo meu ovo e vejo que está perfeitamente cozido e mole. – Vamos comer juntos – digo. – É a melhor parte.

Ela pega o dela, e agora nós dois estamos com o ovo na colher, colher na mão.

– No três. Um. Dois. Três.

Colocamos os ovos na boca. Vejo seus olhos se arregalarem. Percebo o momento em que a gema estoura na sua boca. Ela fecha os olhos como se essa fosse a coisa mais deliciosa que já provou. Disse para eu não encarar, mas estou encarando. Adoro como ela parece sentir as coisas com o corpo inteiro. Imagino por que uma garota tão obviamente passional é tão teimosamente contra a paixão.

a garçonete

Uma história de amor

APRENDE USAR PAUZINHOS.
 Ensina namorada usar pauzinhos.
 Meu filho fazia a mesma coisa. Ele namora garota branca. Meu marido? Não aceita. No início eu concordo com ele. Nós não fala com nosso filho durante um ano depois que ele conta. Pensei: nós não fala com ele. Faz ele ver a razão, tomar tino.
 Nós não fala e eu sinto falta dele. Sinto falta meu menininho, as piadas americanas dele e o modo que ele belisca minha bochecha e diz que sou a *omma* mais bonita de todas. Meu filho, que nunca ficou com vergonha de mim quando todos os outros garotos ficam americanos demais.
 Nós não fala com ele mais de um ano. Então, quando ele telefona, penso: pronto, ele entende finalmente. Garota branca nunca vai entender nós, nunca vai ser coreana. Mas ele só liga para dizer que vai casar. Quer que a gente vai no casamento. Escuto na voz dele como ele ama ela. Escuto como ele ama ela mais do que ama eu. Escuto que se eu não vou no casamento perco meu filho único. Meu filho único, que me ama.
 Mas o pai diz não. Meu filho implorou pra gente ir e eu digo não, até que ele para de implorar.
 Ele casou. Vi fotos no Facebook.
 Eles têm primeiro filho. Vi fotos no Facebook.
 Eles têm outra filha. Uma menina.
 Meus *sohn-jah*, netinhos, e só conheço pelo computador.
 Agora, quando aparecem esses garotos aqui com essas garotas que não são como as *ommas* deles, fico com raiva. Este país tenta tirar tudo de nós. Nossa língua, nossa comida, nossos filhos.
 Aprende usar pauzinhos. Este país não pode ter tudo.

natasha

FALTAM SÓ DUAS HORAS para o meu compromisso e Daniel quer mesmo ir ao *norebang*, que é a palavra coreana para karaokê. *Karaokê*, por sua vez, é a palavra japonesa que significa pagar mico cantando na frente de uma sala cheia de estranhos que só estão ali para rir da gente.

– Não é como a versão americana – insiste ele quando recuso. – É muito mais civilizada.

Com *civilizada* ele quer dizer que a gente paga mico numa sala pequena, privativa, na frente só dos amigos. Seu *norebang* predileto, por coincidência, fica ao lado de onde acabamos de almoçar. Os donos são os mesmos, por isso nem precisamos sair, porque há uma entrada por dentro do restaurante.

Daniel escolhe uma das salas menores, mas mesmo assim é grande. Obviamente se destina a acomodar grupos de seis ou oito pessoas, em vez de apenas duas. É mal iluminada, com sofás de couro vermelho cobrindo a maior parte do ambiente. Uma grande mesa de centro fica diante dos sofás. Nela há um microfone, um controle remoto de aparência complicada e um livro grosso com *Menu de Músicas* escrito na capa em três línguas. Perto da porta há uma TV grande onde as letras vão aparecer. Um globo de discoteca pende do teto.

Bev adoraria isto aqui. Em primeiro lugar ela tem uma espécie de obsessão por globos de discoteca. Tem quatro pendurados no teto do quarto e um negócio que é uma fusão de globo de discoteca e relógio. Em segundo, ela tem uma voz ótima e aproveita qualquer desculpa para usá-la na frente das pessoas. Olho o telefone para ver se há mais alguma mensagem dela. Bev só está ocupada, digo a mim mesma. Ainda não se esqueceu de mim. Ainda estou aqui.

Daniel fecha a porta.

– Não acredito que você nunca foi a um *norebang* – diz ele.

– É chocante, eu sei.

Com a porta fechada, a sala parece pequena e íntima.

Ele me olha como se estivesse pensando a mesma coisa.

– Vamos pedir uma sobremesa – avisa, e aperta o botão na parede para chamar o serviço.

A mesma garçonete do restaurante aparece. Não se dá ao trabalho de olhar para mim. Daniel pede *patbingsoo*, que por acaso é gelo raspado com fruta, pequenos bolos de arroz macios e feijão vermelho doce.

– Gosta? – Para ele é importante que eu goste.

Acabo em seis colheradas. Como não gostar? É doce, gelado e delicioso. Ele me dá um sorriso enorme e eu rio de volta.

Fato Observável: gosto de fazer com que ele se sinta feliz.

Fato Observável: não sei quando isso aconteceu.

Ele pega o menu de músicas na mesa e folheia até a parte em inglês. Enquanto sofre escolhendo a música, olho os vídeos de pop coreano na televisão. Têm cor de bala e são contagiantes.

– Escolha logo uma música – falo quando o terceiro vídeo começa.

– Isto aqui é *norebang*. Você não escolhe uma música simplesmente. A música escolhe você.

– Diga que está brincando.

Ele pisca para mim e começa a afrouxar a gravata.

– É, estou brincando, mas não conta para ninguém. Estou tentando achar alguma coisa para impressionar você com meu estilo vocal.

Daniel abre o botão de cima da camisa. Olho suas mãos enquanto ele puxa a gravata por cima da cabeça. Não que ele esteja tirando a roupa. Não que vá se despir aqui na minha frente. Mas a sensação é de que vai. Não vejo nada de escandaloso, só um rápido vislumbre da pele do pescoço. Ele tira o elástico do cabelo e o joga na mesa. O cabelo só tem tamanho suficiente para cair em cima do rosto, e ele o empurra para trás da orelha, distraído. Não consigo deixar de olhar. Parece que estive esperando o dia inteiro que ele fizesse isso.

Fato Observável: ele é muito gato com o cabelo solto.

Fato Observável: ele é muito gato com o cabelo preso também.

Afasto o olhar e me viro para o aparelho de ar-condicionado na parede. Estou pensando em baixar a temperatura.

Ele enrola as mangas, o que me faz rir. Está agindo como se fôssemos fazer um trabalho físico sério. Tento não notar as linhas longas e lisas dos antebraços dele, mas meu olhar fica indo até lá.

– Você canta bem? – pergunto.

Ele me olha com falsa solenidade, mas os olhos se movendo de um lado para outro entregam.

– Não vou mentir. Sou bom. Bom tipo cantor de ópera italiana. – Ele pega o controle remoto para digitar o código da música que escolheu. – E você?

Não respondo. Ele vai descobrir logo. Na verdade, minha voz cantando vai curá-lo definitivamente da paixonite.

Fato Observável: sou a pior cantora da Terra.

Ele se levanta e vai até a área diante da televisão. Aparentemente, vai precisar de espaço para manobra. Ajusta a pose até os pés estarem bem plantados, separados, baixa a cabeça de modo que o cabelo cobre o rosto e segura o microfone no ar, numa das mãos – clássica pose de astro do rock. É "Take a Chance on Me", do ABBA. Ele põe a mão no coração e canta a primeira estrofe. Como a música, que fala sobre se arriscar, ele canta especificamente sobre eu me arriscar com ele.

Na segunda estrofe, ele esquentou e está me lançando olhares cafonas de astro pop, levantando as sobrancelhas, mandando olhares penetrantes e fazendo beicinho. Segundo a letra, podemos fazer um monte de coisas divertidas desde que estejamos juntos. As coisas divertidas incluem dançar, andar, falar e ouvir música. Estranhamente, não há nenhuma menção a beijar. Ele imita cada atividade, como uma espécie de mímico ensandecido, e não consigo parar de rir.

Na terceira estrofe, está de joelhos à minha frente. Na letra há algo sobre sentir-se sozinho quando pássaros bonitos voaram, que não entendo direito. Será que eu sou o pássaro? Será que é ele? Por que existem pássaros?

No resto da música ele está de novo de pé, segurando o microfone com as duas mãos e cantando com a alma. Meu riso histérico não o abala. Além disso, ele não estava brincando quando falou que era bom cantor. É excelente. Faz até a parte do backing vocal, que consiste em cantar "take a chance" repetidamente.

Ele não está tentando ser sensual. É simplesmente engraçado. Tão engraçado que fica sensual. Eu não sabia que coisas engraçadas podiam ser assim. Observo como sua camisa social se estica no peito quando ele faz os passos de discoteca. Noto como os dedos ficam longos quando ele passa as mãos pelo ar de forma dramática. Reparo como sua bunda parece bonita e firme na calça do terno.

Fato Observável: adoro bundas.

Considerando o meu dia de merda, nada disso deveria estar funcionando comigo. Mas, sem dúvida, está. É a completa falta de autocensura de Daniel. Ele não se importa se está pagando mico. Seu único objetivo é me fazer rir.

É uma música comprida, e, no final, ele está empolgado e suado. Ao terminar, ele olha o monitor até que um microfone de desenho animado rosa dança na tela e levanta uma placa: 99%. A tela se enche de confete.

Resmungo.

– Você não disse que tinha nota.

Ele me lança um riso de triunfo e desmorona no sofá ao meu lado. Nossos braços roçam um no outro, se separam e roçam de novo. Eu me sinto ridícula reparando nisso, mas reparo.

Ele se afasta para pegar o microfone e me entrega.

– Vai fundo.

daniel

GOSTARIA DE TER PENSADO ANTES em fazer *norebang*. Estar sozinho com ela numa sala mal iluminada é um pedaço do céu (céu de discoteca). Natasha folheia o livro de músicas fazendo ruídos, dizendo que é péssima cantora. Eu a encaro, aproveitando que ela está distraída demais para mandar que eu pare.

Não consigo decidir que parte do seu rosto é a minha predileta. Neste momento podem ser os lábios. Ela está mordendo o inferior, no que acho que é sua cara de sofrimento por causa do excesso de opções.

Por fim escolhe. Em vez de pegar o controle remoto, curva-se sobre a mesa para alcançá-lo e digita o código. Seu vestido sobe um pouco e dá para ver a parte de trás das coxas. Estão com marquinhas de franzido do sofá. Quero envolvê-las com a mão e alisar as marcas com o polegar.

Ela se vira para me olhar e nem posso fingir que não estava olhando. Não quero. Quero Natasha e quero que ela saiba que a quero. Ela não afasta o olhar. Seus lábios se separam (são mesmo os lábios mais incríveis do universo) e ela encosta a língua no de baixo.

Vou me levantar e vou beijá-la. Nenhuma força na terra pode me impedir, só que a música começa e aniquila o momento com melancolia.

Reconheço a introdução. É "Fell on Black Days", do Soundgarden. A música começa com o cantor da banda, Chris Cornell, dizendo que tudo que ele temia aconteceu. A partir daí vai ladeira abaixo até chegarmos ao refrão, onde ficamos sabendo um bilhão de vezes (mais ou menos) que ele está em dias sombrios. É (em termos objetivos) a música mais depressiva que já foi composta.

Mesmo assim Natasha adora. Ela estrangula o microfone com as duas mãos e fecha os olhos com força. Canta de forma séria, sentida e completamente medonha.

Não é bom.

Nem um pouco.

Tenho quase certeza de que ela é surda para a afinação. Qualquer nota que acerta é pura coincidência. Fica balançando, desajeitada, de um lado para outro, de olhos fechados. Não precisa ler a letra porque conhece a música de cor.

Quando chega ao último refrão, já se esqueceu de mim. Sua falta de jeito vai embora. O canto ainda não é bom, mas ela está com uma das mãos no coração e berrando um verso que diz que não conhece o próprio destino, e há verdadeira emoção em sua voz.

Graças a Deus, ela termina. A música é uma cura para a felicidade. Natasha me espia. Nunca a vi parecer tímida. Ela morde outra vez o lábio inferior e franze o rosto. É adorável.

– Adoro essa música – diz.

– É meio tristinha, não é? – provoco.

– Um pouco de angústia não faz mal a ninguém.

– Você é a pessoa menos dominada pela angústia que já conheci.

– Não é verdade. Só sou boa em fingir.

Não creio que ela quisesse admitir isso para mim. Não creio que ela goste de expor seus pontos frágeis. Ela se vira e coloca o microfone na mesa.

Mas não vou deixar que Natasha se afaste deste momento. Seguro sua mão e a puxo para mim. Ela não resiste, e eu não paro de puxar até que nossos corpos inteiros estejam se tocando. Não paro de puxar até que ela esteja respirando o mesmo ar que eu.

– Foi a pior apresentação de todos os tempos – declaro.

Seus olhos estão brilhando.

– Eu disse que era ruim.

– Não disse.

– Na minha cabeça, eu disse.

– Eu estou na sua cabeça?

Ela está tão perto que sinto o ligeiro calor de seu rubor.

Ponho a mão na sua cintura e enterro os dedos em seu cabelo. Qualquer coisa pode acontecer no espaço que há entre nós. Espero por ela, espero que seus olhos digam sim, e então a beijo. Seus lábios parecem almofadas macias e eu afundo neles. Começamos castos, só os lábios se tocando, sentindo o gosto, mas logo não aguentamos. Ela abre os lábios e nossas línguas se embolam, recuam e se embolam de novo. Estou duro em toda parte, mas a sensação é boa demais, *certa* demais para sentir vergonha. Ela está emitindo pequenos gemidos que me fazem querer beijá-la mais ainda.

Não me importo com o que ela diz sobre o amor e substâncias químicas. Isto não vai acabar. Isto é mais do que química. Ela se afasta e seus olhos são estrelas negras reluzindo, olhando os meus.
– Volte – digo, e a beijo como se não existisse amanhã.

natasha

NÃO CONSIGO PARAR. Não quero parar. Meu corpo não se importa de jeito nenhum com o que meu cérebro pensa. Sinto o beijo dele em toda parte. Nas pontas dos cabelos. No centro da barriga. Na parte de trás dos joelhos. Quero puxá-lo para mim e quero me derreter nele.

Recuamos e a parte de trás das minhas pernas bate no sofá. Ele me guia para baixo até que está meio em cima de mim, mas com uma perna ainda no chão.

Preciso continuar beijando. Meu corpo está febril. Não consigo me fartar. Não consigo chegar suficientemente perto. Alguma coisa caótica e insistente cresce dentro de mim. Estou arqueando no sofá para chegar mais perto dele do que já estou. Sua mão aperta minha cintura e viaja até o peito. Ele roça ligeiramente o meu seio. Envolvo seu pescoço com os braços e depois enfio os dedos no seu cabelo. Finalmente. Quis fazer isso o dia inteiro.

Fato Observável: não acredito em magia.

Fato Observável: nós *somos* magia.

daniel

PUTA QUE O...

natasha

... PARIU.

daniel

NÃO PODEMOS FAZER SEXO no *norebang*.
 Não.
 Podemos.
 Mas vou em frente, admitindo que quero. Se não parar de beijá-la, vou acabar pedindo, e não quero que ela pense que sou o cara que pediria a uma garota que ele acabou de conhecer para fazer sexo no *norebang* depois do primeiro (quase) encontro, mesmo que eu seja totalmente esse tipo de cara porque, meu Deus, quero mesmo fazer sexo com ela aqui e agora, no *norebang*.

natasha

MINHAS MÃOS NÃO CONSEGUEM parar de tocá-lo. Deslizam para longe do seu cabelo e descem até os músculos rijos das costas. Por vontade própria, descem até a bunda.

Como eu suspeitava, é espetacular. Firme, redonda e perfeitamente proporcionada. É o tipo de bunda que pede para ser segurada. Ele jamais deveria usar calça.

Passo a mão, aperto, e parece melhor ainda do que eu esperava.

Ele se ergue, os braços dos dois lados da minha cabeça, e sorri para mim.

– Não sou um melão, você sabe.

– Eu gosto – digo, e aperto de novo.

– É toda sua.

– Já pensou em usar calça de couro de vaqueiro? Daquelas que deixam o traseiro de fora?

– Absolutamente não – responde ele, rindo e ficando vermelho.

Gosto de fazer com que ele fique vermelho.

Ele se abaixa e me beija de novo. Parece que não existe nenhuma parte de mim que não esteja sendo beijada. Afasto as mãos da sua bunda e levo aos ombros, para diminuir nosso ritmo. Se eu beijá-lo mais, só vou tornar a coisa mais difícil para mim depois.

Portanto.

Chega de beijar.

daniel

SINTO A HESITAÇÃO NOS SEUS lábios e, para ser honesto, estou meio tonto vendo como isso é intenso. Levanto o corpo e puxo Natasha até ela ficar sentada. Seguro sua nuca e encosto a testa na dela. Nós dois estamos respirando depressa demais, entrecortado demais. Eu sabia que tínhamos química, mas não esperava isto.

Somos palha seca e tempestade de raios. Fósforo aceso e papel. Placas de Perigo de Incêndio e uma floresta esperando para pegar fogo.

De tudo que o dia de hoje poderia ter se tornado, eu não poderia prever isto. Mas agora tenho certeza de que cada acontecimento teve como propósito me trazer para ela, para nós, para este momento – e para este momento nos levar para o resto da nossa vida.

Até a suspensão de Charlie em Harvard parece fazer parte do plano para nos trazer até este ponto. Não fosse Charlie e seu fracasso, minha mãe não teria dito o que disse hoje de manhã.

Se ela não tivesse dito aquilo, eu não teria saído tão cedo para cortar o cabelo, coisa que ainda não fiz.

Não teria pegado o trem 7 com o condutor procurando Deus.

Não fosse ele, eu não teria saído do metrô para caminhar e não teria testemunhado Natasha em sua experiência musical religiosa. Não fosse o condutor falar de Deus, eu não teria notado sua jaqueta com o DEUS EX MACHINA.

Não fosse a jaqueta, eu não a teria acompanhado até a loja de discos.

Não fosse seu ex-namorado ladrão, eu não teria falado com ela.

Até o idiota no BMW merece algum crédito. Se ele não tivesse avançado o sinal vermelho, eu não teria uma segunda chance com ela.

Tudo isso, absolutamente tudo, estava nos trazendo para cá.

Quando recomeçamos a respirar normalmente, beijo a ponta do seu nariz.

– Eu falei – digo, e beijo o nariz de novo.

– Fetichista de nariz. O que você falou?
Pontuo as palavras com beijos no nariz.
– Nós.
Beijo.
– Estávamos.
Beijo.
– Destinados.
Beijo.
– Um.
Beijo.
– Ao.
Beijo.
– Outro.
Beijo.
Ela se afasta. Seus olhos se transformam em nuvens de tempestade e ela desembola seus membros dos meus. É difícil deixá-la ir, como separar dois ímãs. Será que fiz com que ela pirasse, com meu papo de destino? Ainda sentada no sofá, ela se distancia e coloca muito espaço entre nós. Não quero deixar que o momento passe. Há alguns segundos achava que ele duraria para sempre.

– Quer cantar outra? – Minha voz falha e eu pigarreio.

Olho para a TV. Não tivemos chance de ver a nota dela antes de começarmos a nos beijar. É 89%, o que é terrível. É bem difícil conseguir menos de 90% no *norebang*.

Ela também olha para a TV, mas não diz nada. Não consigo imaginar o que está se passando em sua cabeça. Por que está resistindo a essa coisa entre nós? Ela põe a mão no cabelo, puxa uma mecha e solta, puxa outra e solta.

– Desculpe – diz.

Deslizo para perto e diminuo a distância entre nós. Suas mãos estão cruzadas no colo.

– Desculpe por quê?

– Porque fico pulando de um lado para outro o tempo todo.

– Você estava pulando para o lado certo há um minuto – digo, fazendo a piada mais capenga (junto com os trocadilhos, as insinuações são a pior forma de humor) que eu poderia fazer neste momento.

Até mexo as sobrancelhas e espero a reação dela. Isso pode ir para um lado ou para outro.

Um sorriso domina seu rosto. Aquelas nuvens de tempestade em seus olhos não têm chance.

– Uau. – Sua voz sai quente ao redor do sorriso. – Você tem mesmo jeito com as palavras.

– E com as damas – completo, mais canastrão ainda.

Vou me fazer de idiota só para ela rir. Ela ri mais um pouco e se recosta no sofá.

– Tem certeza de que você é qualificado para ser poeta? Essa foi a pior frase que já ouvi.

– Você estava esperando alguma coisa...

– Mais poética.

– Está brincando? A maioria dos poemas é sobre sexo.

Ela fica cética.

– Você tem dados para sustentar isso? Quero ver números.

– Cientista! – acuso.

– Poeta! – devolve ela.

Nós dois sorrimos, deliciados, sem tentar esconder o prazer com o outro.

– A maioria dos poemas que li são sobre amor, sexo ou as estrelas. Vocês, poetas, são obcecados pelas estrelas. Estrelas cadentes. Estrelas riscando o céu. Estrelas morrendo.

– As estrelas são importantes – afirmo, rindo.

– Claro, mas por que não existem mais poemas sobre o sol? O sol também é uma estrela, e é a mais importante para nós. Só isso deveria valer um ou dois poemas.

– Feito. De agora em diante só vou escrever poemas sobre o sol.

– Ótimo.

– Mas, sério. Acho que a maioria dos poemas é sobre sexo. Robert Herrick escreveu um poema chamado "Às virgens, para aproveitar ao máximo o tempo".

Ela cruza as pernas em posição de lótus no sofá e se dobra de rir.

– Ele não fez isso.

– Fez. Ele basicamente estava dizendo às virgens para perder a virgindade quanto antes, para o caso de morrerem. Que Deus não permita que morram virgens.

O riso dela some.

– Talvez ele só estivesse dizendo que deveríamos viver o momento. Como se só tivéssemos o dia de hoje.

Ela está séria de novo, e triste, e não sei por quê. Encosta a nuca no sofá e olha o globo de discoteca.

– Fale sobre seu pai – peço.

– Não quero falar sobre ele.

– Eu sei, mas fale mesmo assim. Por que disse que ele não ama você?

Ela levanta a cabeça para me olhar.

– Você é implacável – afirma, e deixa a cabeça cair para trás de novo.

– Persistente.

– Não sei como dizer. A principal emoção do meu pai é o arrependimento. É como se ele tivesse cometido um erro gigantesco no passado, como se tivesse pegado a estrada errada e, em vez de parar onde deveria, acabasse vivendo com minha mãe, meu irmão e comigo.

Sua voz fica embargada, mas ela não chora. Estendo a mão, seguro a dela e nós dois olhamos para a tela de TV. Sua nota foi substituída por um anúncio mudo dos cassinos de Atlantic City.

– Minha mãe faz uns quadros lindos – digo. – Incríveis mesmo.

Ainda posso ver as lágrimas nos olhos dela quando meu pai lhe deu o presente. Ela disse: "*Yeobo*, você não precisava fazer isso."

Ele disse: "É uma coisa só para você. Você pintava o tempo todo."

Fiquei surpreso com aquilo. Achava que sabia tudo sobre minha mãe – sobre os dois, na verdade –, mas havia essa história secreta que eu não conhecia. Perguntei por que ela tinha parado e ela balançou a mão no ar, como se estivesse varrendo os anos para longe.

"Faz muito tempo", disse.

Beijo a mão de Natasha e confesso:

– Às vezes acho que ela pegou a estrada errada quando teve a gente.

– É, mas *ela* acha isso?

– Não sei. Mas, se tivesse de adivinhar, diria que ela está feliz com o que aconteceu na sua vida.

– Isso é bom. Dá para imaginar alguém passar a vida inteira achando que cometeu um erro? – Natasha estremece ao falar.

Levo a mão dela aos lábios e beijo. Sua respiração se altera. Puxo-a, querendo beijá-la, mas ela me impede.

– Diga por que você quer ser poeta.

Eu me recosto e passo o polegar sobre os nós dos seus dedos.

– Não sei. Quero dizer, nem sei se essa é a profissão que quero. Não entendo por que eu já deveria saber isso. Só sei que gosto. Gosto mesmo.

Tenho pensamentos e sinto necessidade de escrevê-los, e quando escrevo eles saem como poemas. É desse jeito que me sinto melhor comigo mesmo, a não ser...

Paro de falar, não querendo fazer com que ela pire de novo.

Ela levanta a cabeça do sofá.

– A não ser o quê? – Seus olhos estão brilhantes. Ela quer saber a resposta.

– A não ser com você. Você faz com que eu me sinta bem comigo mesmo.

Natasha afasta a mão da minha. Acho que vai entrar outra vez no modo de isolamento, mas não. Ela se inclina e me beija.

natasha

BEIJO PARA QUE ELE PARE DE FALAR. Se continuar falando, vou amá-lo, e não quero amá-lo. Não mesmo. Em termos de estratégia, não é a melhor. Beijar é apenas outro modo de falar, só que sem palavras.

daniel

UM DIA VOU ESCREVER uma ode sobre o beijo. Vou chamar de "Ode a um beijo".

Vai ser épica.

natasha

PROVAVELMENTE AINDA ESTARÍAMOS nos beijando se a garçonete mal-humorada não tivesse voltado para saber se queríamos comer mais alguma coisa. Não queríamos, e de qualquer modo era hora de ir. Ainda quero levá-lo ao Museu de História Natural, meu lugar predileto em Nova York. Digo isso e saímos.

Depois da escuridão do *norebang* o sol parece claro demais. E não apenas o sol: tudo parece demais. A cidade é ruidosa demais e apinhada demais.

Durante alguns segundos fico desorientada com as lojas empilhadas umas nas outras, com os letreiros em coreano, e me lembro de onde estamos. Essa parte da cidade deveria se parecer com Seul. Imagino se realmente se parece. Franzo os olhos por causa do sol e penso em voltar para dentro. Ainda não estou pronta para a realidade ruidosa e agitada de Nova York.

Este é o pensamento que faz com que eu volte a mim: realidade. *Isto é* realidade. O cheiro de borracha e escapamento, o barulho de uma quantidade imensa de carros indo a lugar nenhum, o gosto de ozônio no ar. Isto é a realidade. No *norebang* podíamos fingir, mas aqui, não. É uma das coisas de que mais gosto em Nova York. Ela afasta qualquer tentativa que você faz de mentir para si mesmo.

Nós nos viramos um para o outro ao mesmo tempo. Estamos de mãos dadas, mas até isso parece fingimento agora. Tiro minha mão da dele para ajeitar a mochila. Ele espera que eu a devolva, mas ainda não estou pronta.

daniel

Adolescente incapaz de deixar para lá.

Estamos sentados lado a lado no trem e, mesmo que ele fique nos jogando um em cima do outro, sinto que Natasha desliza para longe. Ninguém está sentado à nossa frente; olhamos nosso reflexo na janela. Meu olhar passeia pelo rosto dela quando ela olha para longe. Seu olhar passeia pelo meu quando faço o mesmo. Sua mochila está no colo e Natasha a aperta contra o peito como se ela pudesse se levantar e ir embora a qualquer segundo.

Eu poderia pegar sua mão, forçar a barra, mas quero que ela faça isso dessa vez. Quero que ela reconheça escancaradamente esta coisa entre nós. Não posso deixar para lá. Quero que ela diga as palavras. *Estamos destinados um ao outro.* Alguma coisa. Qualquer coisa. Preciso ouvir. Saber que não estou sozinho nisto.

Eu deveria deixar para lá.

Vou deixar.

— De que você tem tanto medo? — pergunto, sem deixar nem um pouco para lá.

natasha

ODEIO FINGIR, MAS AQUI ESTOU, FINGINDO.
– Do que você está falando? – digo para o reflexo dele na janela do metrô, e não para ele.

daniel

QUASE ACREDITO QUE ELA NÃO SABE do que estou falando. Nossos olhares se encontram na janela como se fosse o único lugar onde podemos nos olhar.

– Nós estamos destinados um ao outro – insisto. Sai tudo errado: autoritário, cheio de represensão e ao mesmo tempo suplicante. – Sei que você também sente.

Ela não diz nada, só se levanta e vai para perto da porta do trem. Se a raiva fosse parecida com calor, eu poderia ver as ondas se irradiando do seu corpo.

Parte de mim quer ir até ela e pedir desculpas. Parte de mim quer saber qual é o problema dela, afinal. E me obrigo a ficar sentado durante as duas paradas que restam até que o trem finalmente guincha ao entrar na estação da rua 81.

As portas se abrem. Ela abre caminho pela multidão e sobe a escada correndo. Assim que chegamos ao topo, ela me puxa de lado e gira para me encarar.

– Não diga o que devo sentir – sussurra gritando.

Vai dizer outra coisa, mas decide que não. Em vez disso se afasta.

Está frustrada, mas também estou. Eu a alcanço.

– Qual é o seu problema? – Até levanto as mãos ao dizer isso.

Não quero brigar com ela. O Central Park fica do outro lado da rua. As árvores estão luxuriantes, lindas nas cores de outono. Quero andar pelo parque com ela e escrever poemas no meu caderno. Quero que ela curta com a minha cara por escrever poemas no caderno. Quero que ela me explique como e por que as folhas mudam de cor. Tenho certeza de que ela conhece a ciência por trás disso.

Ela coloca a mochila nos dois ombros e cruza os braços na frente do corpo.

– Não existe essa coisa de destino.

Não quero uma discussão filosófica, por isso admito.

– Certo, mas se existisse...

Ela me interrompe:

– Não. Chega. Não existe. E, mesmo que existisse, nós dois não estamos destinados um ao outro.

– Como você pode dizer isso?

Sei que estou sendo pouco razoável e irracional, e provavelmente um monte de outras coisas que não deveria ser. Mas isso não é uma coisa pela qual seja possível brigar com outra pessoa.

Não é possível convencer alguém a amar a gente.

Uma brisa fraca agita as folhas ao redor. Agora está mais frio do que esteve o dia inteiro.

– Porque é verdade. Não estamos destinados um ao outro, Daniel. Eu sou uma imigrante ilegal. Vou ser deportada. Hoje é meu último dia nos Estados Unidos. Amanhã vou embora.

Talvez haja outro modo de interpretar as palavras dela. Meu cérebro pega as mais importantes e rearruma, esperando um significado diferente. Tento até compor um pequeno poema, mas as palavras não colaboram. Elas simplesmente ficam ali, pesadas demais para que eu possa ajeitá-las.

Último.
Ilegal.
Estados Unidos.
Embora.

natasha

NORMALMENTE UMA COISA ASSIM, brigar em público, me deixaria sem graça, mas não noto praticamente ninguém além do Daniel. Para ser honesta comigo mesma, foi desse jeito o dia inteiro.

Ele pressiona a testa com as mãos e seu cabelo forma uma cortina em volta do rosto. Não sei o que eu deveria dizer nem fazer. Quero engolir as palavras de volta. Quero continuar fingindo. É culpa minha as coisas terem ido tão longe. Eu deveria ter contado no início, mas não achei que chegaríamos a este ponto. Não pensei que sentiria tanto.

daniel

– EU ADIEI MEU COMPROMISSO por sua causa.
Minha voz sai tão baixa que não sei se falei para ela ouvir, mas ela ouve.
Seus olhos se arregalam. Ela começa a falar três coisas diferentes antes de se decidir por:
– Espera aí. Isso é minha culpa?
Eu a estou acusando de alguma coisa. Não sei bem de quê.
Um sujeito de bicicleta sobe na calçada, muito perto de nós. Uma pessoa grita para ele usar a rua. Quero gritar com ele também. Quero dizer: siga as regras!
– Você podia ter me avisado. Podia ter contado que ia embora.
– Eu avisei – diz ela, agora na defensiva.
– Não o suficiente. Você não disse que em menos de 24 horas iria morar em outro país.
– Eu não sabia que a gente...
Interrompo:
– Você sabia o que estava acontecendo com você quando a gente se conheceu.
– Naquela hora isso não era da sua conta.
– E agora é?
Ainda que a situação seja sem esperança, só de dizer que é da minha conta agora me dá alguma esperança.
Ela insiste de novo:
– Tentei avisar.
– Não o suficiente. É isto que você deveria fazer: abrir a boca e dizer a verdade. Nada dessa merda de não acreditar no amor e na poesia. Você diz: "Daniel, eu vou embora. Daniel, não se apaixone por mim."
– Eu disse essas coisas.
Ela não está gritando, mas também não está falando baixo.

Um menininho de uns 2 anos, com um casaco muito chique, nos observa com os olhos arregalados e puxa a mão do pai. Um bando de turistas (com guias de viagem e tudo) nos espia como se fizéssemos parte de uma exposição.

Baixo a voz.

– É, mas não achei que você estivesse falando sério.

– De quem é a culpa?

Não tenho o que responder, e ficamos nos encarando.

– Você não pode estar se apaixonando por mim de verdade – diz ela, agora mais baixo.

Sua voz é algo entre a perturbação e a incredulidade.

De novo não tenho o que dizer. Até eu estou surpreso com o que senti por ela o dia inteiro. O problema de se apaixonar, de cair de quatro, é que a gente não tem o controle da queda.

Tento acalmar o ar entre nós.

– Por que não posso estar me apaixonando por você?

Ela puxa com força as alças da mochila.

– Porque é idiotice. Eu disse para você não...

E agora já estou cheio. Meu coração ficou na minha mão o dia inteiro e está todo arranhado.

– Fantástico. Você não sente nada? Eu estava beijando sozinho lá dentro?

– Você acha que alguns beijos significam para sempre?

– Achei que *aqueles* significavam.

Ela fecha os olhos. Quando abre de novo, acho que vejo pena ali.

– Daniel...

Interrompo. Não quero pena.

– Não. Deixa para lá. Não quero ouvir. Saquei. Você não sente a mesma coisa. Você vai embora. Tenha uma vida boa.

Dou dois passos inteiros antes que ela diga:

– Você é igual ao meu pai.

– Eu nem conheço o seu pai – respondo, vestindo o paletó.

Ele parece mais apertado, não sei como.

Ela cruza os braços.

– Não importa. Você é igual a ele. Egoísta.

– Não sou. – Agora estou na defensiva.

– É, sim. Acha que o mundo inteiro gira em torno de você. Dos seus sentimentos. Dos seus sonhos.

Levanto as mãos.

– Não há nada de errado em ter sonhos. Posso ser um sonhador idiota, mas pelo menos eu tenho sonhos.

– E isso é uma virtude? Vocês, sonhadores, acham que o Universo existe para vocês e para sua paixão.

– É melhor do que não ter paixão nenhuma.

Ela estreita os olhos para mim, pronta para debater.

– Verdade? Por quê?

Não acredito que preciso explicar.

– Foi para isso que fomos colocados na Terra.

– Não – diz ela, balançando a cabeça. – Fomos colocados aqui para evoluir e sobreviver. Só isso.

Sabia que ela ia trazer a ciência para o assunto. Ela não pode acreditar de verdade no que diz.

– Você não acredita nisso.

– Você não me conhece o suficiente para dizer. Além do mais, sonhar é um luxo, e nem todo mundo tem esse luxo.

– É, mas *você* sonha. Você tem medo de virar o seu pai. Não quer escolher a coisa errada, por isso não escolhe nada.

Sei que há um modo melhor de falar essas coisas, mas não estou me sentindo na minha melhor condição.

– Já sei o que eu quero ser.

Não consigo deixar de zombar.

– Uma cientista de dados ou sei lá o quê? Isso não é paixão. É só um emprego. Ter sonhos nunca matou ninguém.

– Não é verdade. Como você pode ser tão ingênuo?

– Bom, prefiro ser ingênuo a ser o que você é. Você só vê as coisas que estão na sua cara.

– Melhor do que ver coisas que não existem.

E agora estamos num impasse.

O sol se esconde atrás de uma nuvem e uma brisa fresca sopra sobre nós, atravessando o Central Park. Ficamos nos encarando por um tempo. Ela parece diferente ao sol. Imagino que eu também. Ela me acha ingênuo. Mais do que isso, me acha ridículo.

Talvez seja melhor acabar com tudo agora. Melhor um fim trágico e súbito do que longo, arrastado, em que percebemos que somos muito diferentes e que somente o amor não é suficiente para nos manter unidos.

Penso em todas essas coisas. Não acredito em nenhuma.

O vento sopra mais forte. Agita um pouco o cabelo dela. Posso visualizá--lo nitidamente com as pontas cor-de-rosa. Gostaria de ver.

natasha

– VOCÊ DEVERIA IR – DIGO.
– Então é isso? – questiona ele.
Fico feliz por ele estar sendo um cretino. Torna as coisas mais fáceis.
– Você ao menos está pensando em mim? *Como será que Natasha está se sentindo? Como ela acabou sendo uma imigrante ilegal? Será que ela quer morar num país que não conhece? Será que está completamente arrasada pelo que está acontecendo em sua vida?*
Leio a culpa no rosto dele. Ele dá um passo na minha direção, mas recuo. Ele para de se mover.
– Você só está esperando alguém que o salve. Você não quer ser médico? Então não seja.
– Não é tão simples – diz ele baixinho.
Estreito os olhos para ele.
– Vou citar o que você disse há cinco minutos. Você faz assim; abre a boca e diz a verdade: "Mamãe e papai, não quero ser médico. Quero ser poeta porque sou idiota e não sei das coisas."
– Você sabe que não é tão fácil – diz ele, mais baixo ainda.
Puxo as alças da mochila. É hora de ir. Só estamos adiando o inevitável.
– Sabe o que eu odeio? – pergunto. – Realmente odeio poesia.
– É, eu sei.
– Cale a boca. Eu odeio, mas uma vez li uma coisa de um poeta chamado Warsan Shire. Diz que você não pode fazer um lar a partir de seres humanos, e que alguém deveria ter lhe dito isso.
Espero que ele diga que esse sentimento não é verdadeiro. Até quero que ele diga, mas ele fica quieto.
– Seu irmão estava certo. Isso não vai dar em nada. Além do mais, você não me ama, Daniel. Só está procurando alguém que o salve. Salve a si mesmo.

daniel

Adolescente é convencido de que sua vida é uma merda total e absoluta.

Como eu gostaria que ela estivesse certa! Como quero não estar me apaixonando por ela!

Olho Natasha se afastando e não faço nada para impedi-la nem vou atrás. Que completo idiota eu fui. Estive agindo como um imbecil místico, do tipo que adora cristais. Claro que é isso que está acontecendo agora. Todo esse papo absurdo sobre *destino* e *feitos um para o outro*.

Natasha está certa. A vida não passa de uma série de decisões, indecisões e coincidências idiotas às quais decidimos dar significado. A lanchonete da escola não tem seu doce predileto hoje: deve ser porque o Universo está tentando fazer você manter a dieta.

Obrigado, Universo!

Perdeu o trem? Talvez o trem vá explodir no túnel; ou o Paciente Zero de alguma gripe aviária horrível (ave aquática, ganso, pterodátilo) esteja no trem, e graças aos céus você não se contaminou.

Obrigado, Universo!

Mas nesses casos ninguém se incomoda com o destino. O pessoal da lanchonete simplesmente esqueceu que havia outra caixa nos fundos e de qualquer modo você ganhou uma fatia de bolo do seu amigo. Você ficou irritado enquanto esperava outro trem, mas acabou chegando um. Ninguém morreu no trem que você perdeu. Ninguém nem mesmo espirrou.

Dizemos a nós próprios que existem motivos para as coisas que acontecem. Mas, na verdade, só estamos contando histórias para nós mesmos. Inventando. Elas não significam nada.

destino

Uma história

O DESTINO SEMPRE ESTEVE no âmbito dos deuses, mas até os deuses estão sujeitos a ele.

Na antiga mitologia grega, as Três Irmãs do Destino tecem a sorte da pessoa nas três primeiras noites de vida. Imagine seu filho recém-nascido no berço. Está escuro, macio e quente, em algum momento entre duas e quatro da madrugada, uma daquelas horas que pertencem exclusivamente aos recém-nascidos ou aos que estão morrendo.

A primeira irmã – Cloto – aparece perto de você. É uma donzela, jovem e de pele lisinha. Nas mãos segura uma roca de fiar e nela produz os fios da vida de seu filho.

Ao seu lado está Láquesis, mais velha e mais matronal do que a irmã. Nas mãos segura a haste para medir o fio da vida. O tamanho e o destino da vida de seu filho estão nas mãos dela.

Por fim, temos Átropos – velha, desfigurada. Inevitável. Nas mãos segura a tesoura terrível que vai usar para cortar o fio da vida de seu filho. Ela determina a hora e a maneira como a criança morrerá.

Imagine a visão espantosa dessas três irmãs reunidas junto ao berço, determinando o futuro do menino.

Nos tempos modernos, as irmãs desapareceram do consciente coletivo, mas a ideia do Destino não. Por que ainda acreditamos? Será que a tragédia fica mais suportável se acreditarmos que não tivemos responsabilidade sobre ela, que não poderíamos tê-la impedido? Sempre foi assim.

As coisas acontecem por um motivo, diz a mãe de Natasha. O que ela quer dizer é que o Destino tem um Motivo, e, mesmo você não o conhecendo, há um certo conforto em saber que há um Plano.

Natasha é diferente. Acredita no determinismo: causa e efeito. Uma ação leva a outra e a outra. As ações determinam seu futuro. Nesse sentido ela não é diferente do pai de Daniel.

Daniel vive no nebuloso espaço intermediário. Talvez não estivesse destinado a conhecer Natasha hoje. Talvez tenha sido uma coisa aleatória.

Mas...

Uma vez que se conheceram, o resto, o amor entre eles, era inevitável.

natasha

NÃO VOU DEIXAR QUE ESSA COISA com o Daniel me impeça de ir ao museu. É uma das minhas áreas prediletas da cidade. Os prédios aqui não são tão altos como em Midtown. É bom poder ver trechos ininterruptos do céu.

Dez minutos depois estou no museu, na minha seção preferida: a Sala dos Meteoritos. A maioria das pessoas passa direto por esta sala e se encaminha à sala que fica ao lado, a sala de gemologia, com suas espalhafatosas pedras preciosas e semipreciosas. Mas eu gosto mais desta. Gosto de como ela é escura, fresca e quase vazia. Gosto porque quase nunca há gente aqui.

Por toda a sala, vitrines verticais com refletores reluzentes mostram pequenas seções de meteoritos. As vitrines têm nomes como Joias do Espaço, Construindo Planetas e Origens do Sistema Solar.

Vou direto ao meu meteorito predileto: o Ahnighito. Na verdade, é só um fragmento do meteoro Cape York, muito maior. O Ahnighito é composto de 34 toneladas de ferro e é o maior meteorito em exposição em um museu. Vou até a plataforma onde ele está e passo as mãos nele. A superfície é fria, metálica e salpicada com marcas de milhares de impactos minúsculos. Fecho os olhos, deixo os dedos entrarem e saírem dos furos. É difícil acreditar que este pedaço de ferro veio do espaço. É mais difícil ainda acreditar que contém as origens do sistema solar. Esta sala é minha igreja, e nesta plataforma está meu pilar. Tocar esta pedra é o mais perto que já cheguei de acreditar em Deus.

É aqui que eu teria trazido Daniel. Teria dito para ele escrever poemas sobre rochas espaciais e crateras de impacto. O número de ações e reações necessárias para formar nosso sistema solar, nossa galáxia, nosso Universo, é espantoso. O número de coisas que tiveram que dar – absolutamente – certo é avassalador.

Comparado com o quê? Apaixonar-se? Uma série de pequenas coincidências que dizemos significar tudo porque queremos acreditar que nossa vida minúscula importa em escala galáctica. Mas apaixonar-se não se compara à formação do Universo.

Nem de longe.

daniel

"Simetrias"
Poema de Daniel Jae Ho Bae

Vou
ficar do meu
lado. E você
ficará de
outro

natasha

MEU PAI E EU JÁ FOMOS PRÓXIMOS. Na Jamaica, e mesmo depois de nos mudarmos para cá, éramos inseparáveis. Na maioria das vezes parecia que éramos eu e meu pai – os Sonhadores – contra minha mãe e meu irmão – os Não Sonhadores.

Nós assistíamos juntos a jogos de críquete. Eu era sua plateia quando ele ensaiava os textos para os testes. Dizia que, quando finalmente fosse um ator famoso na Broadway, iria conseguir para mim os melhores papéis de menininhas. Eu ouvia suas histórias de como seria a vida depois de ele ficar famoso. Ouvia por muito tempo depois de mamãe e meu irmão terem parado de escutar.

As coisas começaram a mudar há uns quatro anos, quando eu estava com 13. Minha mãe ficou farta de morar num apartamento de um quarto. Todas as suas amigas na Jamaica moravam em casas próprias. Ficou farta de meu pai trabalhar no mesmo emprego em troca basicamente do mesmo salário. Ficou farta de ouvir o que aconteceria quando a vez dele chegasse. Mas nunca dizia nada a ele, só a mim.

Vocês, crianças, estão grandes demais para dormir na sala. Precisam de privacidade.

Nunca vou ter uma cozinha de verdade com uma geladeira de verdade. É hora de ele acabar com essa bobagem.

E então ele perdeu o emprego. Não sei se foi demitido ou se a empresa precisou dispensá-lo. Uma vez minha mãe disse que achava que ele tinha pedido para sair, mas não podia provar.

No dia em que isso aconteceu, ele declarou:

– Talvez seja uma bênção disfarçada. Vai me dar mais tempo para correr atrás do trabalho no teatro.

Não sei exatamente com quem ele estava falando naquela hora, mas a verdade é que ninguém respondeu.

Agora que não estava trabalhando, ele disse que iria fazer testes para diversos papéis. Mas quase nunca fazia. Sempre havia uma desculpa:
O papel não é para mim.
Eles não vão gostar do meu sotaque, cara!
Estou ficando velho demais. Representar é jogo para os novos.
Quando minha mãe voltava do trabalho à tarde, meu pai dizia que estava tentando. Mas meu irmão e eu sabíamos que não era assim.

Ainda me lembro da primeira vez que o vi desaparecer numa peça. Peter e eu tínhamos chegado da escola. Sabíamos que alguma coisa estranha estava acontecendo porque a porta da frente estava aberta. Nosso pai estava na sala – o nosso quarto. Não sei se ouviu a gente chegar, mas não reagiu. Estava segurando um livro. Mais tarde percebi que era uma peça: *O sol tornará a brilhar.*

Estava usando camisa branca de botões, calça social e recitando as falas. Não sei direito por que estava segurando a peça, porque já havia decorado. Ainda me lembro de partes do monólogo. O personagem dizia alguma coisa sobre ver o futuro que se estendia à sua frente e como ele – o futuro – era apenas um enorme espaço vazio.

Quando finalmente notou que estávamos olhando, meu pai deu uma bronca por chegarmos de fininho. A princípio achei que ele estava sem graça. Ninguém gosta de ser apanhado desprevenido. Porém mais tarde percebi que era mais do que isso. Ele estava com vergonha, como se o tivéssemos flagrado trapaceando ou roubando.

Depois disso, deixamos de fazer coisas juntos. Ele parou de assistir aos jogos de críquete. Recusava todas as minhas ofertas de ajudar a decorar texto. No quarto de casal, seu lado ficou mais atulhado de livros de bolso usados e amarelados com textos de peças famosas. Ele sabia todos os papéis; não somente os principais, mas os pequenos também.

Com o tempo, parou de fingir que ia fazer testes ou procurar emprego. Minha mãe desistiu de fingir que algum dia teríamos uma casa ou mesmo que encontraríamos um apartamento com mais de um quarto. Pegou turnos extras no trabalho para pagar as despesas. No verão passado, arranjei um trabalho no McDonald's, em vez de ser voluntária no Hospital Metodista de Nova York, como costumava fazer.

A coisa está assim há mais de três anos. Chegamos da escola e o encontramos trancado no quarto, passando texto sozinho. Seus papéis prediletos são os longos monólogos dramáticos. Ele é Macbeth e Walter Lee Younger.

Reclama com amargura da falta de talento desse ou daquele ator. Cobre de elogios os que considera bons.

Há dois meses, não por mérito seu, conseguiu um papel. Alguém que ele conheceu anos antes num teste estava montando uma produção de *O sol tornará a brilhar*. Quando ele contou à minha mãe, a primeira coisa que ela perguntou foi:

– Quanto vão pagar?

Não disse *Parabéns*. Não disse *Estou orgulhosa de você*. Não disse *Que papel?* ou *Quando vai ser?* ou *Você está empolgado?*. Somente: *Quanto vão pagar?*

Ela o encarou com olhos desanimados ao dizer isso. Olhos que não demonstravam estar impressionados com a notícia. Olhos cansados que tinham acabado de trabalhar dois turnos seguidos.

Acho que todos ficamos meio em choque. E minha mãe chocou a si mesma. É, ela vinha se frustrando com ele havia anos, mas esse momento mostrou a todos nós quão separados os dois estavam de fato. Até Peter, que fica do lado da minha mãe em todas as coisas, se encolheu um pouco.

Mas não podíamos culpá-la. De forma nenhuma. Meu pai vinha desperdiçando a vida em sonhos havia anos. Vivia naquelas peças e não no mundo real. Ainda vive. Minha mãe não tinha mais tempo para sonhar.

Nem eu.

samuel kingsley

Uma história de arrependimento – Parte 3

PARA SER HONESTO, ele tem um pouco de medo de Natasha. As coisas pelas quais ela se interessa agora, química, física e matemática... De onde veio isso? Às vezes, quando a observa fazendo o dever de casa à mesa da cozinha, acha que ela é filha de outra pessoa. O mundo de Natasha é maior do que ele e as coisas pelas quais ele a ensinou a se interessar. Ele não sabe quando ela o ultrapassou.

Certa noite, depois que ela e Peter já estavam na cama, ele foi à cozinha pegar água. Ela havia deixado o livro de matemática e o dever de casa sobre a mesa. Samuel não sabe o que o dominou, mas acendeu a luz, sentou-se e folheou o livro. Pareciam hieróglifos, como uma língua antiga e um povo que ele jamais teria esperança de entender. Isso o encheu de uma espécie de pavor. Ficou sentado por um longo tempo, passando os dedos sobre os símbolos, desejando que sua pele fosse suficientemente porosa para absorver todo o conhecimento e toda a história do mundo.

Depois daquela noite, sempre que olhava para a filha, tinha a vaga sensação de que alguém entrara em casa quando ele não prestava atenção e levara sua doce menininha para longe.

Mas às vezes ainda tem vislumbres da antiga Natasha. Ela o olha como fazia quando era mais nova. É um olhar que quer alguma coisa dele. Um olhar que quer que ele seja mais, faça mais e ame mais. Ele se ressente disso. Às vezes se ressente dela. Já não fez o bastante? Ela é sua primeira filha. Ele já abriu mão de todos os sonhos por ela.

daniel

NÃO SEI O QUE FAZER DE MIM. Deveria estar voando com o vento, mas não há mais vento. Quero arranjar uma roupa de mendigo, um pedaço de papelão e escrever nele: *E agora, Universo?* Mas este seria um bom momento para admitir que o Universo não está prestando atenção.

É justo dizer que odeio tudo e todos.

O Universo é um escroto, igual ao Charlie.

Charlie.

Aquele merda.

Charlie, que disse à minha futura namorada que não tínhamos chance. Charlie, que a acusou de ser ladra de loja. Charlie, que disse a ela que meu pau era pequeno. Charlie, em quem eu quero dar um soco na cara há onze anos.

Talvez este seja o vento. Meu ódio por Charlie.

Não há momento melhor do que o presente.

Hoje não tenho nada a perder.

natasha

A SECRETÁRIA ESTÁ UM POUQUINHO mais amarrotada quando a vejo desta vez. Uma mecha do cabelo está fora do lugar e cai sobre os olhos. Os olhos brilham embaixo das luzes fluorescentes e o batom vermelho-vivo sumiu. Ela parece ter sido beijada.

Olho o celular para garantir que não estou nem adiantada nem atrasada, e estou na hora certa.

— Bem-vinda de volta, Srta. Kingsley. Me acompanhe, por favor.

Ela se levanta e começa a andar.

— Jeremy... quero dizer, o Sr. Fitz... quero dizer, o advogado Fitzgerald está aqui.

Ela bate baixinho à porta e espera, os olhos ainda mais brilhantes do que antes.

A porta se abre.

É como se eu não estivesse ali, porque o advogado Fitzgerald não me vê. Fita sua assistente de um modo que me dá vontade de pedir desculpas por me intrometer. Ela está olhando para ele do mesmo modo.

Pigarreio muito alto.

Finalmente ele desvia o olhar.

— Obrigado, Srta. Winter — diz, e parece que está declarando seu amor.

Acompanho-o. Ele se senta atrás da mesa e aperta as têmporas com os dedos. Está com um pequeno curativo logo acima da sobrancelha e outro em volta do pulso. Parece uma versão mais velha e mais atormentada da imagem em seu site. As únicas coisas iguais são que ele é branco e que seus olhos são de um verde intenso.

— Sente-se sente-se sente-se sente-se — diz ele, num fôlego só. — Desculpe o atraso. Tive um pequeno acidente hoje cedo, mas agora não temos muito tempo, de modo que, por favor, diga como tudo isso aconteceu.

Não sei direito por onde começar. Será que devo contar toda a história a esse advogado? O que devo incluir? Sinto que preciso voltar no tempo e explicar tudo.

Será que devo contar sobre os sonhos abortados do meu pai? Será que devo dizer que acho que os sonhos nunca morrem, nem quando estão mortos? Será que devo dizer que meu pai tem uma vida melhor dentro da cabeça? Nessa vida ele é famoso e respeitado. Seus filhos o admiram. Sua mulher usa diamantes e é invejada por homens e mulheres.

Eu também gostaria de viver nesse mundo.

Não sei por onde começar, por isso começo pela noite que arruinou nossa vida.

natasha kingsley

A história de uma filha

O TEATRO ERA AINDA MENOR do que Peter e eu esperávamos. A placa dizia: CAPACIDADE MÁXIMA: 40 PESSOAS. Os ingressos custavam 15 dólares e a bilheteria pagaria o aluguel do espaço por duas horas numa noite de quarta-feira. Os atores não recebiam ingressos para oferecer a amigos e parentes, de modo que ele precisou comprar três para que fôssemos.

Meu pai adora rituais e cerimônias, mas tem poucas coisas com as quais ser ritualista ou cerimonioso. Agora tinha essa peça e esses ingressos. Não podia se conter. Primeiro saiu e comprou comida chinesa para viagem: frango, camarão e arroz frito do General Tso para todo mundo.

Fez com que todos nos sentássemos em volta da mesinha da cozinha. Nunca comemos à mesa porque ela fica atulhada com mais de duas pessoas ao redor. Mas naquela noite ele insistiu que comêssemos juntos, como uma família. Até serviu a gente, coisa que nunca havia acontecido. Para minha mãe, disse:

— Está vendo? Peguei pratos descartáveis para que você não precise lavar um monte de pratos mais tarde.

Falou com perfeito sotaque americano.

Minha mãe não respondeu. Deveríamos ter considerado isso um sinal.

Assim que acabamos de comer, ele se levantou e segurou um envelope branco no ar, como se fosse um troféu.

— Vejamos o que temos para sobremesa.

Ele fez contato visual com cada um de nós. Olhei enquanto minha mãe afastava os olhos antes que ele se virasse para Peter e depois para mim.

— Minha família. Por favor, me deem a grande honra de me assistir fazendo o papel de Walter Lee Younger na produção da Village Troupe de *O sol tornará a brilhar*.

Então abriu o envelope devagar, como se estivesse no Oscar anunciando a categoria de melhor ator. Pegou os ingressos e entregou a cada um de nós. Parecia muito orgulhoso. Mais do que isso, parecia *presente* demais. Durante alguns minutos não estava perdido dentro da própria cabeça, ou numa peça, ou em alguma fantasia de sonho. Estava ali com a gente e não desejava estar em outro local. Eu tinha esquecido como era isso. Ele tinha um olhar que fazia com que a pessoa se sentisse *vista*.

Houve um tempo em que meu pai me achava o máximo, e eu senti falta disso naquela hora. Porém era mais do que isso. Senti falta dos dias em que eu o achava o máximo e ele não poderia fazer nada errado. Acreditava que tudo que era necessário para deixá-lo feliz éramos nós, sua família. Há fotos minhas quando tinha 3 anos, usando uma camiseta onde estava escrito MEU PAI É UM GATO. Nela havia um pai gato e uma filha gatinha de mãos dadas, cercados por novelos de lã que formavam um coração.

Gostaria de ainda me sentir daquele jeito. Crescer e ver os defeitos dos pais é como perder a fé. Não acredito mais em Deus. Também não acredito no meu pai.

Minha mãe fez um muxoxo quando ele lhe entregou seu ingresso. Era o mesmo que dar um tapa nele.

– Você e suas bobagens – disse, e se levantou. – Pode ficar com seu ingresso. Não vou a lugar nenhum.

E saiu da cozinha. Ouvimos enquanto ela dava os vinte passos até o banheiro e batia a porta com toda a força.

Ninguém sabia o que dizer. Peter afundou na cadeira e baixou a cabeça, de modo que não dava para ver o seu rosto embaixo dos dreadlocks. Eu simplesmente fiquei olhando para o espaço onde ela estivera. Os olhos do meu pai desapareceram atrás de seu véu de sonho. Em sua típica negação da realidade, ele declarou:

– Não se preocupem com sua mãe. Ela não falou a sério, cara!

Mas falou. E não foi com a gente. Nem Peter conseguiu convencê-la. Ela disse que o preço do ingresso era um desperdício de seu dinheiro ganhado com tanto esforço.

Na noite da peça, Peter e eu pegamos o metrô sozinhos até o teatro. Meu pai foi antes, para se preparar. Nós nos sentamos na primeira fila e não falamos do lugar vazio ao lado.

Agora eu queria ser capaz de dizer que ele não era bom. Que seu talento era medíocre. A mediocridade explicaria todos os anos de rejeição. Explicaria por que ele desistiu e se retirou da vida para dentro de sua mente. E não sei se posso ver meu pai claramente. Talvez ainda o esteja vendo com os olhos antigos, de culto ao herói, mas o que vi foi o seguinte:

Ele era excelente.

Era transcendente.

Ele pertencia àquele palco mais do que jamais pertenceu a nós.

daniel

Adolescente tem certeza de que o dia não pode piorar. Está errado.

Meu pai está com uma cliente quando entro. Seus olhos me dizem que terá muitas coisas para me falar mais tarde.

É melhor eu lhe dar mais assuntos.

Já passou a agitação da hora do almoço, por isso a loja está bem vazia. Só há mais uma cliente: uma mulher querendo um secador de cabelo.

Não vejo Charlie limpando nem abastecendo nenhuma prateleira, então acho que deve estar embromando lá atrás, no estoque.

Nem estou nervoso. Não ligo a mínima se ele arrebentar minha cara, desde que eu diga primeiro o que tenho a dizer. Largo o paletó do lado de fora do estoque e viro a maçaneta, mas a porta está trancada. Não há motivo para ela estar trancada com ele dentro. Provavelmente está tocando uma lá dentro.

Ele abre a porta antes que eu possa bater. Em vez do ar de desprezo de sempre, seu rosto é uma mistura de cansaço e defensiva. Deve ter pensado que era meu pai tentando entrar.

Assim que vê que sou apenas eu, seu rosto reassume o risinho superior e cretino de costume. Exagera olhando por cima do meu ombro e em volta de mim.

– Cadê sua namorada? – Ele diz *namorada* como se fosse uma piada, como você diria uma palavra tipo *meleca*.

Fico parado olhando tentando descobrir não *como* somos parentes, mas *por quê*. Ele passa trombando de propósito no meu ombro.

– Ela já largou você? – pergunta depois de olhar rapidamente por dois corredores, para verificar se ela não está mesmo ali.

Seu riso de comedor de merda está firme no lugar.

Está me jogando a isca, eu sei. Sei e permito. Estou deixando o anzol me furar como se eu fosse um peixe idiota, fisgado um bilhão de vezes, que ainda não descobriu que os anzóis são inimigos.

— Vai se foder, Charlie.

Isso o pega desprevenido. Ele para de sorrir e me dá uma boa olhada. Estou sem o paletó e a gravata. A camisa está fora da calça. Não pareço alguém que vai ter a Entrevista Mais Importante da Vida em duas horas. Pareço alguém que quer brigar.

Ele se estufa como um baiacu. Sempre foi muito orgulhoso dos dois anos e dos cinco centímetros que tem a mais do que eu. Aqui atrás estamos só eu e ele, e isso o deixa ousado.

— Por que você está aqui, irmãozinho? — pergunta ele, chegando mais perto e encostando seus pés nos meus e trazendo o rosto mais para perto do meu.

Ele espera que eu recue.

Não recuo.

— Vim fazer uma pergunta.

Ele recua o rosto só um pouco.

— Claro, eu treparia com ela — diz. — Foi isso que aconteceu? Ela me quer, em vez de você?

O negócio de ser um peixe fisgado é que, quanto mais você tenta se livrar, mais preso fica. O anzol simplesmente se enterra mais fundo e você sangra mais um pouco. Não consegue se soltar. Só consegue fazer com que ele prenda mais. Dizendo de outro modo: o anzol precisa atravessar você e vai doer pra caralho.

— Por que você é assim? — pergunto.

Se eu o surpreendi, ele não demonstra. Só continua com a porcaria de sempre.

— Assim, como? Maior, mais forte, mais inteligente, melhor?

— Não. Por que você é escroto comigo? O que eu fiz pra você?

Dessa vez ele não consegue esconder a surpresa. Sai do meu espaço, até dá um passo atrás.

— E daí? Foi por isso que você veio? Para choramingar porque sou mau com você? — Ele me olha de cima a baixo de novo. — Você está com uma aparência de merda. Não precisa tentar entrar na Segunda Melhor Faculdade hoje?

— Não estou nem aí para isso. Nem quero entrar. — Digo isso baixinho, mas mesmo assim a sensação é boa.

— Fale alto, irmãozinho. Não escutei você.

— Não quero entrar — digo mais alto, antes de perceber que meu pai saiu de sua posição junto à caixa registradora e agora está perto o suficiente para me ouvir.

Ele começa a dizer alguma coisa, mas então a sineta da porta toca. Ele gira e se afasta.

Eu me viro de novo para Charlie.

– Tento deduzir há anos. Talvez eu tenha feito alguma coisa a você quando éramos mais novos, mas não lembro.

Ele funga.

– O que você poderia ter feito comigo? Você é patético demais.

– Então você é simplesmente um escroto? Você nasceu assim?

– Sou mais forte. E mais inteligente. E melhor do que você.

– Se é tão inteligente, o que está fazendo aqui, Charlie? É uma síndrome de peixe grande em lago pequeno? Lá em Harvard você era só um peixinho que cabia num tubo de lavagem intestinal?

Ele fecha os punhos.

– Olha como fala.

Minha suposição é boa. Mais do que boa.

– Estou certo, não é? Lá você não é o melhor. Por acaso você também não é o melhor aqui. Qual é a sensação de ser o Segundo Melhor Filho?

Agora sou eu que seguro o anzol. Seu rosto está vermelho e ele está se estufando de novo. Quase encosta na minha cara. Se ele trincar mais o maxilar, vai quebrá-lo.

– Quer saber por que não gosto de você? Porque você é igual a eles. – Ele aponta o queixo na direção do meu pai. – Você, sua comida coreana, seus amigos coreanos e a escola coreana. É patético. Você não saca, irmãozinho? Você é igual a todo mundo.

Espera. O quê?

– Você me odeia porque eu tenho amigos coreanos?

– Você é *todo* coreano. Nós nem somos da porcaria daquele país.

E então eu entendo. Entendo de verdade. Tem dias em que é difícil *estar* nos Estados Unidos. Tem dias em que parece que estou na metade do caminho para a Lua, preso entre ela e a Terra.

Perco a vontade de brigar. Agora só sinto pena dele, e essa é exatamente a pior coisa que posso fazer com ele. Ele vê a pena no meu rosto. Isso o enfurece. Ele me agarra pelo colarinho.

– Foda-se. Acha que porque deixou o cabelo crescer e gosta de poesia alguém vai tratar você de modo diferente? Acha isso porque traz uma garota negra para cá? Ou será que eu devo chamá-la de afro-americana, ou talvez só...

Mas não deixo ele dizer a palavra. Achei que teria de me obrigar a isso, mas não preciso.

Dou-lhe um soco bem no meio da porra da cara.

Meu punho bate na área em volta do olho, de modo que os nós dos dedos acertam principalmente no osso. Dói mais em mim do que tinha o direito de doer, já que eu é que deveria estar batendo. Ele cambaleia para trás mas não cai, como as pessoas nos filmes.

Francamente, isso me decepciona. Mesmo assim, a expressão de seu rosto vale todos os ossos na mão que tenho certeza de que quebrei. Machuquei de verdade o cara. O que quero dizer é: causei dor física, como era minha intenção. Queria que ele soubesse que eu, seu irmãozinho, posso bater, e não apenas apanhar. Agora ele sabe que posso machucá-lo e que estou farto de suas cretinices.

Mas não causo dano suficiente. Olho a expressão dele passar de dor para a surpresa e então para a fúria. Ele vem para cima de mim com todos os seus centímetros e quilos de músculos a mais.

Primeiro me dá um soco no estômago. Juro que parece que o punho dele atravessa a barriga e sai pela coluna vertebral. Eu me dobro e acho que talvez só vá ficar nessa posição, mas ele não aceita isso. Me puxa pelo colarinho. Tento bloquear o rosto com as mãos porque sei que é onde ele vai mirar, mas o soco no estômago me deixa lento.

Seu punho acerta o lado da minha boca. Meu lábio se parte por dentro, devido ao choque contra os dentes. E se parte por fora porque o desgraçado me acertou usando um gigantesco anel de alguma sociedade secreta. Isso vai deixar marca (possivelmente para sempre).

Ele continua segurando meu colarinho, pronto para dar outro soco, mas estou preparado. Bloqueio o rosto com as mãos e mando o joelho direto contra seu saco – com força, mas não o suficiente para impedir que ele gere futuros demoniozinhos.

Para vocês verem como sou legal.

Ele está caído no chão, apertando as joias da família que ele preferia que não fosse coreana, e eu estou segurando o queixo, tentando verificar se ainda tenho todos os dentes, quando meu pai chega perto de nós.

– *Museun iriya?* – pergunta ele.

O que pode ser traduzido mais ou menos como: "O QUE ESTÁ ACONTECENDO AQUI?"

natasha

AS PONTAS DOS DEDOS das duas mãos do advogado Fitzgerald estão unidas e ele tem os olhos fixos em mim. Ele se inclina ligeiramente na cadeira. Não consigo saber se está ouvindo ou se só quer parecer que ouve.

Quantas histórias iguais à minha escutou ao longo dos anos? Estou pasma por ele não me mandar ir direto ao ponto. Termino de contar tudo sobre a noite em questão.

Os atores agradecem três vezes. Agradeceriam uma quarta se a plateia não tivesse começado a sair.

Depois, Peter e eu ficamos sentados, esperando que nosso pai voltasse para nos pegar. Esperamos trinta minutos antes que ele aparecesse. E não creio que fosse porque sabia que estávamos esperando. Ele surgiu de repente, passando pela pesada cortina vermelha, e andou até o centro do palco. Ficou parado ali um minuto inteiro, só olhando o teatro vazio.

Não acredito em almas, mas a alma dele estava no rosto. Jamais vi meu pai feliz daquele jeito. Tenho certeza de que ele nunca mais se sentirá tão feliz de novo.

Peter quebrou o feitiço, pois eu não consegui me obrigar a fazer isso.

– Está pronto, pai? – gritou ele.

Meu pai nos olhou com uma expressão distante. Quando nos olha assim, não sei se é ele quem está ausente ou se somos nós.

Peter ficou desconfortável, como costuma ficar quando meu pai faz isso.

– Pai? Está pronto, cara?

Quando meu pai finalmente falou, não tinha nenhum traço de sotaque nem de dicção da Jamaica. Parecia um estranho.

– Vão na frente, crianças. Vejo vocês mais tarde.

Acelero o resto da história. Meu pai passa o resto da noite bebendo com seus novos amigos atores. Bebe demais. Indo para casa, bate com o carro numa viatura de polícia estacionada. Bêbado, conta ao policial toda a história da nossa vinda para os Estados Unidos. Imagino que fez um monólogo para uma plateia de uma pessoa. Conta ao policial que somos imigrantes ilegais e que os Estados Unidos nunca lhe deram uma chance justa. O policial o prende e liga para o departamento de imigração.

A testa do advogado Fitzgerald está franzida.

– Mas por que seu pai fez isso? – pergunta.

É uma coisa que eu gostaria de saber.

samuel kingsley

A história de um pai

PERSONAGENS
Patricia Kingsley, 43 anos
Samuel Kingsley, 45 anos

SEGUNDO ATO
CENA TRÊS

Quarto. Uma cama tamanho queen, *com cabeceira, domina o espaço. Talvez uma ou duas fotos emolduradas. O chão no lado de Samuel está entulhado de livros. À direita, vemos a abertura para um corredor. A filha adolescente de Samuel e Patricia está ouvindo, mas Samuel e Patricia não sabem. Não está claro se se importariam caso soubessem.*

PATRICIA: Que Deus tenha misericórdia de nós, Kingsley.

Ela está sentada na beira da cama. O rosto apoiado nas mãos. Sua fala sai abafada.

SAMUEL: Isso não quer dizer nada, cara. Vamos arranjar um bom advogado.

Samuel está de pé em seu lado do quarto. Está encolhido, com o rosto na sombra. Um refletor ilumina a folha de papel em sua mão esquerda.

PATRICIA: E como vamos pagar um advogado, Kingsley?

SAMUEL: Meu Deus, Patsy. Vamos dar um jeito, cara.

Patricia afasta o rosto das mãos e olha o marido como se o visse pela primeira vez.

PATRICIA: Você se lembra de como a gente se conheceu?

Samuel amassa devagar o papel. Continua a fazer isso durante toda a cena.

PATRICIA: Lembra, Kingsley? Um dia você entrou na loja, e a partir daí continuou voltando, dia após dia. Foi tão engraçado! Num dia você comprava uma coisa e no outro voltava para devolver, até me vencer pelo cansaço.

SAMUEL: Eu não estava cansando você, Patsy. Estava cantando você.

PATRICIA: Você se lembra de todas as promessas que me fez, Kingsley?

SAMUEL: Patsy...

PATRICIA: Você dizia que todos os meus sonhos iriam se realizar. Nós íamos ter filhos, dinheiro e uma casa grande. Você dizia que minha felicidade era mais importante do que a sua. Lembra, Kingsley?

Ela se levanta da cama e o refletor a acompanha.

SAMUEL: Patsy...

PATRICIA: Deixa eu dizer uma coisa. Não acreditei em você quando a gente começou. Mas depois de um tempo mudei de ideia. Você é um bom ator, Kingsley, porque me fez acreditar em todas as coisas bonitas que me disse.

Agora o papel na mão de Samuel está completamente amassado. O refletor se move para seu rosto e ele não está mais encolhido. Está com raiva.

SAMUEL: Sabe o que cansei de ouvir? Cansei de ouvir os seus sonhos. E os meus? Se não fossem você e as crianças, eu teria todas as coisas que desejo. Você reclama da casa, da cozinha e pede um quarto a mais. E eu? Não tenho nenhuma das coisas que quero. Não posso usar o talento que Deus me deu.

Me arrependo do dia em que entrei naquela loja. Se não fossem você e as crianças, minha vida seria melhor. Eu estaria fazendo aquilo que Deus me pôs na Terra para fazer. Não quero mais ouvir sobre seus sonhos. Eles não são nada, comparados aos meus.

natasha

MAS NÃO CONTO ESSA PARTE ao advogado Fitzgerald... Não conto que nós, a mulher e os filhos do meu pai, somos o seu maior arrependimento, porque atrapalhamos a vida com a qual ele sonhou.

Em vez disso digo:

– Algumas semanas depois de ele ser preso, recebemos a intimação do Departamento de Segurança Interna.

Ele olha um dos formulários que preenchi para a secretária e pega um bloco de papel amarelo na gaveta da mesa.

– Então vocês foram à audiência. Levaram um advogado?

– Só meus pais foram. E não levaram advogado.

Minha mãe e eu conversamos muito sobre isso. Deveríamos contratar um advogado pelo qual não poderíamos pagar ou seria melhor ver o que aconteceria na audiência? Tínhamos lido na internet que não era preciso de verdade de um advogado na primeira vez. Até então, meu pai ainda insistia em que tudo se resolveria naturalmente, como por milagre. Não sei. Talvez nós quiséssemos acreditar que seria mesmo assim.

O advogado Fitzgerald balança a cabeça e anota alguma coisa em seu bloco.

– Então, na audiência, o juiz disse a eles que poderiam aceitar a Remoção Voluntária ou se candidatar ao Cancelamento da Remoção. – Ele olha meus formulários. – Seu irmão mais novo é cidadão americano?

– É – respondo, olhando enquanto ele anota isso também.

Peter nasceu praticamente nove meses depois de nos mudarmos para cá. Meus pais ainda estavam felizes um com o outro.

Naquela audiência meu pai não aceitou a Remoção Voluntária. À noite, mamãe e eu pesquisamos sobre o Cancelamento de Remoção. Para se qualificar, meu pai precisaria ter morado nos Estados Unidos por ao menos dez anos, ter demonstrado bom caráter moral e ser capaz de provar que ser deportado causaria dificuldades extremas para um cônjuge, um pai ou um filho que fosse cidadão americano. Achamos que a cidadania do Peter seria a salvação. Contratamos a advogada mais barata que pudemos encontrar e fomos à Audiência de Mérito armados com essa nova estratégia. Mas acontece que é muito difícil provar "dificuldades extremas". Voltar à Jamaica não colocaria a vida de Peter em risco, e ninguém se incomoda com os danos psicológicos de desenraizar uma criança de seu lar, nem mesmo Peter.

– E na Audiência de Mérito o juiz negou o pedido e seu pai aceitou a Remoção Voluntária. – O advogado Fitzgerald diz isso sem rodeios, como se o resultado fosse inevitável.

Confirmo com a cabeça, em vez de falar em voz alta. Não sei se vou conseguir falar sem chorar. Qualquer esperança que eu tivesse está indo embora.

Cheguei a dizer que deveríamos apelar da decisão do juiz, mas a advogada nos aconselhou a não fazer isso. Falou que não tínhamos argumento e que estávamos sem opções. Sugeriu que fôssemos embora voluntariamente para não termos uma deportação na ficha. Assim teríamos esperança de voltar um dia.

Fitzgerald pousa a caneta e se recosta na cadeira.

– Por que você foi ao USCIS hoje? Isso nem é da jurisdição deles.

Preciso afastar as lágrimas presas nos meus olhos antes de responder.

– Eu não sabia mais aonde ir.

A verdade é que, apesar de não crer em milagres, eu esperava um.

Ele fica em silêncio por um longo tempo.

Por fim, não aguento mais.

– Tudo bem – digo. – Sei que não tenho opções. Nem sei por que vim aqui.

Faço menção de me levantar, mas ele sinaliza para eu ficar sentada. Junta as pontas dos dedos de novo e olha o escritório à sua volta. Acompanho seu olhar até as caixas encostadas na parede à direita. Atrás dele há uma escada dobrável encostada numa estante vazia.

– Acabamos de nos mudar para cá – diz ele. – O pessoal da reforma deveria ter terminado há semanas, mas você sabe o que dizem sobre os planos.

Ele sorri e toca o curativo na testa.

– O senhor está bem, Sr. Fitz...

– Estou – confirma ele, passando os dedos no curativo.

Ele pega uma foto emoldurada na mesa e a admira.

– Esta é a única coisa que desencaixotei até agora.

O advogado vira a foto para eu ver. É ele com a mulher e dois filhos. Parecem felizes.

Dou um sorriso educado.

Ele a coloca de volta no lugar e me olha.

– A gente nunca fica sem opções, Srta. Kingsley.

Demoro um segundo para perceber que ele está falando de novo do meu caso. Inclino o corpo para a frente.

– Está dizendo que o senhor pode dar um jeito nisso?

– Sou um dos melhores advogados de imigração desta cidade.

– Mas como? – pergunto, apoiando as mãos na mesa e pressionando os dedos contra a madeira.

– Deixe eu falar com um juiz, meu amigo. Ele pode reverter a Remoção Voluntária, de modo que pelo menos vocês não precisem ir embora esta noite. Depois disso podemos fazer uma apelação ao Conselho de Apelação de Imigração.

Ele olha o relógio.

– Só me dê umas duas horas.

Abro a boca para pedir mais fatos e esclarecimentos. Acho essas coisas reconfortantes. O poema me volta à mente. *"Esperança" é a coisa com penas.* Fecho a boca. Pela segunda vez hoje estou abrindo mão dos detalhes. Talvez não precise deles. Seria bom demais, por um tempinho, deixar outra pessoa assumir esse fardo.

"Esperança" é a coisa com penas. Sinto-a batendo asas no meu coração.

daniel

MEU PAI ME OLHA DA CABEÇA AOS PÉS e eu me sinto como o malandro de segunda classe que ele sempre me considerou. Para ele sempre vou ser o Segundo Filho, não importando o que Charlie faça. Devo parecer ainda pior agora do que quando entrei. O botão de cima da camisa, onde Charlie me agarrou, foi arrancado. Há até uma mancha de sangue nela, do lábio partido. Estou suado e meu cabelo está grudado na bochecha. Material de alta classe para Yale, bem aqui.

Ele me dá uma ordem:

– Pegue gelo para o lábio e volte para cá.

O próximo é Charlie.

– Você bateu no seu irmão mais novo? Foi isso que aprendeu nos Estados Unidos? A bater na sua família?

Quase quero ficar e ouvir isso, mas meu lábio gordo está ficando mais gordo ainda. Vou para a sala dos fundos, pego uma lata de Coca e encosto no lábio.

Nunca gostei dessa sala. É pequena demais e está sempre abarrotada de caixas meio abertas. Não há cadeiras, por isso me sento no chão e encosto na porta, para que ninguém possa entrar. Preciso de cinco minutos antes de enfrentar a vida de novo.

Meu lábio lateja no ritmo do coração. Imagino se vou precisar de pontos. Aperto mais a lata e espero sentir (ou não sentir) o entorpecimento.

É isso que ganho por deixar que o Destino me guie – espancado, sem namorada e sem futuro. Por que adiei a entrevista? Pior. Por que deixei Natasha ir embora?

Talvez ela estivesse certa. Só estou procurando alguém para me salvar. Estou procurando alguém para me tirar dos trilhos em que minha vida está porque não sei como fazer isso sozinho. Estou querendo ser dominado pelo *amor*, pelo *feitos um para o outro* e pelo *destino*, de modo que as decisões sobre meu futuro estejam fora das minhas mãos. Não serei eu a desafiar meus pais. Será o Destino.

A lata de Coca funciona. Não consigo mais sentir o lábio. Que bom que Natasha não está aqui, porque meus dias de beijar acabaram, pelo menos por hoje. E com ela não existe amanhã.

Não que ela fosse me deixar beijá-la outra vez.

Do outro lado da porta meu pai ordena que eu saia. Recoloco a lata na geladeira e enfio a camisa para dentro da calça.

Abro a porta e o encontro parado, sozinho. Ele se inclina para perto de mim.

– Tenho uma pergunta – diz. – Por que você acha que importa o que você quer?

Pelo modo como ele pergunta, é como se estivesse genuinamente confuso com a emoção. Que negócio é esse de *desejo* e de *querer*, de que você fala? Ele está confuso com o significado.

– Quem se importa com o que você *quer*? Só importa o que é bom para você. Sua mãe e eu *só* nos importamos com o que é bom para você. Você vai para faculdade, vira médico, tem sucesso. Aí nunca precisa trabalhar numa loja assim. Aí tem dinheiro e respeito e então todas as coisas que você quer vão chegar. Você encontra uma garota boa, tem filhos e tem o Sonho Americano. Por que jogar fora o futuro por causa de coisas temporárias que você só quer agora?

É a maior quantidade de coisas que meu pai já me disse de uma só vez. Ele nem está com raiva ao dizer. Fala como se estivesse tentando me ensinar uma coisa básica. Um mais um é igual a dois, filho.

Desde que ele comprou as tintas a óleo para *omma* eu quero ter uma conversa assim com meu pai. Quero saber por que ele quer as coisas que quer para nós. Por que isso é tão importante para ele. Quero perguntar se ele acha que a vida de *omma* seria melhor se ela continuasse pintando. Quero saber se ele ficou triste porque ela desistiu disso por ele e por nós.

Talvez este momento entre meu pai e eu seja o significado do dia de hoje. Talvez eu possa começar a entendê-lo. Talvez ele possa começar a me entender.

– *Appa* – começo, mas ele levanta a mão para me calar e a mantém ali.

Ele olha para mim, através de mim e para além de mim, para um outro tempo.

– Não. Deixa eu terminar. Talvez eu deixei a coisa fácil demais para vocês. Talvez seja minha culpa. Vocês não conhecem sua história. Não sabem o que pobreza pode fazer. Não conto porque acho que é melhor assim. Melhor não saber. Talvez esteja errado.

Estou muito perto. Estou à beira de conhecê-lo. Estamos à beira de nos conhecermos.

Vou contar a ele que não quero as coisas que ele quer para mim. Vou dizer que vou ficar bem de qualquer modo.

– *Appa* – começo de novo, mas outra vez a mão dele atravessa o ar.

De novo sou silenciado. Ele sabe o que vou falar e não quer escutar.

Meu pai é moldado pela lembrança de coisas que nunca vou conhecer.

– Chega. Se não vai para Yale virar médico, arranja um emprego e paga sua faculdade.

Ele volta para a frente da loja.

Devo admitir que há algo revigorante em ter tudo exposto para mim dessa forma. Com Futuro ou sem Futuro.

O paletó do meu terno ainda está amarrotado perto da porta. Pego-o e visto. A lapela quase cobre a mancha de sangue.

Olho em volta procurando Charlie, mas ele não está em lugar nenhum.

Vou até a porta. Meu pai está atrás da caixa registradora, olhando para o nada. Estou prestes a sair quando ele fala a última coisa, a coisa que estava esperando para dizer:

– Vi como você olha aquela garota. Mas isso não pode ser, nunca.

– Acho que o senhor está errado.

– Não importa o que você acha. Faz a coisa certa.

Fazemos contato visual e mantemos os olhos um no outro. É a manutenção do contato visual que diz que ele não sabe o que vou fazer.

Nem eu.

dae hyun bae

A história de um pai

DAE HYUN BAE ABRE E FECHA a caixa registradora. Abre e fecha de novo. Talvez seja mesmo sua culpa os filhos serem como são. Ele não lhes contou nada sobre seu passado. Fez isso porque é um pai que ama ferozmente os filhos, e esse é seu modo de protegê-los. Pensa na pobreza como uma espécie de doença contagiosa e não quer que eles ouçam sobre isso, para não se contaminarem.

Abre a caixa registradora e coloca as notas grandes na bolsa para o depósito. Charlie e Daniel acham que o dinheiro e a felicidade não se relacionam. Não sabem o que é a pobreza. Não sabem que a pobreza é uma faca afiada cortando a gente. Não sabem o que ela faz ao corpo. À mente.

Quando Dae Hyun tinha 13 anos e ainda morava na Coreia do Sul, seu pai começou a prepará-lo para assumir o pequeno negócio de pesca de caranguejo da família. O negócio mal rendia algum dinheiro. Cada temporada era uma luta pela sobrevivência. E a cada temporada eles sobreviviam, mas por pouco.

Durante a maior parte da infância, na mente de Dae Hyun nunca houve dúvida de que ele acabaria assumindo o negócio. Era o mais velho de três filhos. Esse era o seu lugar. Família é destino.

Ainda se lembra do dia em que provocou uma pequena rebelião em sua mente. Pela primeira vez seu pai o havia levado num barco de pesca. Dae Hyun odiou aquilo. Presos nos cestos de metal trançado e frio, os caranguejos formavam uma coluna furiosa de desespero se retorcendo. Arranhavam e lutavam, abrindo caminho uns por cima dos outros, tentando chegar ao topo e escapar.

Mesmo agora, a lembrança daquele primeiro dia surge em momentos inesperados. Dae Hyun deseja ser capaz de esquecer. Tinha imaginado que vir para os Estados Unidos apagaria isso. Mas a lembrança sempre volta. Aqueles caranguejos nunca desistiam. Lutavam até morrer. Fariam qualquer coisa para escapar.

natasha

É DIFÍCIL SABER como me sinto agora. Não confio de verdade no que aconteceu, ou talvez só não tenha tido tempo suficiente para processar.

Verifico o celular. Bev finalmente mandou uma mensagem. Ela ama, ama, ama Berkeley. Diz que acha que seu destino é ir para lá. Além disso, os caras da Califórnia são bonitos de um jeito diferente dos de Nova York. A última mensagem pergunta como estou, com uma fileira de corações partidos. Decido ligar e contar o que o advogado Fitzgerald disse, mas ela não atende.

Ligue para mim, digito.

Passo pela porta giratória, saio na frente do prédio e simplesmente paro de me mover. Um punhado de pessoas lancha nos bancos perto da fonte. Há gente andando depressa, de terno, entrando e saindo do prédio. Uma fila de carros pretos espera junto ao meio-fio enquanto os motoristas fumam e batem papo.

Como é que este pode ser o mesmo dia? Como é que todas essas pessoas podem continuar com a vida sem saber nada do que acontece na minha? Às vezes o mundo da gente balança com tanta força que é difícil imaginar que quem está ao redor não perceba também. Foi assim que me senti quando recebemos a ordem de deportação. E também quando descobri que Rob estava me traindo.

Pego o telefone de novo e olho o número do Rob, antes de lembrar que o apaguei. Mas meu cérebro guarda números, e eu digito de memória. Não percebo que estou ligando até que ele atende.

— Eiiiiii, Nat. — Sua voz sai arrastada.

Ele nem tem o bom gosto de parecer surpreso.

— Meu nome não é Nat — declaro.

Agora que estou falando com ele, não sei por que queria falar com ele.

— Não foi legal o que você e seu novo cara fizeram hoje.

A voz dele é profunda, lenta e preguiçosa, como sempre. É engraçado como coisas que já pareceram tão encantadoras podem ficar chatas e irritantes. Achamos que queremos ter todo o tempo do mundo com a pessoa que amamos, mas talvez a gente só precise do contrário. Só de uma quantidade de tempo finita, para acharmos que o outro ainda é interessante. Talvez não precisemos do segundo e do terceiro atos. Talvez o amor seja melhor no primeiro.

Ignoro sua censura e argumento que *ele* é que estava roubando a loja, e que portanto *ele* é que não foi legal.

– Tenho uma pergunta – digo.

– Vai fundo.

– Por que você me traiu?

Alguma coisa cai no chão do lado dele e Rob gagueja o início de três respostas diferentes.

– Calma – peço. – Não estou ligando para brigar e definitivamente não quero voltar com você. Só quero saber. Por que você simplesmente não terminou comigo? Por que trair?

– Não sei – responde ele, conseguindo tropeçar em duas palavras simples.

– Qual é! – instigo. – Tem de haver um motivo.

Ele está quieto, pensando.

– Realmente não sei.

Fico quieta.

– Você é fantástica. E Kelly é fantástica. Eu não queria ferir seus sentimentos e não queria ferir os sentimentos dela.

Ele parece sincero e não sei o que fazer com isso.

– Mas, para chegar a me trair, você devia gostar mais dela, certo?

– Não. Eu só queria vocês duas.

– É isso? Você não queria escolher?

– É isso – responde ele, como se bastasse.

A resposta é tão capenga, tão incrivelmente insatisfatória, que quase desligo. Daniel jamais se sentiria assim. O coração dele escolhe.

– Mais uma pergunta. Você acredita no amor verdadeiro e naquela coisa toda?

– Não. Você me conhece. Você também não acredita.

Não?

– Certo. Obrigada. – Já estou prestes a desligar, mas ele me detém.

– Posso pelo menos dizer que sinto muito?
– Vá em frente.
– Sinto muito.
– Certo. Não traia a Kelly.
– Não vou trair.

Acho que ele é sincero enquanto fala.

Eu deveria ligar para os meus pais e contar sobre o advogado Fitzgerald, mas não é a eles que quero contar agora. É ao Daniel. Preciso encontrá-lo e contar.

Rob diz que eu não acredito no amor verdadeiro. E está certo. Não acredito.

Mas posso querer acreditar.

daniel

SAIO DA LOJA. Há uma violinista de pé num caixote, na frente da loja de penhores que fica ao lado. É pálida, magra e maltrapilha de um jeito poético, como algo saído de *David Copperfield*. Diferentemente dela, o violino é novíssimo. Ouço por alguns segundos, mas não sei se ela é boa. Sei que há um modo objetivo de julgar essas coisas: ela está tocando todas as notas certas no ritmo e no tom corretos?

Mas também há outro modo de julgar: a música que está sendo tocada aqui, agora, importa para alguém?

Decido que importa para mim. Volto correndo até ela e jogo um dólar em seu chapéu. Há um cartaz ao lado, que não leio. Não quero saber da sua história. Só quero a música e o momento.

Meu pai disse que Natasha e eu nunca poderíamos dar certo. E talvez ele tenha razão, mas não pelos motivos que pensa. Que idiota eu fui! Deveria estar com ela agora, ainda que só tenhamos o dia de hoje. Especialmente se só tivermos o dia de hoje.

Vivemos na Era do Celular, mas não tenho o número dela. Nem sei o sobrenome dela. Como um idiota, digito no Google "Natasha Facebook New York" e surgem 5.790.000 resultados. Clico nuns cem links, e ainda que todas as Natashas sejam bem agradáveis, nenhuma é a *minha* Natasha. Quem imaginaria que seu nome fosse tão popular?

São 16h15 e as ruas estão começando a se encher de novo com as pessoas se encaminhando para as estações de metrô. Como eu, parecem exaustas. Corro rente ao meio-fio para impedir que os pedestres da calçada diminuam meu ritmo.

Não tenho nenhum plano a não ser encontrá-la de novo. A única coisa a fazer é ir ao Último Local Conhecido – o escritório do advogado na rua 52 – e esperar que o Destino esteja do meu lado e ela ainda esteja lá.

natasha

UM CASAL, AMBOS COM CABELOS moicanos de um azul vivo, está discutindo na frente do metrô da rua 52. Estão fazendo aquela coisa esquisita, cheia de sussurros e sibilos, que os casais fazem quando brigam em público. Não ouço o que dizem, mas os gestos falam tudo. Ela está indignada com ele. Ele está exasperado com ela. Definitivamente, não estão no início do relacionamento. Os dois parecem muito cansados para isso. Dá para ver a longa história deles só pelo modo como se inclinam um para o outro. Será que esta é a última briga que vão ter? Será que é a briga que termina com tudo?

Olho de volta para eles, depois de ultrapassá-los. Houve um tempo em que estiveram apaixonados. Talvez ainda estejam, mas olhando não é possível saber.

daniel

DESÇO PARA A ESTAÇÃO E REZO aos deuses do metrô (sim, são vários deuses) para que a viagem seja livre de problemas elétricos e condutores com questões religiosas.

E se for tarde demais? E se ela já tiver ido embora? E se dar um dólar àquela violinista tiver provocado uma cadeia de acontecimentos que vai fazer com que eu não a encontre?

O trem entra na estação. Do outro lado da plataforma, o que vai para o sul parte ao mesmo tempo. As portas do nosso se fecham, mas o trem não se mexe.

Na plataforma, um grupo de cerca de vinte pessoas vestidas com malhas justas e multicoloridas se materializa. Parecem pássaros tropicais contra o cinza escuro da estação. Enfileiram-se e depois se imobilizam, esperando algo que provoque seu movimento.

É um *flash mob*. O trem do outro lado da plataforma também não se mexe. Um dos dançarinos, um cara vestido de azul-royal, aperta o *play* num som portátil gigante.

A princípio, parece simplesmente um caos, cada qual dançando ao som da sua própria música, mas então percebo que só estão descoordenados por alguns segundos. É como cantar em cânone, só que estão dançando. Começam com balé, passam para discoteca e depois para break, antes que os seguranças do metrô cheguem. Os dançarinos se espalham e meus colegas passageiros aplaudem loucamente.

Partimos, mas agora a atmosfera no trem mudou por completo. As pessoas estão sorrindo umas para as outras e dizendo como aquilo foi legal. Passam-se pelo menos trinta segundos antes que todo mundo recoloque sua cara protetora de "estou num trem cheio de estranhos". Imagino se essa era a intenção dos dançarinos: fazer todo mundo se conectar só por um instante.

natasha

ESTOU SENTADA DE COSTAS para a plataforma, por isso não vejo de verdade como a coisa começa. Só sei que algo incomum está acontecendo porque todo o vagão do trem parece estar olhando para alguma coisa atrás de mim. Viro o corpo e descubro que há uma dança tipo *flash mob* na plataforma. Todos estão usando roupas muito coloridas e dançando discoteca.

Só na cidade de Nova York, penso, e pego o telefone para tirar umas fotos. Meus colegas passageiros gritam animados e aplaudem. Um cara até começa a experimentar uns passos também.

A dança não dura muito porque três seguranças do metrô acabam com a festa. Algumas vaias soam antes que todo mundo volte a ficar impaciente com a imobilidade do trem.

Normalmente, eu questionaria o objetivo daquelas pessoas. Elas não têm um trabalho nem nada melhor para fazer? Se Daniel estivesse aqui, diria que talvez fosse exatamente isso que elas deveriam estar fazendo. Talvez todo o objetivo dos dançarinos seja apenas trazer um pouco de surpresa para nossa vida. E não é um objetivo tão válido quanto qualquer outro?

daniel

SAIO CORRENDO DO METRÔ da rua 52 e quase trombo num casal que se beija como se isso não fosse da conta de ninguém. Mesmo sem o cabelo azul seria difícil não vê-los, porque estão basicamente fundidos da cabeça aos pés. Precisam de um quarto, e ponto final. Fala sério! É como se estivessem dando uma transadinha bem aqui na calçada. Cada um segura firme a bunda do outro. Agarração mútua de bunda.

Um homem com cara de fuinha faz um som de desaprovação ao passar. Um garotinho olha boquiaberto para os dois. O pai cobre os olhos dele.

Observá-los me deixa numa felicidade irracional. Acho que o clichê é verdadeiro. As pessoas apaixonadas querem que todo mundo esteja apaixonado. Espero que o relacionamento deles dure para sempre.

natasha

VIRO À DIREITA NO BOULEVARD MLK e vou na direção da loja do Daniel. Diante da loja que fica ao lado da deles, uma garota, de pé sobre um caixote, toca violino. Ela é branca, com um cabelo preto e comprido que não é lavado há um bom tempo. Seu rosto é magro demais: não magro chique, e sim magro de fome. É uma visão tão triste e estranha que preciso parar.

O cartaz ao lado dela diz AJUDE, POR FAVOR. PRECISO DE $$$ PARA RETIRAR O VIOLINO DO PENHOR. Uma seta preta e grossa no cartaz aponta para a loja de penhores. Não imagino como a vida a levou a esse lugar, mas pego um dólar e jogo no seu chapéu, elevando seu total a dois dólares.

A porta da loja de penhores se abre e um cara branco e enorme, com agasalho de moletom branco, sai e vem até nós. É cheio de papadas e carrancas.

– Acabou o tempo – diz ele, estendendo as mãos gigantes para ela.

Ela para de tocar imediatamente e desce do caixote. Pega o dinheiro no chapéu e entrega para ele. Entrega até o chapéu.

O cara de moletom embolsa o dinheiro e coloca o chapéu na cabeça.

– Quanto falta? – pergunta ela.

Ele pega um caderninho e um lápis no bolso e anota alguma coisa.

– Cento e cinquenta e um dólares e vinte e três centavos. – E estala os dedos para ela entregar o violino.

Ela abraça o violino antes de entregá-lo.

– Volto amanhã. Promete que não vende ele?

O homem resmunga, concordando.

– Se você aparecer, eu não vendo – admite.

– Prometo que venho.

– Promessas não significam merda nenhuma – afirma o homem, e se afasta.

Ela olha para a loja durante um longo tempo. Pela expressão, não sei se concorda com ele.

daniel

MESMO QUE NATASHA AINDA esteja aqui, não sei onde procurá-la neste prédio que é uma monstruosidade de vidro. Olho a lista de ocupantes do edifício, tentando adivinhar onde ela está. Sei que foi ver um advogado, mas a lista não é muito específica. Por exemplo, não diz *Fulano de Tal, advogado de imigração para garotas jamaicanas de 17 anos chamadas Natasha*. Reviro a mente e não encontro nada.

Pego o celular para ver a hora. Falta pouco mais de uma hora para meu Encontro com o Destino. Penso que deveria verificar o novo endereço que a recepcionista me deu. Se for longe demais, terei a desculpa perfeita para não ir.

Mas, segundo o Google Maps, já estou lá. Ou o Google está tendo uma crise existencial ou eu é que estou. Olho o endereço mais uma vez e depois torno a observar a lista na parede.

Sem sacanagem. Minha entrevista *é* neste prédio.

Já estou onde deveria estar.

natasha

ABRO A PORTA E O SININHO TOCA com um otimismo feliz. Não estou tão otimista com relação às minhas chances aqui. Mas preciso tentar.

Espero ver o pai de Daniel atrás do balcão, mas em vez disso é Charlie quem está lá. Imagino com quem eu teria mais sorte: com Charlie ou com o pai dele. Mas não tenho escolha porque o pai não está à vista.

Vou até o balcão.

– Oi – digo.

Ele continua digitando por um segundo antes de bater com o telefone no balcão. Certamente não é a melhor maneira de receber uma possível cliente.

– Em que posso ajudar? – pergunta ele quando finalmente levanta os olhos.

Fico chocada ao ver que seu olho está vermelho e inchado. De manhã vai ter um hematoma preto e azul. Ele levanta a mão e toca o olho, sem graça. Os nós dos dedos também estão machucados.

Ele demora um segundo para me reconhecer.

– Espera. Você não é a namoradinha do Daniel?

O cara deve treinar o riso de desprezo no espelho. É excelente nisso.

– Sou.

Ele olha para além de mim, procurando Daniel.

– Cadê aquele merdinha?

– Não sei. Eu esperava... – começo.

Ele me interrompe e dá um sorriso lento, largo. Acho que está tentando ser sensual. Dá para ver que, se não o conhecesse, isso daria certo. Mas eu o conheço um pouquinho, e o sorriso me dá vontade de socar seu outro olho.

– Vejo que voltou para o irmão melhor.

Ele pisca o olho ruim e se encolhe de dor.

Fato Observável: não acredito em carma.

Mas posso começar a acreditar.

– Você sabe o número do celular dele?

Charlie se recosta na cadeira e pega seu telefone no balcão.

– Vocês dois brigaram ou algo assim?

– Algo assim. Você sabe?

Ele vira o telefone de cabeça para baixo.

– Você tem fetiche por coreanos ou o quê?

Está dando um risinho, mas seus olhos me observam com atenção. A princípio, acho que está só me provocando – mas então percebo que é uma pergunta séria. Ele quer saber a resposta. Não sei se ele tem ideia de como sua vontade de saber é grande.

– Por que tem de ser fetiche? Por que não posso simplesmente gostar do seu irmão?

Ele zomba.

– Por favor. O que há para gostar? Caras como ele existem aos montes por aí.

Então entendo qual é o problema do Charlie com o Daniel. Ele odeia o fato de Daniel não se odiar. Apesar de todas as suas incertezas, Daniel ainda se sente mais confortável dentro da própria pele do que Charlie jamais estará.

Sinto pena dele, mas não deixo transparecer.

– Por favor, me ajude.

– Diga por que eu deveria fazer isso.

Ele não está mais sorrindo, zombando ou com ar de desprezo. Tem todo o poder e nós dois sabemos. Não o conheço suficientemente bem para apelar à sua parte boa. Nem sei se *existe* uma parte boa nele.

– Pense no tamanho da encrenca que vou causar ao seu irmão. Ele está apaixonado por mim. Não vai desistir de mim, não importando o que seus pais digam ou façam. Você pode ficar simplesmente sentado olhando o espetáculo.

Ele vira a cabeça para trás e gargalha. Ele não é mesmo uma boa pessoa. Quero dizer, pode ter algumas partes boas, a maioria das pessoas tem. Mas as partes ruins do Charlie superam as boas. Tenho certeza de que há bons motivos para ele ser como é, porém decido que os motivos não importam.

Algumas pessoas existem na nossa vida para fazer com que ela seja melhor. Algumas existem para deixá-la pior.

Mas, de todo modo, ele faz uma coisa boa pelo irmão: me dá o número.

daniel

MEU TELEFONE TOCA e eu quase o largo, como se ele estivesse possuído. Não reconheço o número, mas atendo mesmo assim.

– Alô?

– Daniel?

– Natasha? – pergunto, mesmo sabendo que é ela.

– É, sou eu. – Sua voz sorri. – Seu irmão me deu o seu número.

Agora começo a suspeitar de que é uma pegadinha armada pelo meu irmão cretino. De jeito nenhum ele faria uma coisa tão boa.

– Quem está falando? – pergunto de novo.

– Daniel, sou eu. Sou eu mesmo.

– Ele deu o meu número a você?

– Talvez ele não seja tão ruim, afinal de contas – reflete ela.

– Sem chance – contra-ataco, e nós dois rimos.

Eu a encontrei.

Bom, ela me encontrou.

Não consigo acreditar.

– Onde você está?

– Acabei de sair da sua loja. Onde você está?

– No prédio do seu advogado.

– O quê? Por quê?

– Foi o único lugar onde pensei que poderia encontrar você.

– Você estava me procurando? – A voz dela sai tímida.

– Você me perdoa por ter sido tão idiota?

– Tudo bem. Eu devia ter contado.

– Não era da minha conta.

– Claro que era.

Não são as três palavras que quero ouvir dela, mas estão bem perto.

natasha

ELE ESTÁ SENTADO NUM DOS BANCOS virados para a fonte e escreve em seu caderno. Eu sabia que ficaria satisfeita em vê-lo, mas não esperava ficar tão feliz. Preciso me conter para não sair pulando, batendo palmas e fazendo piruetas.

Feliz.

O que não é do meu estilo.

De modo que não faço isso.

Mas o sorriso na minha cara precisa ser medido em quilômetros, não em centímetros.

Deslizo no banco e bato com o ombro no dele. Ele leva o caderno ao rosto, cobrindo a boca, e depois se vira para mim. Seus olhos estão arregalados e dançando. Não creio que alguém já tenha ficado tão feliz em ver alguém quanto Daniel ao me ver.

– Oi – diz ele por trás do caderno.

Estendo a mão para baixar o caderno, mas ele afasta o corpo.

– O que foi? – pergunto.

– Talvez eu tenha tido uma briguinha.

– Você teve uma *briguinha* e agora não posso ver seu rosto?

– Eu só queria avisar primeiro.

Estendo a mão de novo. Desta vez ele me deixa baixar o caderno. O lado direito do seu lábio está inchado e machucado. Parece que disputou uma luta de boxe.

– Você brigou com seu irmão – digo, ligando os pontos.

– Ele mereceu. – Daniel mantém o rosto neutro, tentando, por minha causa, não demonstrar os sentimentos.

– Eu achava que os poetas não brigavam.

– Está brincando? Nós somos os piores. – Ele sorri para mim, mas se encolhe de dor. – Tudo bem – diz, olhando meu rosto. – Parece pior do que é.

– Por que você brigou?

– Não importa.

– Importa, sim...

– Não importa, não. – Seus lábios estão firmes e retos. O que quer que tenha acontecido, ele não vai me contar.

– Foi por minha causa? – questiono, já sabendo a resposta.

Ele confirma com a cabeça.

Decido deixar para lá. Na verdade, me basta saber que ele acha que vale a pena brigar por mim.

– Fiquei bem furiosa com você, antes. – Preciso dizer isso antes de irmos adiante.

– Eu sei. Desculpe. Simplesmente não pude acreditar.

– Que eu não contei?

– Não. Que depois de todas as coisas que precisaram acontecer para que a gente se conhecesse hoje, outra coisa iria nos separar.

– Você realmente não tem jeito.

– É possível.

Pouso a cabeça no ombro dele e falo sobre a ida ao museu, o Ahnighito e todas as coisas que tiveram de acontecer do modo certo para que nosso sistema solar, nossa galáxia e o Universo se formassem. Digo que, comparado com isso, ficar apaixonado só parece uma sequência de pequenas coincidências. Ele não concorda, e fico feliz. Estendo a mão de novo e toco seu lábio. Ele pega minha mão, vira o rosto para minha palma e beija o centro dela. Nunca entendi de verdade a expressão *eles têm uma química* até o dia de hoje. Afinal de contas, tudo é química. Tudo é combinação e reação.

Os átomos do meu corpo se alinham com os dele. Foi assim que eu soube, mais cedo, que ele ainda estava no saguão.

Ele beija de novo a palma da minha mão e eu suspiro. Tocá-lo é ordem e caos, é como ser montada e desmontada ao mesmo tempo. Ele diz:

– Você falou que tinha uma boa notícia.

Vejo a esperança escancarada em seu rosto. E se não tivesse dado certo? Como sobreviveríamos separados? Porque agora parece impossível a ideia de não pertencermos um ao outro. Mas afinal de contas, penso, claro que sobreviveríamos. A separação não é fatal.

Mesmo assim fico feliz por não precisarmos descobrir.

– O advogado disse que acha que pode dar um jeito. Acha que eu consigo ficar.

– Ele tem certeza? – pergunta Daniel, surpreendentemente mais cético do que eu.

– Não se preocupe. Ele pareceu ter bastante certeza.

Deixo minhas lágrimas de felicidade rolarem. Pela primeira vez não fico sem graça por chorar.

– Está vendo? Somos feitos um para o outro. Vamos comemorar.

Ele me puxa para perto. Solto o elástico do seu cabelo e passo os dedos por eles. Ele enterra as mãos nos meus e se inclina para me beijar, mas encosto o dedo nos seus lábios para impedir.

– Guarde esse beijo.

Eu me dou conta de que preciso dar um telefonema. É um impulso idiota, mas Daniel quase me fez acreditar no "feitos um para o outro".

Toda essa cadeia de eventos foi disparada pela mulher da segurança que me atrasou hoje cedo. Se ela não tivesse acariciado as minhas coisas, eu não me atrasaria. Então não teria havido Lester Barnes nem o advogado Fitzgerald. Nem Daniel.

Remexo na mochila e pego o cartão de visita de Lester Barnes. Meu telefonema cai direto na secretária eletrônica. Deixo uma mensagem desconexa agradecendo por me ajudar e pedindo que ele agradeça à mulher da segurança por mim.

– Ela tem cabelos castanhos, olhos tristes e mexe nas coisas de todo mundo – descrevo. Prestes a desligar, lembro o nome. – Acho que o nome dela é Irene. Por favor, agradeça a ela por mim.

Daniel me lança um olhar interrogativo.

– Explico mais tarde – declaro, e volto para os seus braços. – Vamos de novo ao *norebang*? – peço, grudada nos lábios dele.

Meu coração está tentando escapar do peito.

– Não. Tenho uma ideia melhor.

daniel

— QUER SABER DE UMA COISA MALUCA? – pergunto, levando-a de volta para o prédio. – Minha entrevista é aqui também.
— Sério? – Natasha para de andar brevemente.

Rio para ela, morrendo de vontade de saber como seu cérebro científico vai lidar com esse nível épico de coincidências.

— Quais são as chances?

Ela ri para mim.

— Está adorando isso, né?

— Viu? Eu estava certo o dia inteiro. Estávamos destinados a nos conhecermos. Se não tivéssemos nos encontrado antes, é provável que nos encontrássemos agora.

Minha lógica é completamente questionável, mas ela não me questiona. Em vez disso, pega a minha mão e sorri. Talvez eu ainda a transforme em alguém que acredita.

Meu plano é irmos até o topo do prédio para termos privacidade para namorar. Nossa entrada é autorizada no balcão da segurança com a justificativa da entrevista. O guarda indica os elevadores. O que pegamos para praticamente em todos os andares. Gente de terno entra e sai, falando alto sobre Coisas Muito Importantes. Apesar do que Natasha disse antes, eu nunca poderia trabalhar num prédio assim. Por fim, chegamos ao último andar. Saímos, encontramos uma escada e subimos um lance, chegando direto a uma porta cinza, trancada, com uma placa dizendo SEM ACESSO À COBERTURA.

Eu me recuso a acreditar. Sem dúvida, o topo do prédio está do outro lado daquela porta. Viro a maçaneta, esperando um milagre, mas ela está trancada.

Encosto a testa na placa.

— Abre-te, sésamo – digo para a porta.

Magicamente, ela se abre.

– Que diabo...?

Cambaleio para a frente, trombando no mesmo guarda do saguão. Diferentemente de nós, o cara deve ter pegado um elevador expresso. Ele solta um grunhido:

– Vocês não podem vir aqui em cima.

Ele cheira a fumaça de cigarro.

Empurro Natasha e passamos juntos pela porta.

– Só queríamos olhar a vista – digo na minha voz mais respeitosa, com uma leve sugestão de pedido, mas sem choramingar.

Ele levanta as sobrancelhas céticas e começa a dizer alguma coisa, mas um ataque de tosse o domina até que ele fica encurvado e bate no coração com o punho.

– O senhor está bem? – pergunta Natasha.

Agora ele só está ligeiramente dobrado, com as mãos nos joelhos. Natasha põe a mão no seu ombro.

– É só essa tosse – informa ele em meio à tosse.

– Bem, o senhor não deveria fumar – argumenta ela.

Ele ajeita o corpo e enxuga os olhos.

– Você fala igual à minha mulher.

– Ela está certa – afirma Natasha, na lata.

Tento lhe lançar um olhar que diz *não discuta com o velho segurança com problema nos pulmões ou ele não vai deixar a gente ficar aqui se beijando*, mas, mesmo que tenha interpretado corretamente minha expressão facial, ela me ignora.

– Já trabalhei como voluntária numa enfermaria de doenças pulmonares. Essa tosse não parece coisa boa.

Nós dois a encaramos. Eu porque estou visualizando Natasha num uniforme de enfermeira e depois visualizando-a sem o uniforme. Tenho certeza de que essa vai ser minha nova fantasia noturna.

Não sei por que ele a encara. Espero que não seja pelo mesmo motivo.

– Me dá os cigarros – ordena ela, estendendo a mão para o maço. – O senhor precisa parar de fumar.

Não sei como ela consegue parecer tão genuinamente preocupada e ao mesmo tempo tão mandona.

Ele tira o maço do bolso do paletó e pergunta:

– Acha que eu não tentei?

Olho para ele. É velho demais para esse emprego. Parece que deveria estar aposentado e mimando os netos em algum lugar da Flórida.

Natasha continua com a mão estendida até que ele entrega o maço.

– Tenha cuidado com essa aí – avisa o guarda, sorrindo para mim.

– Sim, senhor.

Ele veste o paletó.

– Como você sabe que não vou comprar outro? – pergunta a ela.

– Acho que não sei. – Natasha dá de ombros.

Ele a encara por um longo momento.

– A vida nem sempre acontece como a gente planeja – declara.

Dá para ver que ela não acredita nele. Ele também vê, mas deixa para lá.

– Fiquem longe da beirada – diz, piscando para nós dois. – Aproveitem.

joe

Uma história planejada

A GAROTA FEZ COM QUE ELE se lembrasse um pouco da sua Beth. Direta, mas doce. Foi por isso, mais do que qualquer outra coisa, que ele deixou que ficassem na cobertura. Sabe perfeitamente bem que a única vista para a qual vão olhar será um para o outro. Não há nada de mal nisso, pensa ele.

Ele e sua Beth eram assim. E não só no começo do casamento, mas o tempo todo. Gostavam de dizer que tinham ganhado na loteria um com o outro.

Beth morreu no ano passado. Seis meses depois de os dois se aposentarem. Na verdade, o diagnóstico de câncer veio um dia depois da aposentadoria. Tinham tantos planos... Cruzeiro no Alasca para ver a aurora boreal (plano dela). Veneza para beber grapa e ver os canais (dele).

É isso que perturba Joe até agora. Todos os planos que tinham feito. Todas as economias. Toda a espera pelo tempo perfeito.

E para quê? Para nada.

A garota está certa, claro. Ele não deveria fumar. Depois de perder Beth, voltou a trabalhar e retomou o vício. O que importava se morresse de tanto trabalhar? O que importava se fumasse até morrer? Não restava nenhum motivo para viver, nada para planejar.

Joe olha uma última vez para a garota e o rapaz antes de fechar a porta. Estão se encarando como se não existisse outro lugar onde quisessem estar. Ele e sua Beth foram assim, um dia.

Talvez ele pare de fumar, afinal. Talvez faça alguns planos novos.

natasha

DANIEL ANDA ATÉ A BEIRA DO PRÉDIO e olha para a cidade. O cabelo está solto e balançando ao vento e ele está com sua cara de poeta. O lado não machucado do rosto sorri.

Vou até ele e seguro sua mão.

– Não vai escrever alguma coisa, garoto poeta?

Ele dá um sorriso mais largo, mas não se vira para me olhar.

– Parece tão diferente aqui de cima, não é?

O que ele vê quando olha lá para fora? Vejo quilômetros de topos de prédios, a maioria vazios. Alguns são povoados por coisas abandonadas há muito tempo: aparelhos de ar-condicionado que não funcionam, móveis de escritório quebrados. Alguns têm jardins, e fico pensando em quem cuida deles.

Daniel pega o caderno e eu chego mais perto da beirada.

Antes de esses prédios serem prédios, eram apenas esqueletos de edifícios. Antes de serem esqueletos, eram colunas e vigas. Metal, vidro e concreto. E antes disso eram projetos de construção. Antes disso, plantas baixas. E antes disso, apenas alguma ideia que alguém teve para fazer uma cidade.

Daniel guarda o caderno e me puxa para longe da beirada. Põe a mão na minha cintura.

– O que você escreve aí? – pergunto.

– Planos.

Seus olhos estão alegres e fitam meus lábios, e estou tendo dificuldade para pensar. Dou um passinho para trás, mas ele me acompanha, como se estivéssemos dançando.

– Eu... meu Deus. Você é sedutor assim o dia inteiro? – pergunto.

Ele ri e fica vermelho.

– Fico feliz por você me achar sedutor.

O olhar dele ainda está grudado nos meus lábios.

– Vai doer se eu beijar?

– Vai ser uma dor boa.

Ele põe a outra mão na minha cintura como se estivesse nos ancorando. Meu coração simplesmente não se acalma. Beijá-lo pode não ser tão bom quanto me lembro. Quando tivemos nosso primeiro beijo, achei que estava beijando Daniel pela última vez. Tenho certeza de que isso tornou a coisa mais intensa. Esse beijo vai ser mais normal. Sem fogos de artifício nem caos, só duas pessoas que se gostam à beça se beijando.

Fico nas pontas dos pés e chego mais perto ainda. Por fim, seu olhar encontra meus olhos. Ele tira a mão da minha cintura e põe no meu coração. Que bate sob a palma da sua mão como se estivesse batendo *para* ele.

Nossos lábios se tocam e eu tento manter os olhos abertos pelo máximo de tempo possível. Tento não sucumbir à louca entropia, à doida casualidade dessa coisa entre nós. Não entendo. Por que essa pessoa? Por que Daniel e não qualquer um dos caras antes dele? E se não tivéssemos nos encontrado? Será que eu teria um dia perfeitamente comum sem saber que estava perdendo alguma coisa?

Passo os braços em volta do pescoço dele e me encosto, mas não consigo chegar suficientemente perto. O sentimento inquieto, caótico, voltou. Quero coisas às quais possa dar um nome e algumas coisas às quais não possa. Quero que este momento dure para sempre, mas não quero perder todos os momentos que virão. Quero todo o nosso futuro juntos, mas quero aqui e agora.

Estou meio atarantada e interrompo o longo beijo.

– Vá. Para. Lá – digo, pontuando cada palavra com um beijinho.

Aponto para um lugar longe de mim, fora do alcance de beijar.

– Aqui? – pergunta ele, dando um passo atrás.

– Pelo menos mais cinco passos.

Ele ri, mas obedece.

– Nem todos os nossos beijos vão ser assim, vão? – pergunto.

– Assim como?

– Você sabe. Insanos.

– Adoro como você é direta.

– Verdade? Minha mãe diz que eu exagero.

– Talvez. Mas mesmo assim adoro.

Baixo os olhos e não respondo.

– Quanto tempo falta para a sua entrevista?

– Quarenta minutos.
– Tem mais daquelas perguntas do amor para fazer?
– Ainda não está apaixonada por mim? – A voz dele está cheia de uma incredulidade fingida.
– Não – respondo, sorrindo.
– Não se preocupe. Temos tempo.

daniel

PARECE UM MILAGRE ESTARMOS AQUI no topo deste edifício, como se fizéssemos parte de uma cidade secreta no céu. O sol está recuando lentamente do outro lado dos prédios, mas ainda não escureceu. Vai escurecer logo, mas por enquanto só existe uma ideia de escuridão.

Natasha e eu estamos sentados de pernas cruzadas, encostados na parede ao lado da porta da escada. Estamos de mãos dadas, ela com a cabeça apoiada no meu ombro. Seu cabelo é macio contra a lateral do meu rosto.

– Já está pronta para a pergunta sobre o convidado para o jantar? – pergunto.

– Isso é para saber quem eu convidaria?

– É.

– Ah, não. Você primeiro.

– Fácil. Deus.

Ela levanta a cabeça e me olha.

– Você acredita mesmo em Deus?

– Acredito.

– Um cara? No céu? Com superpoderes? – Sua incredulidade não é de zombaria, apenas investigativa.

– Não exatamente assim.

– Como, então?

Aperto a mão dela.

– Sabe como a gente está se sentindo agora? A conexão entre nós, que não entendemos e não queremos que vá embora? Isto é Deus.

– Mas que inferno! Vocês, poetas, são perigosos.

Ela puxa minha mão para o colo e a prende entre as suas.

Inclino a cabeça para trás e olho o céu, tentando captar formas nas nuvens.

— Eu acho o seguinte: todos nós estamos conectados, todo mundo na Terra – digo.

Ela passa as pontas dos dedos sobre os meus.

— Até as pessoas ruins?

— É. Mas todo mundo tem pelo menos um pouquinho de coisa boa.

— Não é verdade.

— Certo – admito. – Mas todo mundo fez pelo menos uma coisa boa na vida. Concorda?

Ela pensa e confirma devagar com a cabeça.

Continuo:

— Acho que todas as nossas partes boas estão conectadas em algum nível. A parte que divide com outra pessoa o último biscoito de chocolate do pacote, que faz doação para uma instituição de caridade, que dá um dólar para um músico de rua, que trabalha como voluntária, que chora com os comerciais da Apple, que diz eu te amo ou eu te perdoo. Acho que isso é Deus. Deus é a conexão com a melhor parte de nós.

— E você acha que essa conexão tem uma consciência?

— Acho, e nós a chamamos de Deus.

Ela dá um riso baixinho.

— Você é sempre tão...

— Erudito? – pergunto, interrompendo.

Agora ela ri mais alto.

— Eu ia dizer piegas.

— Sou. Sou conhecido em toda parte pela minha pieguice.

— Estou brincando. – Ela bate com o ombro no meu. – Gosto muito de você ter pensado nisso.

E pensei mesmo. Não foi a primeira vez que tive esses pensamentos, mas foi a primeira que pude articular essas ideias de verdade. Alguma coisa no fato de estar com ela me transforma na melhor versão de mim.

Puxo a mão dela para os lábios e beijo seus dedos.

— E você? – pergunto. – Não acredita em Deus?

— Gosto da sua ideia de Deus. Definitivamente, não acredito no Deus de fogo e enxofre.

— Mas acredita em alguma coisa?

Ela franze a testa, insegura.

— Realmente não sei. Acho que me interesso mais em saber *por que* as pessoas acham que precisam acreditar em Deus. Por que não pode ser só a ciência? A ciência é maravilhosa. O céu noturno? Incrível. O interior de uma célula humana? Espantoso. Já alguma coisa que diz que nascemos maus e que as pessoas usam para justificar todos os preconceitos e maldades... Não sei. Acho que acredito na ciência. A ciência basta.

– Hã.

A luz do sol se reflete nos prédios e o ar em volta de nós assume um tom alaranjado. Estou me sentindo num casulo, mesmo neste espaço tão aberto.

– Sabia que aproximadamente 27% do Universo é composto de matéria escura?

– O que é matéria escura?

Deleite é a única palavra para definir a expressão dela. Natasha afasta a mão da minha, esfrega as palmas e se acomoda para explicar.

– Bem, os cientistas não têm certeza, mas é a diferença entre a massa de um objeto e a massa calculada a partir do seu efeito gravitacional.

Ela levanta as sobrancelhas com expectativa, como se tivesse dito uma coisa profunda e capaz de abalar os alicerces da Terra.

Meus alicerces estão profundamente inabalados.

Ela suspira. Dramaticamente.

– Poetas! – murmura, com um sorriso. – Essas duas massas deveriam ser iguais. – Ela levanta um dedo, explicando. – *Deveriam* ser iguais, mas não são, para corpos muito grandes, como os planetas.

– Ah, isso é interessante – digo sinceramente.

– Não é? – Ela está dando um sorriso enorme e eu sinto que estou realmente de quatro por essa garota. – A massa visível de uma galáxia não tem gravidade suficiente para explicar por que ela não se despedaça.

Balanço a cabeça para ela saber que não entendo.

Ela continua:

– Se calcularmos as forças gravitacionais de todos os objetos que não podemos detectar, ela não é suficiente para manter as galáxias e as estrelas na órbita umas das outras. Tem de haver mais matéria que não podemos ver. Matéria escura.

– Certo, entendi.

Ela me olha com ceticismo.

– Verdade. Entendi. Você disse que a matéria escura é 27% do Universo?

– Mais ou menos.

– E ela é o motivo de os objetos não saírem voando pelo espaço escuro? É isso que nos mantém unidos?

O ceticismo dela vira suspeita.
– O que seu cérebro confuso de poeta está pensando?
– Você vai me odiar.
– Talvez – concorda Natasha.
– A matéria escura *é* o amor. É a força de atração.
– Ah, meu Deus, Jesus, não! Eca. Você é o pior de todos.
– Ah, eu sou bom – digo, gargalhando.
– Absolutamente o pior – contradiz ela, mas se inclina para perto e gargalha comigo.
– Estou totalmente certo – insisto, triunfante.
Recapturo a mão dela. Ela geme de novo, mas dá para ver que está pensando. Talvez não discorde tanto quanto imagina.
Olho as perguntas no meu telefone.
– Certo, tenho outra. Complete a seguinte frase: nós dois estamos neste lugar sentindo...
– Que preciso mijar – diz ela, sorrindo.
– Você odeia mesmo falar de coisas sérias, não é?
– Você já precisou mijar muito mesmo? É uma coisa séria. Pode causar um dano sério à bexiga se...
– Você precisa mesmo mijar?
– Não.
– Responda à pergunta.
Não vou deixar que ela saia dessa com piadas.
– Primeiro você – ordena ela, suspirando.
– Empolgação, excitação e esperança.
– Aliteração. Legal.
– É a sua vez, e precisa ser sincera.
Ela mostra a língua para mim.
– Confusão. Medo.
Puxo a mão dela para o meu colo.
– Por que está com medo?
– Foi um dia longo. Hoje de manhã achei que ia ser deportada. Venho me preparando para isso há dois meses. Agora parece que vou ficar.
Ela se vira para mim.
– E aí você aparece. Hoje de manhã eu não conhecia você; agora não me lembro de quando não conhecia você. É tudo um pouco demais. Estou me sentindo fora de controle.

– Por que isso é tão ruim?
– Gosto de ver as coisas chegando. Gosto de planejar com antecedência.

E eu entendo. Entendo mesmo. Somos programados para planejar com antecedência. Isso faz parte do nosso ritmo. O sol nasce todo dia e cede espaço para a lua toda noite.

– Mas, como disse o segurança, planejar nem sempre funciona – falo.
– Você acha que isso é verdade? Acho que na maior parte das vezes a gente pode planejar. Na maior parte das vezes as coisas não chegam simplesmente do nada e derrubam a gente.
– Provavelmente os dinossauros também achavam isso, e olha o que aconteceu com eles – provoco.

Seu sorriso é tão largo que preciso tocar seu rosto. Ela o encosta na palma da minha mão e a beija.

– Apesar dos eventos de extinção, acho que é possível planejar com antecedência – diz.
– Eu surpreendi você – lembro, e ela não nega. – De qualquer modo, até agora você só tem duas coisas: confusão e medo.
– Certo, certo. Vou fazer o que você quer e dizer "feliz".

Solto um suspiro dramático.

– Você poderia ter dito essa primeiro.
– Gosto de suspense.
– Não gosta, não.
– Está certo. Odeio suspense.
– Feliz por minha causa?
– E por não ser deportada. Mas principalmente por sua causa.

Ela puxa nossas mãos juntas para os lábios e beija a minha. Eu poderia ficar aqui para sempre, interrompendo nossa conversa com beijos, interrompendo nossos beijos com conversas.

– Quando vamos fazer o negócio de olhar nos olhos um do outro? – pergunto.

Ela revira os olhos que eu quero olhar.

– Mais tarde. Depois da sua entrevista.
– Não fique com medo – provoco.
– Medo de quê? Você só vai ver íris e pupila.
– Os olhos são as janelas da alma – contraponho.
– Bobagem e absurdo.

Verifico desnecessariamente a hora no telefone. Sei que está quase na hora da entrevista, mas quero me demorar mais um pouco na cidade do céu.

– Vamos ver mais algumas perguntas. Rodada rápida. Qual é a sua lembrança mais valiosa?

– A primeira vez que tomei sorvete de casquinha em vez de no copinho – responde ela sem hesitar.

– Quantos anos você tinha?

– Quatro. Sorvete de chocolate, usando um vestido de Domingo de Páscoa totalmente branco.

– De quem foi a ideia?

– Do meu pai – responde ela, sorrindo. – Ele me achava a coisa mais fantástica do mundo.

– E não acha mais?

– Não.

Espero que ela continue, mas Natasha vai em frente:

– Qual é a sua lembrança?

– Nós fizemos uma viagem de família à Disney quando eu tinha 7 anos. Charlie queria muito andar na Space Mountain e minha mãe achou que ia ser muito assustadora para mim, mas também não deixou que ele fosse sozinho. E meus pais não queriam ir.

Ela aperta minhas mãos com mais força, o que é superdoce, já que eu claramente sobrevivi à experiência.

– Convenci minha mãe de que não estava com medo. Disse que estava louco por aquilo desde que me entendia por gente.

– Mas não estava?

– Não. Estava me cagando de medo. Só fiz aquilo por causa do Charlie.

Ela dá uma trombada no meu ombro e provoca:

– Já gosto de você. Não precisa me convencer de que é um santo.

– Aí é que está. Eu não estava sendo santo. Acho que sabia que nosso relacionamento não iria durar. Só estava tentando convencer meu irmão de que eu valia a pena. E deu certo. Charlie disse que eu era corajoso e deixou eu comer a pipoca dele.

Inclino a cabeça para trás e olho as nuvens. Elas mal se movem pelo céu.

– Não acha engraçado que nossas lembranças prediletas tenham a ver com as pessoas de quem nós menos gostamos agora? – pergunto.

– Talvez seja por isso que a gente não gosta mais delas. A distância entre quem elas eram e quem são agora cresceu tanto que não temos esperança de recuperar essas pessoas.
– Talvez. Sabe qual é a pior parte da história?
– Qual?
– Até hoje odeio montanhas-russas por causa daquela vez.
Ela ri e eu rio junto.

olhos

Uma história evolucionária

OS CIENTISTAS TEORIZAM que os primeiros "olhos" não passavam de um ponto pigmentado e sensível à luz na pele de alguma criatura ancestral.

Esse ponto tinha a capacidade de diferenciar a luz da escuridão – uma vantagem, já que a escuridão poderia indicar que um predador estava suficientemente perto para bloquear a luz. Por causa disso, ela sobreviveu mais, se reproduziu mais e passou essa capacidade para a prole.

Mutações aleatórias criaram uma depressão no ponto sensível à luz. Essa depressão levou a uma visão ligeiramente melhor e, portanto, a mais sobrevivência. Com o passar do tempo, esse ponto sensível à luz evoluiu até se tornar o olho humano.

Como nós passamos dos olhos como mecanismo de sobrevivência para a ideia do amor à primeira vista? Ou para a ideia de que os olhos são as janelas da alma? Ou para o clichê de dois amantes olhando interminavelmente nos olhos um do outro?

Estudos demonstraram que as pupilas das pessoas que se sentem mutuamente atraídas dilatam por causa da presença de dopamina. Outros estudos sugerem que riscas nos olhos podem indicar tendências da personalidade, e que talvez os olhos sejam afinal de contas uma espécie de janelas para a alma.

E os amantes que passam horas se olhando nos olhos? É uma demonstração de confiança? *Vou deixar você chegar perto e vou confiar que você não vai me ferir enquanto estou nesta posição vulnerável.*

E, se a confiança é um dos fundamentos do amor, talvez o costume de olhar nos olhos seja um modo de construí-la ou reforçá-la. Ou talvez seja mais simples do que isso.

Uma simples busca de conexão.
De ver.
De ser visto.

daniel

A PORTA DO ESCRITÓRIO do advogado Fitzgerald fica no final de um corredor comprido, cinza e quase sem ornamentos. Tento (e não consigo) não ver isso como um sinal do meu futuro. Não há nome na porta, só um número. Ninguém atende quando bato. Talvez ele já tenha ido embora. Porque isso seria o ideal. Aí não seria minha culpa se eu não fosse para Yale e não virasse médico. Não importa que eu esteja dez minutos atrasado por causa de todos os beijos. Não me arrependo de nada.

Giro a maçaneta e dou de cara com uma mulher soluçando. Ela nem está escondendo o rosto com as mãos, como as pessoas costumam fazer. Está parada no meio da sala inalando grandes porções de ar, com lágrimas descendo pelo seu rosto. O rímel escorre pelas bochechas e os olhos estão inchados e vermelhos, como se tivesse chorado por muito tempo.

Quando percebe que estou ali parado, ela para de chorar e enxuga o rosto com as costas das mãos. O ato de enxugar piora tudo, pois agora o rímel está no nariz também.

– A senhora está bem?

É a pergunta mais idiota em que posso pensar. Obviamente ela não está bem.

– Estou – diz ela, mordendo o lábio inferior e tentando ajeitar o cabelo, mas de novo piorando o problema. – Você é Daniel Bae – confirma a mulher. – Veio para a entrevista de admissão.

Dou um passo na direção dela.

– Posso pegar um copo d'água, um lenço de papel ou alguma coisa para a senhora?

Vejo uma caixa de lenços de papel vazia na mesa, ao lado de uma caneca onde está escrito ESTAGIÁRIOS SÃO MAIS BARATOS.

– Estou ótima. Ele está bem ali.

Ela aponta para uma porta às suas costas.

– Tem certeza de que a senhora... – começo, mas ela me interrompe.
– Preciso ir agora. Diga a ele que ele é a pessoa mais maravilhosa que já conheci, mas preciso ir.

Digo "Tudo bem", ainda que não vá falar nada disso a ele. Além do mais, o escritório é bem pequeno. Ele provavelmente já ouviu a declaração dela.

A mulher volta à sua mesa e pega a caneca ESTAGIÁRIOS.
– E diga que quero ficar, mas não posso. É melhor para nós dois.

E volta a chorar. E neste momento posso sentir meus olhos se enchendo de lágrimas. Nem um pouco legal.

Ela para de chorar abruptamente e me encara.
– Você está chorando?

Enxugo os olhos.
– É só um negócio idiota que acontece comigo. Começo a chorar quando vejo as pessoas chorando.
– Que coisa doce! – exclama ela com a voz um tanto musical e já parando de se afogar em lágrimas.
– Na verdade, é um saco.
– Olhe o palavreado – diz ela, franzindo a testa.
– Desculpe.

Que tipo de pessoa é contra uma palavra inocente como *saco*?

Ela aceita meu pedido de desculpas assentindo ligeiramente.
– Nós acabamos de nos mudar para esse escritório, e agora nunca mais vou ver este lugar de novo. – Ela funga e enxuga o nariz. – Se eu soubesse como iria terminar, jamais teria começado.
– Todo mundo quer ser capaz de prever o futuro – digo.

Os olhos dela se enchem de lágrimas outra vez enquanto confirma com a cabeça.
– Quando eu era pequena, meus livros prediletos eram os de contos de fadas, porque antes mesmo de abrir a gente sabia como ia acabar. Felizes para sempre. – Ela encara a porta fechada, fecha os olhos e abre de novo. – Nos contos de fadas a princesa nunca faz a coisa errada.

A porta atrás de mim se abre. Eu me viro, curioso para saber como é a pessoa mais maravilhosa do mundo. A não ser pelo curativo acima do olho direito, ele parece bem normal.
– Daniel Bae? – pergunta ele me fitando.

Seu olhar não se desvia para ela nem por um segundo.

Estendo a mão.

– Sr. Fitzgerald. É um prazer conhecê-lo.
Ele não aperta minha mão.
– Você está atrasado – diz, e volta para sua sala.
Eu me viro para me despedir da secretária, mas ela já foi embora.

natasha

TIRO MEU CELULAR DA MOCHILA. Bev ainda não respondeu à minha mensagem. Talvez esteja fazendo outra visita. Lembro que ela disse que queria ir à Universidade da Califórnia, em São Francisco, também.

Eu deveria ligar para minha mãe. Na verdade, acho que deveria ter ligado em muitas ocasiões no dia de hoje. Ela ligou três vezes enquanto Daniel e eu estávamos no topo do prédio.

Mando uma mensagem: *Já vou para casa.*

O telefone zumbe quase imediatamente. Acho que ela estava esperando notícias minhas.

Estou tentando falar com você há duas horas.

Desculpe!, digito de volta.

Ela sempre precisa dar a última palavra, por isso espero a resposta inevitável.

Nenhuma novidade, né? Espero que você não tenha tido esperança demais.

Jogo o telefone na mochila sem responder.

Às vezes acho que o maior medo da minha mãe é o de se decepcionar. Ela combate isso tentando ao máximo nunca ter esperança e instigando todo mundo a fazer a mesma coisa.

Nem sempre funciona. Uma vez ela trouxe para casa um anúncio de teste para uma peça Off-Off-Off-Broadway para o meu pai. Não sei onde ela encontrou aquilo nem qual era o papel. Ele pegou e até agradeceu, mas tenho certeza de que nunca ligou para aquele número.

Decido esperar o último telefonema do advogado Fitzgerald antes de dizer qualquer coisa a ela. Minha mãe já teve muitas decepções.

O problema de elevar a esperança às alturas é: a queda é muito longa.

samuel kingsley
Uma história de arrependimento – Parte 4

ALGUMAS PESSOAS NASCEM para a grandeza. Deus dá a uns poucos de nós algum talento e nos coloca na Terra para usarmos esse talento.

Só pude usar o meu duas vezes na vida. Há dois meses, quando fiz *O sol tornará a brilhar*, em Manhattan, e há dez anos, quando fiz a peça em Montego Bay.

Simplesmente existe alguma coisa entre mim e essa peça, algo que estava destinado a ser. Na Jamaica, o *Daily* chamou meu desempenho de *milagroso*. Fui aplaudido de pé.

Eu. Não os outros atores. Só eu.

É engraçado. A peça me mandou para os Estados Unidos e agora está me mandando de volta para a Jamaica.

Patricia perguntou como é que fui contar da nossa vida ao policial. *Ele não é pastor*, ela disse. *Isso não é confissão.* Expliquei a ela que só estava bêbado e que tinha saído empolgado do palco. A coisa mais importante que a gente pode fazer é realizar aquilo que Deus colocou a gente nesta Terra para fazer.

Falei que não era minha intenção. E é verdade; mas o oposto também é. Talvez eu tenha feito de propósito. Isso não é confissão. Só estou dizendo que o pensamento está na minha cabeça. Talvez eu tenha feito de propósito. A gente nem conseguiu lotar o teatrinho.

Este país está cheio de mim e eu estou cheio dele. Mais do que qualquer coisa, aquela noite me fez lembrar. Na Jamaica fui aplaudido de pé. Nos Estados Unidos nem consigo uma plateia.

Não sei. Talvez eu tenha feito de propósito. A gente pode se perder na própria mente, como se tivesse ido para outro país. Todos os seus pensamentos são em outra língua e não dá para ler os sinais, apesar de estarem em toda parte à sua volta.

daniel

A PRIMEIRA COISA QUE VEJO na mesa dele é uma pasta com o nome de Natasha. *Natasha Kingsley*. Tem de ser ela, não é? Quantas Natashas Kingsley podem existir? Não somente nossos compromissos eram no mesmo prédio, mas o advogado dela e meu entrevistador são a mesma pessoa? Mal posso esperar para ver a cara dela quando eu contar.

Olho para ele e depois ao redor da sala, procurando outros sinais.

– O senhor é advogado de imigração? – pergunto.

Ele levanta os olhos do que eu presumo que seja minha candidatura.

– Sou. Por quê?

– Acho que conheço uma cliente sua – digo, e pego a pasta.

Ele a arranca da minha mão.

– Não toque nisto. É sigiloso – repreende ele enquanto empurra a pasta para o mais longe possível de mim.

Rio para Fitzgerald e ele franze a testa.

– Desculpe – digo. – É que o senhor acaba de salvar minha vida.

– Do que você está falando?

Ele flexiona o pulso direito e noto um curativo em sua mão. Agora me lembro de que a secretária disse que ele teve um acidente de carro.

Aponto para a pasta.

– Eu conheci a Natasha hoje.

Ele ainda está franzindo a testa, sem entender.

– Quando a conheci ela ia ser deportada, mas então ela se encontrou com o senhor, que fez a magia de advogado, e agora ela vai ficar.

Ele pousa a mão com o curativo na mesa.

– E como isso salvou a *sua* vida?

– Ela é a mulher da minha vida.

Ele estranha.

– Você não disse que a conheceu hoje?

– É.

Não consigo fazer nada com relação ao sorriso enorme no meu rosto.

– E ela é a mulher da sua vida?

Ele não coloca aspas aéreas em volta de "mulher da sua vida", mas posso ouvi-las em sua voz. Aspas vocais (que não são melhores do que as aéreas).

Ele junta as pontas dos dedos das mãos e me olha por um bom tempo.

– Por que você está aqui?

É uma pergunta capciosa?

– Para minha entrevista de admissão?

Ele me examina com atenção.

– Não. Me diga com sinceridade. Por que está no meu escritório agora? Você obviamente não está se importando com esta entrevista. Chegou parecendo que participou de uma briga de rua. É uma pergunta séria. Por que veio aqui?

Não há outro modo de responder a não ser com honestidade.

– Meus pais me obrigaram.

– Quantos anos você tem?

– Dezessete.

Ele olha para a minha pasta.

– Aqui diz que você está interessado na área de medicina. Está?

– Na verdade, não.

– Na verdade não ou simplesmente não? – Os advogados gostam das certezas.

– Simplesmente não.

– Agora você está chegando a algum lugar. Você quer estudar em Yale?

– Nem sei se quero cursar faculdade.

Ele se inclina para a frente. Eu me sinto como alguém que está sendo interrogado num tribunal.

– E qual é o seu grande sonho?

– Ser poeta.

– Ah, bom – diz ele. – Uma coisa prática.

– Acredite ou não, já ouvi isso antes.

Ele se inclina mais ainda.

– Vou perguntar de novo. Por que está aqui?

– Preciso estar.

– Não precisa, não – dispara ele de volta. – Você pode se levantar e sair por aquela porta.

– Eu devo isso aos meus pais.
– Por quê?
– O senhor não entenderia.
– Tente explicar.
Suspiro (do tipo sofrido).
– Meus pais são imigrantes. Eles se mudaram para cá em busca de uma vida melhor. Trabalham o tempo todo para que meu irmão e eu possamos viver o Sonho Americano. Em nenhum lugar no Sonho Americano diz que você pode deixar a faculdade de lado e virar um artista morto de fome.
– Diz que você pode ser o que quiser.
Fungo.
– Não na minha família. Se eu não fizer isso, sou cortado. Sem verba para a faculdade. Sem nada.
Essa confissão ao menos faz com que ele pare de disparar a metralhadora daquele interrogatório e volte a recostar na cadeira.
– Eles fariam mesmo isso?
Sei a resposta, mas não posso me obrigar a dizer neste momento. Penso no rosto de meu pai hoje à tarde. Ele está tremendamente decidido a que Charlie e eu tenhamos uma vida melhor do que a dele. Faria qualquer coisa para garantir isso.
– Fariam. Ele faria. Mas não porque é mau. E não porque é o Estereótipo do Pai Coreano. Mas porque não consegue enxergar além da própria história para deixar que nós tenhamos a nossa.
Um monte de gente é assim.
Fitzgerald assobia baixo.
– Então acho que você tem que garantir que o negócio de poesia valha a pena.
Agora sou eu que estou me inclinando para a frente.
– O senhor nunca fez uma coisa só porque foi obrigado a fazer? Só porque fez uma promessa?
Seu olhar se afasta do meu. Por algum motivo essa pergunta muda a dinâmica entre nós. Parece que estamos no mesmo barco.
– Cumprir com as obrigações é a definição de vida adulta, garoto. Se você vai cometer erros e violar promessas, a hora é agora.
Ele para de falar, flexiona o pulso e faz uma careta.
– Faça as besteiras que tiver de fazer agora, quando as consequências não são tão ruins. Confie em mim. Mais tarde fica mais difícil.

Às vezes as pessoas dizem coisas quando não dizem coisas. Olho para a mão esquerda dele e vejo a aliança de casamento.

– Foi isso que aconteceu com o senhor?

Ele separa as pontas dos dedos e gira a aliança no dedo.

– Sou casado e tenho dois filhos.

– E está tendo um caso com sua secretária.

Fitzgerald esfrega o curativo acima do olho.

– Começou hoje. – Ele olha para a porta fechada, como se esperasse que ela estivesse ali. – E acabou hoje, também – diz baixinho.

Eu não esperava de fato que ele admitisse, e agora não sei bem o que dizer.

– Você me acha um sujeito ruim – murmura.

– Acho que o senhor é meu entrevistador.

Talvez seja melhor nós dois recolocarmos esta entrevista nos trilhos.

Ele cobre os olhos com as mãos.

– Eu a conheci tarde demais. Sempre tive uma péssima noção de tempo.

Não sei o que dizer. Não que ele esteja querendo meu conselho. Normalmente eu diria: siga seu coração. Mas ele é um homem casado. O coração *dele* não é o único envolvido.

– E o que vai fazer? Deixar que ela vá embora? – pergunto.

Ele me olha por um longo tempo, pensando.

– Você terá que fazer o mesmo – diz finalmente.

E aproxima de mim a pasta de Natasha.

– Não consegui. Achei que conseguiria, mas não consegui.

– O quê?

– Impedir a deportação dela.

Ele vai ter de soletrar para mim, porque não estou processando as palavras.

– Sua Natasha vai ser deportada esta noite, no fim das contas. Não pude impedir que isso acontecesse. O juiz não quis cancelar a Remoção Voluntária.

Não sei o que é uma Remoção Voluntária, mas só consigo pensar que há algum engano. É definitivamente um engano. Agora espero que seja mesmo outra Natasha Kingsley.

– Sinto muito, garoto.

Ele empurra a pasta para mim, como se o fato de eu olhá-la fosse ajudar. Abro. É uma espécie de formulário oficial. Só vejo o nome dela: Natasha

Katherine Kingsley. Eu não sabia qual era o segundo nome. Katherine. Combina com ela.

Fecho a pasta e a empurro de volta para ele.

– Tem de haver alguma coisa que o senhor possa fazer.

As pontas dos dedos estão unidas de novo e ele dá de ombros.

– Já tentei de tudo.

O dar de ombros acaba comigo. Isso não é uma coisa pequena. Não é tipo *Ah, você perdeu a hora da entrevista. Volte amanhã.* Isso é a vida de Natasha. E a minha.

Fico de pé.

– O senhor não tentou o suficiente – acuso.

Aposto que o caso com a secretária tem alguma coisa a ver com isso. Aposto que ele passou o dia violando as promessas feitas à mulher e aos filhos. E a Natasha também.

– Olhe, sei que você está chateado. – A voz dele está tranquila, como se tentasse me acalmar.

Mas não quero me acalmar. Pressiono as mãos na mesa e me inclino para a frente.

– Tem de haver alguma coisa que o senhor possa fazer. Não é culpa dela se o pai é um cretino.

Ele empurra a cadeira para trás.

– Desculpe. O Departamento de Segurança Interna não gosta se a pessoa fica mais tempo do que o visto permite.

– Mas ela era só uma criança. Não tinha escolha. Não é como se pudesse ter dito *Mãe, pai, nosso visto expirou. Deveríamos voltar para a Jamaica.*

– Não importa. A lei tem de estabelecer um limite em algum ponto. A última apelação deles foi negada. A única esperança era o juiz. Se eles forem embora esta noite, há uma pequena chance de ela pedir um visto novo daqui a alguns anos.

– Mas os Estados Unidos são o lar dela! – grito. – Não importa onde ela nasceu.

Não digo o resto: que ela pertence a mim.

– Eu gostaria de poder fazer alguma coisa. – Ele toca de novo no curativo acima do olho e parece lamentar de verdade. Talvez eu esteja errado. Talvez ele tenha tentado mesmo. – Pretendo ligar para ela depois de nós dois terminarmos aqui.

Depois de terminarmos. Esqueci completamente que esta entrevista deveria ser sobre minha ida para Yale.

– O senhor vai apenas ligar e contar a ela pelo telefone?

– Importa como ela vai saber? – Ele franze a testa.

– Claro que importa. – Não quero que ela receba a pior notícia da vida pelo telefone, dada por uma pessoa que ela mal conhece. – Eu faço isso. Eu conto.

Ele balança a cabeça.

– Não posso deixar. É o meu trabalho.

Fico sentado, sem saber o que fazer. Meu lábio lateja. O ponto nas costelas onde Charlie me deu um soco dói. O lugar do coração onde está Natasha dói.

– Sinto muito, garoto – repete ele.

– E se ela não entrar no avião? E se ela simplesmente ficar?

Estou desesperado. Violar a lei parece um preço pequeno a pagar para que ela fique.

Outro balanço de cabeça.

– Não recomendo. Nem como advogado nem como pessoa.

Preciso ir até ela e contar primeiro. Não quero que ela esteja sozinha quando souber.

Saio da sala para a recepção vazia. A secretária não voltou.

Ele me acompanha.

– Então é isso? Chega de entrevista?

Não paro de andar.

– O senhor mesmo disse. Eu não me importo de verdade com Yale.

Ele põe a mão no meu braço para que eu vire e o encare.

– Olhe, sei que eu disse que você deveria fazer suas besteiras agora, enquanto ainda é um garoto, mas Yale é um negócio importante. Estudar lá pode abrir um monte de portas para você. Abriu para mim.

E talvez ele esteja certo. Talvez eu precisasse enxergar mais longe.

Olho o escritório ao redor. Quanto tempo falta para a reforma terminar? Quanto tempo vai demorar para ele conseguir outra secretária?

Aponto o queixo na direção da mesa dela.

– O senhor fez todas as coisas que deveria, e ainda assim não está feliz.

Ele esfrega de novo o curativo e não olha para a mesa. Está cansado, mas não é o tipo de cansaço que pode ser resolvido com uma noite de sono.

– Se eu não for agora, vou me arrepender para sempre – digo.

– Que tal mais meia hora para terminar esta entrevista? – insiste ele.

Será que ele precisa mesmo que eu fale que todos os segundos importam? Que nosso Universo surgiu no intervalo de uma respiração?

– O tempo importa, Sr. Fitzgerald.

Por fim, ele me dá as costas e olha para a mesa vazia.

– Mas o senhor já sabe disso – declaro.

jeremy fitzgerald

Um conto de fadas – Parte 2

JEREMY FITZGERALD NÃO CONTOU a verdade a Daniel. O motivo pelo qual não conseguiu impedir a deportação de Natasha foi que faltou ao encontro marcado com o juiz que poderia ter cancelado a Remoção Voluntária. Faltou porque está apaixonado por Hannah Winter, e em vez de ir falar com o juiz passou a tarde num hotel com ela.

Sozinho em seu escritório inacabado, Jeremy não vai parar de pensar em Daniel Bae durante a semana seguinte. Vai se lembrar do que Daniel disse, que o tempo importa. Vai se lembrar com perfeita clareza do lábio partido e da camisa ensanguentada de Daniel. Vai se lembrar de como isso não era nada comparado à devastação completa no rosto de Daniel ao saber da notícia sobre Natasha. Como se alguém tivesse lhe entregado uma granada e explodido sua vida.

Em algum momento do mês seguinte Jeremy vai dizer à esposa que não a ama mais. Que será melhor para ela e para os filhos se ele for embora. Vai ligar para Hannah Winter, fazer promessas e cumprir todas elas.

Seu filho nunca vai se ajeitar na vida, não vai se casar nem ter os próprios filhos, nem vai perdoar a traição do pai. Sua filha vai se casar com a primeira namorada, Marie. Vai passar a maior parte do primeiro casamento prevendo e depois provocando o final, e depois de Marie ninguém mais vai amá-la tanto. E, apesar de se casar mais duas vezes, nunca vai amar tanto quanto amou Marie.

Os filhos de Jeremy e Hannah vão crescer e amar outras pessoas do modo simples e descomplicado das pessoas que sempre souberam de onde vem o amor e não têm medo de perdê-lo.

Tudo isso não é para dizer se Jeremy fez a coisa certa ou a coisa errada. É só para dizer o seguinte: o amor sempre muda tudo.

hannah winter

Um conto de fadas – Parte 2

E VIVERAM FELIZES PARA SEMPRE.

natasha

AGORA QUE O SOL SE PÔS, o ar ficou bem mais frio. Não é difícil imaginar que o inverno está logo ali na esquina. Vou ter que desencavar meu casacão preto e minhas botas. Aperto mais a jaqueta em torno do corpo e penso em entrar no saguão, onde está mais quente. Estou me dirigindo para lá quando Daniel sai pela porta de vidro deslizante.

Ele me vê e eu espero um sorriso, mas seu rosto está sério. Será que a entrevista foi tão ruim assim?

– O que aconteceu? – pergunto assim que o alcanço.

Estou imaginando o pior, tipo ele brigou com o entrevistador e agora está proibido de se candidatar a qualquer faculdade e seu futuro está arruinado.

Ele põe a mão no meu rosto.

– Amo você de verdade – diz.

Não está brincando. Isso não tem nada a ver com nossa aposta idiota. Ele fala do modo como você falaria com alguém que está morrendo ou que você não espera ver de novo.

– Daniel, o que aconteceu?

Afasto sua mão do meu rosto, mas continuo a segurá-la.

– Eu amo você – repete ele, e recaptura meu rosto com a outra mão. – Você não precisa dizer o mesmo para mim. Só quero que saiba o que sinto.

Meu telefone toca. É do escritório do advogado.

– Não atenda – pede ele.

Claro que vou atender.

Daniel toca minha mão para impedir.

– Por favor, não.

Agora estou assustada. Rejeito a chamada.

– O que aconteceu com você lá dentro?

Ele fecha os olhos com força. Quando abre de novo, eles estão cheios de lágrimas.

– Você não pode ficar aqui – declara.

A princípio, não entendo.

– Por quê? O prédio vai fechar?

Olho em volta, para ver se há algum guarda fazendo sinal para irmos embora.

Lágrimas escorrem pelo rosto dele. Um reconhecimento certo e indesejado cresce na minha mente. Tiro a mão da dele.

– Qual é o nome do seu entrevistador? – sussurro.

Agora ele está confirmando com a cabeça.

– Meu entrevistador era o seu advogado.

– Fitzgerald?

– É.

Pego o telefone e olho o número de novo, ainda me recusando a entender o que ele está dizendo.

– Eu estava esperando que ele ligasse. Ele disse alguma coisa sobre mim?

Já sei a resposta. Sei.

Daniel tenta algumas vezes até conseguir pôr as palavras para fora.

– Ele disse que não conseguiu reverter a ordem.

– Mas ele disse que podia – insisto.

Daniel aperta minha mão e tenta me puxar mais para perto, mas resisto. Não quero ser consolada. Quero entender.

Recuo para longe dele.

– Tem certeza? Por que vocês falaram sobre mim?

Ele passa a mão pelo rosto.

– Estava acontecendo alguma merda esquisita entre ele e a secretária, e sua pasta estava em cima da mesa.

– Isso ainda não explica...

Daniel pega minha mão de novo. Desta vez puxo-a com força.

– Para com isso! Para! – grito.

– Desculpe.

Ele me solta.

Dou outro passo atrás.

– Só diga exatamente o que ele falou.

– Disse que a ordem de deportação está de pé e que é melhor você e sua família irem embora esta noite.

Viro as costas e olho para minha caixa de mensagens de voz. É ele, o advogado Fitzgerald. Diz que eu devo ligar. Que tem notícias ruins.

Fecho a caixa de mensagens e olho em silêncio para Daniel. Ele começa a falar alguma coisa, mas só quero que ele pare. Quero que o mundo inteiro pare. Há um número demasiado de partes móveis fora do meu controle. Estou me sentido como uma elaborada máquina de Rube Goldberg que outra pessoa projetou. Não sei qual é o mecanismo para ligá-la. Não sei o que acontece em seguida. Só sei que tudo acontece em cascata, e que assim que começar não vai mais parar.

daniel

Corações não se partem.
É só outra coisa que os poetas dizem.
Os corações não são feitos
De vidro
Nem de osso
Nem de qualquer material que possa
Rachar
Ou se fragmentar
Ou se despedaçar.
Não se
Quebram em pedacinhos.
Não
Se desfazem.
Corações não se partem.
Só param de funcionar.
Como um velho relógio de outro tempo, sem peças para o conserto.

natasha

ESTAMOS SENTADOS PERTO da fonte e Daniel segura minha mão. O paletó do terno está nos meus ombros.

Ele é mesmo protetor. Só não pode ser meu.

– Preciso ir para casa. – É a primeira coisa que digo em mais de meia hora.

Ele me puxa para perto de novo. Finalmente estou pronta para deixar que ele faça isso. Seus ombros são largos e firmes. Encosto a cabeça num deles. Eu me encaixo ali. Sabia disso hoje de manhã e sei agora. Ele sussurra:

– O que vamos fazer?

Existem e-mail, Skype, torpedos, WhatsApp e talvez até viagens à Jamaica. Mas, enquanto penso, sei que não vou deixar que isso aconteça. Temos vidas separadas para levar. Não posso deixar o coração aqui enquanto minha vida estiver lá. E não posso levar o coração dele quando todo o seu futuro está aqui.

Levanto a cabeça do seu ombro.

– Como foi o resto da entrevista?

Daniel toca meu rosto e inclina minha cabeça de volta para o ombro.

– Ele disse que iria me recomendar.

– Fantástico – declaro sem nenhum entusiasmo.

– É.

O entusiasmo dele é igual ao meu.

Estou com frio, mas não quero me mexer. Sair deste lugar vai iniciar a reação em cadeia que acaba com o meu embarque num avião.

Mais cinco minutos se passam.

– Eu deveria ir mesmo para casa – digo. – O voo é às dez.

Ele pega o telefone para olhar a hora.

– Faltam três horas. Já fez as malas?

– Já.

– Vou com você.

Meu coração dá um pulo. Por um segundo louco, acho que ele está dizendo que vai comigo para a Jamaica.

Ele vê o pensamento nos meus olhos.

– Quero dizer, para sua casa.

– Eu sabia que era isso – reajo rispidamente. Estou ressentida. Sou ridícula. – Não acho boa ideia. Meus pais estão lá e tenho muito que fazer. Você só vai atrapalhar.

Ele se levanta e estende a mão para mim.

– Vamos fazer o seguinte. Não vamos discutir. Não vamos fingir que esta não é a pior coisa do mundo, porque é. Não vamos nos separar antes de ser absolutamente necessário. Vou à casa dos seus pais. Vou conhecê-los e eles vão gostar de mim, e não vou dar um soco no seu pai. Em vez disso, vou ver se você se parece mais com ele ou com sua mãe. Seu irmão vai agir como um irmão mais novo. Talvez eu finalmente ouça o sotaque jamaicano que você escondeu de mim o dia inteiro. Vou olhar o lugar onde você dorme, come e vive, e vou desejar ter sabido um pouco antes que você estava bem aqui.

Começo a interrompê-lo, mas ele continua falando:

– Vou com você para sua casa, depois vamos pegar um táxi para o aeroporto, só nós dois. Depois vou ver você entrar num avião e sentir o coração ser arrancado da porra do peito, depois vou ficar pensando pelo resto da vida no que poderia ter acontecido se este dia não tivesse sido exatamente como foi.

Ele para, respira fundo e pergunta:

– Tudo bem para você?

daniel

ELA DIZ QUE SIM. Não estou pronto para dizer adeus. Nunca vou estar. Pego a mão dela e começamos a andar em silêncio até o metrô.

Ela leva a mochila num ombro e posso ver de novo o DEUS EX MACHINA impresso na jaqueta. Foi hoje mesmo que nos conhecemos? Foi nessa manhã que eu desejei que o vento me levasse para onde quisesse? O que eu não daria para que Deus estivesse mesmo na máquina!

Manchete: *Adolescente derrota a Divisão de Imigração e Alfândega do Departamento de Segurança Interna, vive feliz para sempre com seu amor verdadeiro graças a uma brecha jurídica descoberta apenas no último minuto e agora entrará numa cena de perseguição para impedir que ela entre no avião.*

Mas isso não vai acontecer.

Durante o dia inteiro acreditei que estávamos destinados um ao outro. Que todos os lugares e pessoas, e todas as coincidências, estavam nos empurrando para ficarmos juntos para sempre. Mas talvez isso não seja verdade. E se essa coisa entre nós estivesse destinada a durar *somente* um dia? E se formos as pessoas intermediárias um do outro, uma parada na estrada que ruma a outro lugar?

E se formos apenas um desvio na história de outra pessoa?

natasha

— SABIA QUE A JAMAICA tem a sexta maior taxa de assassinatos do mundo? — pergunto a ele.

Estamos no trem Q, indo para o Brooklyn. Está apinhado de gente voltando para casa e estamos de pé, segurando numa trave de metal. Daniel está com uma das mãos nas minhas costas. Não parou de me tocar desde que saímos do prédio de escritórios. Se ele continuar me segurando, talvez eu não voe para longe.

— Quais são os outros cinco?

— Honduras, Venezuela, Belize, El Salvador e Guatemala.

— Hã — diz ele.

— Sabia que a Jamaica ainda é membro da Comunidade Britânica?

Não espero a resposta.

— Sou súdita da rainha.

Se tivesse espaço para fazer uma reverência, eu faria.

O trem para, guinchando. Entram mais pessoas do que saem.

— Que outras informações posso dar a você? A população é de 2,9 milhões. Entre 1% e 10% dos habitantes se identificam como rastafáris. E 20% dos jamaicanos vivem abaixo da linha de pobreza.

Daniel chega um pouco mais perto, de modo que estou quase completamente envolvida por ele.

— Diga uma coisa boa de que se lembre — pede ele. — Não fatos.

Não quero ser otimista. Não quero me ajustar a esse novo futuro.

— Eu saí de lá quando tinha 8 anos. Não me lembro de muita coisa.

Ele pressiona.

— Nem da família? Primos? Amigos?

— Lembro que tinha, mas não os *conheço*. No Natal minha mãe obriga a gente a falar com eles pelo telefone. Eles zombam do meu sotaque americano.

– Uma coisa boa. – Agora seus olhos estão de um castanho profundo, quase preto. – De que você sentiu mais falta quando se mudou para cá?

Não preciso pensar muito na resposta.

– Da praia. O mar aqui é esquisito. É o tipo de azul errado. É frio. É forte demais. A Jamaica fica no Caribe. A água é azul-esverdeada e muito calma. Dá para andar um tempão mar adentro com a água pela cintura.

– Parece legal. – A voz dele treme um pouco.

Estou com medo de olhar, porque aí vamos os dois chorar no trem.

– Quer terminar as perguntas da terceira seção? – pergunto.

Ele pega o telefone.

– Número 29. Conte ao seu parceiro um momento constrangedor da sua vida.

O trem para de novo, e dessa vez mais pessoas saem do que entram. Temos mais espaço, mas Daniel fica perto de mim como se não tivéssemos.

– Hoje cedo, na loja de discos, o negócio com o Rob foi bem constrangedor – relembro.

– Verdade? Você não pareceu sem graça, só furiosa.

– Disfarço bem, sei blefar. Diferente de alguém que conheço – digo, cutucando-o com o ombro.

– Mas por que ficou sem graça?

– Ele me traiu com ela. Toda vez que vejo os dois juntos, sinto que eu talvez não tenha sido suficientemente boa.

– Aquele cara é um cafajeste. Isso não tem nada a ver com você.

Ele pega minha mão e fica segurando. Adoro sua seriedade.

– Eu sei. Hoje cedo liguei para ele perguntando por que fez aquilo.

Eu o surpreendi.

– Ligou? O que ele disse?

– Que queria nós duas.

– Cretino. Se um dia eu encontrar aquele sujeito de novo, vou arrebentar a cara dele.

– Está com sede de sangue agora que teve a primeira briga, é?

– Sou um lutador, não um amante – diz, citando erroneamente Michael Jackson. – Seus pais se importavam que ele fosse branco?

– Eles não conheceram o Rob.

Eu não conseguia me imaginar levando-o para conhecer meu pai. Olhar os dois conversando seria uma tortura. Também não queria que ele visse como o nosso apartamento era pequeno. No fundo, acho que não queria que ele me conhecesse de verdade.

Com Daniel é diferente. Quero que ele me veja inteira.

As luzes se apagam e voltam imediatamente. Ele aperta meus dedos.

– Meus pais só querem que os filhos namorem garotas coreanas.

– Você não está fazendo um bom trabalho como filho – provoco.

– Bem, eu não namorei uma tonelada de garotas. Apenas uma coreana. Já o Charlie parece que é alérgico a garotas que não sejam brancas.

O trem nos sacoleja e eu seguro a trave com as duas mãos.

– Quer saber qual é o segredo do seu irmão?

Ele põe as mãos em cima das minhas.

– Qual é?

– Ele não gosta muito dele mesmo.

– Você acha? – pergunta Daniel, pensativo.

Ele quer que exista um motivo para Charlie ser como é.

– Acredite em mim.

O trem guincha ao fazer uma curva comprida. Daniel me firma com a mão nas minhas costas e a deixa ali.

– Por que seus pais só querem garotas coreanas?

– Eles acham que entendem as meninas coreanas. Até as que foram criadas aqui.

– Mas elas são ao mesmo tempo americanas e coreanas.

– Não estou dizendo que faz sentido – diz ele, sorrindo. – E você? Seus pais se importam com quem você namora?

Dou de ombros.

– Nunca perguntei. Acho que prefeririam que eu acabasse casando com um negro.

– Por quê?

– Pelos mesmos motivos dos seus. De algum modo eles vão entender o cara melhor. E ele vai entendê-los melhor.

– Mas nem todos os negros são iguais.

– E nem todas as garotas coreanas são iguais.

– Os pais são bem idiotas – diz ele, meio que brincando.

– Imagino que eles achem que estão protegendo a gente.

– De quê? Honestamente, quem liga a mínima para esse tipo de coisa? A gente já deveria saber que não é assim.

– Talvez nossos filhos saibam – digo.

E me arrependo das palavras assim que elas voam da minha boca.

As luzes se apagam de novo e paramos completamente entre as estações. Eu me concentro no brilho laranja-amarelado da iluminação de segurança no túnel.

– Não quis dizer *nossos* filhos – digo no escuro. – Quis dizer a próxima geração.

– Sei o que você quis dizer – observa ele baixinho.

Agora que pensei e disse, não posso "despensar" e desdizer. Como seriam nossos filhos? Sinto a perda de uma coisa que nem sei se quero.

Paramos na estação Canal Street, a última parada subterrânea antes de passarmos pela ponte de Manhattan. As portas se fecham e nós dois nos viramos para a janela. Quando saímos do túnel, a primeira coisa que vejo é a ponte do Brooklyn. Passa pouco do crepúsculo e as luzes estão acesas nos cabos de suspensão. Meu olhar acompanha os longos arcos pelo céu. A ponte é linda à noite, mas é a silhueta da cidade que me deixa pasma toda vez que a vejo. Parece uma gigantesca escultura de vidro iluminado e metal, uma obra de arte. Dessa distância, a cidade parece organizada e planejada, como se toda ela tivesse sido criada com um objetivo. Mas, quando a gente está dentro, parece um caos.

Penso em quando estávamos no topo do prédio. Naquela hora imaginei a cidade enquanto era construída. Agora eu a projeto num futuro apocalíptico. As luzes se apagam e o vidro cai, deixando apenas os esqueletos de metal dos prédios. Com o tempo, até esses enferrujam e desmoronam. As ruas estão esburacadas, cobertas pelo verde de plantas silvestres e invadidas por animais selvagens. A cidade está linda e em ruínas.

Descemos de novo para o túnel. Tenho certeza de que sempre vou comparar cada silhueta de cidade com a de Nova York. Assim como sempre vou comparar cada garoto com Daniel.

daniel

– QUAL É O *SEU* MOMENTO mais constrangedor? – pergunta ela quando a ponte some de nossa vista.
– Está brincando, certo? Você estava lá. Meu pai dizendo para você mudar o cabelo e meu irmão fazendo piadas de pau pequeno.
Ela ri.
– Foi bem ruim.
– Vou viver mil vidas e essa ainda vai ser a coisa mais vergonhosa que já me aconteceu.
– Não sei. Seu pai e Charlie poderiam bolar um modo de superar isso.
Resmungo e esfrego a nuca.
– Todos deveríamos nascer com um Cartão de Troca de Família. Aos 16 anos a gente teria a chance de avaliar a situação e escolher ficar na família atual ou recomeçar com uma nova.
Ela tira minha mão da nuca e a segura.
– A gente ia poder escolher qual seria a família nova? – pergunta.
– Não. Teria que arriscar.
– Então determinado dia a gente simplesmente chegaria à porta de alguns estranhos?
– Ainda não bolei todos os detalhes. Talvez a gente pudesse renascer numa família nova assim que tomasse a decisão.
– A família antiga ia achar que você morreu?
– É.
– Mas isso é muito cruel.
– Certo, certo. Então eles simplesmente esqueceriam que a gente existiu. De qualquer modo, não creio que muita gente trocaria de família.
Ela balança a cabeça.
– Discordo. Acho que um monte de gente trocaria. Existem famílias ruins neste mundo.

– Você trocaria?

Natasha não diz nada durante um tempo e eu ouço o ritmo do trem enquanto ela pensa. Nunca desejei tanto que um trem diminuísse a velocidade.

– Eu poderia dar meu cartão a alguém que precisasse dele de verdade? – questiona ela.

Sei que está pensando no pai.

Beijo seu cabelo.

– E você? Ficaria na sua família? – pergunta ela.

– Eu poderia, em vez disso, usar o cartão para chutar o Charlie?

Ela ri.

– Talvez esses cartões não sejam uma ideia tão boa. Dá para imaginar se todo mundo tivesse o poder de mexer na vida de todo mundo? Caos.

Mas, claro, esse *é* o problema. Nós já temos esse poder sobre os outros.

natasha

É ESTRANHO ESTAR no meu bairro com Daniel. Estou tentando ver o lugar pelos olhos dele. Depois da relativa riqueza da área central de Manhattan, minha parte do Brooklyn parece mais pobre ainda. Muitas lojas do mesmo tipo se enfileiram nos seis quarteirões que preciso caminhar até minha casa. Existem restaurantes jamaicanos, restaurantes chineses com vidros à prova de bala, lojas de bebidas com vidros à prova de bala, lojas de roupas baratas e salões de beleza. Cada quarteirão tem pelo menos uma combinação de lanchonete e mercearia, com as vitrines quase totalmente cobertas por propagandas de cerveja e cigarro. Cada quarteirão tem pelo menos um estabelecimento que troca cheques. Todas as lojas são espremidas umas contra as outras, lutando pelo mesmo pedaço de terreno.

Fico agradecida pelo escuro porque assim Daniel não pode ver como tudo está meio em ruínas. Sinto imediatamente vergonha de mim mesma por ter pensado nisso.

Ele segura minha mão e caminhamos em silêncio durante alguns minutos. Sinto olhares curiosos. E me dou conta de que isso viraria o normal para nós.

— As pessoas estão olhando a gente – digo.

— É porque você é linda – reage Daniel na bucha.

— Então você notou? – pressiono.

— Claro que notei.

Faço com que paremos diante da porta iluminada de uma lavanderia. O cheiro de sabão em pó está no ar.

— Você sabe por que estão olhando, não sabe?

— Porque eu não sou negro ou porque você não é coreana. – Seu rosto está na sombra, mas posso ouvir o sorriso na voz.

— Sério – digo, frustrada. – Isso não incomoda você?

Não sei direito por que estou insistindo nesse assunto. Talvez queira uma prova de que teríamos chance de continuar, de que sobreviveríamos ao peso dos olhares.

Ele segura minhas mãos e ficamos parados frente a frente.

— Talvez me incomode, mas não muito. É como uma mosca zumbindo, sabe? Irritante, mas não ameaça a vida.

— Mas por que você acha que eles estão fazendo isso? — Quero uma resposta.

Ele me puxa para um abraço.

— Dá para ver que isso é importante para você e quero realmente dar um motivo. Mas a verdade é que não me importo. Talvez eu seja ingênuo, mas estou cagando e andando para a opinião dos outros sobre nós. Não me importo se somos novidade para eles. Não me importo com a questão política nisso. Não me importo se seus pais aprovam e, sinceramente, não me importo se os meus aprovam. O que me importa é você, e tenho certeza de que o amor basta para superar toda essa baboseira. E *é* baboseira. Toda essa preocupação. A fala sobre choque de culturas, preservar a cultura e o que vai acontecer com os filhos. Tudo cem por cento pura baboseira e não ligo a mínima.

Sorrio junto ao peito dele. Meu garoto poeta de rabo de cavalo. Eu nunca havia pensado que não ligar a mínima seria um ato revolucionário.

Saímos da rua principal para outra mais residencial. Ainda estou tentando enxergar o bairro como Daniel o vê. Passamos por fileiras de casas geminadas com fachada de madeira. São pequenas e velhas, mas coloridas e bem-amadas. As varandas parecem mais povoadas com badulaques e plantas penduradas do que eu lembrava.

Houve um tempo em que minha mãe desejava desesperadamente uma casa daquelas. No início deste ano, antes que esta confusão começasse, ela até me levou com o Peter a uma casa que estava para alugar. Tinha três quartos e cozinha espaçosa. Tinha um porão que ela achou que poderia sublocar para obter um ganho extra. Como Peter adora nossa mãe e sabia que nunca poderíamos pagar pela casa, fingiu que não gostou. Ficou de picuinha.

— O quintal dos fundos é pequeno demais e todas as plantas estão mortas — disse.

Ficou perto dela e, quando saímos, ela não estava mais triste do que ao entrarmos.

Passamos por outro quarteirão de casas semelhantes antes que o bairro mude de novo e estejamos cercados principalmente por prédios de apartamentos feitos de tijolos. São todos alugados.

Dou um aviso a Daniel:

– Está uma bagunça só, por causa das bagagens.

– Tudo bem.

– E é pequeno.

Não digo que só tem um quarto. Ele logo vai ver. Além disso, só é minha casa por mais algumas horas.

As menininhas do apartamento 2C estão sentadas na escada da frente quando chegamos. A presença de Daniel as deixa tímidas. Elas baixam a cabeça e não falam comigo, como fazem normalmente. Paro perto da fileira de caixas de correspondência de metal penduradas na parede. Não temos correspondência, só um cardápio de comida chinesa para viagem enfiado na portinhola. É do lugar preferido do meu pai, o mesmo onde ele comprou a comida no dia em que nos deu os ingressos para a peça.

Alguém está sempre cozinhando alguma coisa, e o saguão tem um cheiro delicioso: manteiga, cebola, curry e outros temperos. Meu apartamento fica no terceiro andar, por isso vamos até a escada. Como sempre, a luz que ilumina a escada no primeiro e no segundo andares está queimada. Acabamos andando em silêncio no escuro até chegarmos ao terceiro.

– É aqui – digo quando finalmente estamos à frente do 3A.

De certa forma é cedo demais para apresentar Daniel à minha casa e à minha família. Se tivéssemos mais tempo, ele conheceria todas as minhas pequenas histórias curiosas. Saberia sobre a cortina na sala, que separa o "quarto" do Peter do meu. Saberia que, se minha mãe oferecer alguma coisa para comer, ele deve pegar e comer tudo, não importando que esteja com a barriga cheia.

Não sei como passar toda essa história. Em vez disso digo de novo:

– Está uma bagunça aí dentro.

É uma espécie de dissonância esquisita vê-lo ali parado, diante da minha porta. Ele combina e não combina ao mesmo tempo. Eu sempre o conheci e nós acabamos de nos conhecer.

Nossa história está comprimida demais. Estamos tentando encaixar uma vida inteira num dia.

– Devo tirar o paletó? – pergunta Daniel. – Estou me sentindo um idiota de terno.

– Não precisa ficar nervoso.

– Vou conhecer seus pais. É uma boa hora para ficar nervoso.

Ele desabotoa o paletó, mas não o tira.

Toco o machucado no lábio dele.

– O bom é que você pode fazer besteira à vontade. Provavelmente nunca vai ver minha família de novo.

Ele dá um sorriso pequeno e triste. Só estou tentando melhorar nossa situação, e ele sabe.

Pego a chave na mochila e abro a porta.

Todas as luzes estão acesas e Peter está ouvindo reggae alto demais. Sinto as batidas no peito. Três malas cheias estão perto da porta. Mais duas estão abertas ao lado.

Vejo minha mãe imediatamente.

– Desligue essa música – diz ela a Peter quando me vê.

Ele desliga e o silêncio repentino é agudo.

Minha mãe se vira para mim.

– Meu Deus, Tasha. Estou ligando e ligando para você desde...

Ela leva um segundo para notar Daniel. Então para de falar e olha para mim e para ele durante um longo tempo.

– Quem é esse aí?

daniel

NATASHA ME APRESENTA À MÃE DELA.
– É meu amigo – diz.
Tenho quase certeza de que ouvi uma hesitação antes de *amigo*. A mãe dela também ouviu, e agora está me estudando como se eu fosse um inseto alienígena.
– Desculpe conhecer a senhora nestas circunstâncias, Sra. Kingsley – digo, estendendo a mão para um cumprimento.
Ela dá um olhar para Natasha (do tipo *Como você pôde fazer isso comigo?*), mas depois enxuga a palma na lateral do vestido, aperta minha mão rapidamente e me dá um sorriso mais rápido ainda.
Eu e Natasha saímos do minúsculo hall de entrada para uma sala apertada. Pelo menos acho que é uma sala. Um pano de um azul vivo está embolado no chão e uma corda para varal divide o cômodo. Então noto que há duas coisas de cada: sofá-cama, gaveteiro, escrivaninha. Este é o quarto deles. Ela divide a sala com Peter. Quando Natasha disse que o apartamento era pequeno, não percebi que queria dizer que eles eram pobres.
Ainda há muita coisa que não sei sobre ela.
Seu irmão vem até mim com a mão estendida e sorrindo. Ele tem dreadlocks e um dos rostos mais amigáveis que já vi.
– Tasha nunca trouxe um cara aqui antes – declara ele.
Seu sorriso contagiante fica ainda maior. Rio de volta para ele e aperto sua mão. Natasha e a mãe nos observam escancaradamente.
– Tasha, preciso falar com você – chama a mãe.
Natasha não afasta o olhar de Peter e de mim. Penso se está imaginando um futuro em que viramos amigos. Sei que eu estou.
Ela vira o rosto para a mãe.
– É sobre o Daniel? – pergunta.

Os lábios agora franzidos da mãe não poderiam franzir ainda mais.

– Tasha...

Até eu posso ouvir o *mamãe está ficando furiosa* na voz dela, mas Natasha simplesmente ignora isso.

– Porque se *for* sobre o Daniel, podemos falar aqui mesmo. Ele é meu namorado.

Ela me lança um ligeiro olhar interrogativo e eu confirmo com a cabeça. Neste exato momento o pai dela entra em casa.

Devido a uma anomalia no continuum espaço-tempo, os pais estão com perfeita noção de tempo o dia inteiro.

– Namorado? – questiona ele. – Desde quando você tem namorado?

Eu me viro e o examino. Agora tenho a resposta à minha pergunta sobre com quem Natasha se parece. Ela é basicamente o pai, só que numa linda forma de garota.

E sem a carranca. Nunca vi uma carranca mais profunda do que a que existe no rosto dele agora.

Seu sotaque jamaicano é forte e eu processo as palavras um pouquinho depois de ele falar.

– Foi isso que você andou fazendo o dia todo em vez de ajudar sua família a arrumar as malas? – pergunta ele, entrando mais na sala.

Afora o pouco que Natasha me contou, não conheço de verdade a história do relacionamento deles, mas dá para ver no rosto dela neste instante como as coisas são difíceis. A raiva está ali, a mágoa e a incredulidade. Ainda assim o pacificador que existe em mim não quer ver os dois brigando. Encosto a mão na cintura dela.

– Tudo bem – diz Natasha baixinho para mim.

Dá para ver que está se preparando para alguma coisa. E se vira para ele.

– Não. O que fiz o dia inteiro foi tentar consertar seus erros. Estava tentando impedir que nossa família fosse expulsa do país.

– Não é isso que está parecendo – retruca ele. Depois se volta para mim, com a carranca se aprofundando. – Você sabe da situação?

Estou tão surpreso por ele se dirigir a mim que não respondo, só confirmo com a cabeça.

– Então você sabe que não é hora de estranhos virem aqui.

A coluna de Natasha se enrijece na minha mão.

– Ele não é um estranho. É meu convidado.

– E esta casa é minha. – Ele fica empertigado quando fala isso.

– É sua? – A voz dela agora sai alta e incrédula.

Qualquer tentativa de se conter está se esvaindo depressa. Ela vai até o centro da sala, abre os braços e gira.

– Este apartamento em que nós vivemos há nove anos porque você acha que seu navio vai partir a qualquer momento é a *sua* casa?

– Querida. Não adianta isso agora – fala a mãe dela, perto da porta.

Natasha abre a boca para dizer mais alguma coisa, mas fecha de novo. Posso vê-la se desinflar.

– Certo, mãe.

Ela desiste do que iria dizer. Imagino quantas vezes Natasha agiu assim pela mãe.

Acho que esse vai ser o fim da coisa, mas estou errado.

– Não, cara – diz o pai. – Não, cara. Quero ouvir o que ela tem para me dizer.

Ele estufa o peito e cruza os braços.

Natasha faz a mesma coisa e eles se encaram, imagens espelhadas um do outro.

natasha

PELA MINHA MÃE EU TERIA deixado para lá. Sempre deixo. Ontem à noite mesmo ela falou que nós quatro tínhamos de ficar unidos.

– A princípio, vai ser difícil – disse ela na ocasião.

Precisaríamos morar com a mãe dela até termos dinheiro suficiente para alugar um lugar.

– Nunca achei que minha vida chegaria a este ponto – declarou ela antes de irmos dormir.

Eu teria deixado para lá se não tivesse conhecido Daniel. Se ele não tivesse aumentado significativamente o número de coisas que eu perderia hoje. Teria deixado para lá se meu pai não estivesse usando de novo seu sotaque jamaicano forte e forçado. É só outra representação. Ouvindo-o, você imaginaria que ele nunca saiu da Jamaica e que os últimos nove anos jamais aconteceram. Ele acha mesmo que nossa vida é de mentirinha. Estou farta do fingimento dele.

– Ouvi o que você disse para mamãe depois da peça. Que nós éramos seu maior arrependimento.

Ele murcha e a carranca some do seu rosto. Não sei qual é o nome da emoção que substitui aquilo, mas parece genuína. Finalmente. Alguma coisa real da parte dele.

Ele começa a falar, mas tenho mais coisas a dizer.

– Sinto muito se a vida não deu a você todas as coisas que queria.

Enquanto falo, percebo que sou sincera. Sei o que é decepção, agora que entendo que ela pode durar a vida inteira.

– Não falei a sério, Tasha. Era só papo furado. Foi só...

Levanto a mão para interromper seu pedido de desculpas. Não é isso que quero dele.

– Quero que você saiba que foi realmente maravilhoso na peça. Simplesmente incrível. Sublime.

Ele tem lágrimas nos olhos. Não sei se é porque eu o elogiei, se é arrependimento ou outra coisa.

– Talvez você estivesse certo – continuo. – Não deveria ter tido a gente. Talvez tenha sido mesmo enganado pela vida.

Ele está balançando a cabeça, negando minhas palavras.

– Foi papo furado, Tasha. Eu não quis dizer nada daquilo.

Mas claro que quis. Quis e não quis. As duas coisas. Ao mesmo tempo.

– Não importa se quis dizer ou não. Esta é a vida que você tem. Não é temporária, não é de mentirinha e não há como refazer.

Estou falando igual ao Daniel.

A pior parte de ter ouvido aquela conversa entre ele e minha mãe foi que estragou todas as boas lembranças que eu tinha dele. Será que meu pai se arrependeu da minha existência quando assistíamos juntos aos jogos de críquete? E quando ele me abraçou com força no momento em que finalmente estávamos todos reunidos? E no dia em que nasci?

Agora as lágrimas estão escorrendo pelo rosto dele. Vê-lo chorar dói mais do que jamais imaginei. Mesmo assim preciso dizer mais uma coisa.

– Você não precisa se arrepender de nós.

Ele emite um ruído, e agora sei qual é o som de uma vida inteira de dor.

As pessoas cometem erros o tempo todo. Erros pequenos, como pegar a fila errada para a caixa do supermercado. A fila onde está a mulher com cem cupons de desconto e um talão de cheques.

Às vezes a gente comete erros de tamanho médio. Vai para a faculdade de medicina em vez de ir atrás da nossa paixão.

Às vezes comete erros grandes.

Desiste.

Sento-me no meu sofá-cama. Estou mais cansada do que pensava e não estou com tanta raiva como pensava.

– Quando chegarmos à Jamaica, você precisa ao menos tentar. Fazer testes para o teatro. E ser melhor com mamãe. Ela fez de tudo e está cansada, e você nos deve isso. Não precisa viver mais dentro da própria cabeça.

Agora minha mãe está chorando. Peter corre para dar um abraço nela. Meu pai vai até os dois e minha mãe o aceita. Como se fossem um só, viram-se para mim e fazem um gesto para eu me juntar a eles. Eu me viro primeiro para Daniel. Ele me aperta com tanta força que é como se já estivéssemos nos despedindo.

daniel + natasha

O MOTORISTA COLOCA A MALA de Natasha no porta-malas. Peter e os pais dela já foram para o aeroporto em outro táxi.

Dentro do carro, Natasha pousa a cabeça no ombro de Daniel. Seu cabelo pinica o nariz dele. É uma sensação à qual ele gostaria de ter tido mais tempo para se acostumar.

– Acha que nós teríamos dado certo, no fim das contas? – pergunta ela.

– Acho. – Ele diz isso sem hesitar. – E você?

– Acho.

– Você finalmente admitiu. – Há um sorriso na voz dele.

– Seria muito difícil para os seus pais? – questiona ela.

– Levaria tempo até eles aceitarem. O meu pai demoraria mais. Acho que eles não iriam ao nosso casamento.

Uma imagem desse futuro flutua na mente de Natasha. Ela vê o oceano. Daniel bonito de smoking. A mão dela no rosto dele, enxugando a tristeza pela ausência dos pais. A alegria no rosto dele quando ela finalmente diz *sim*.

– Quantos filhos você quer? – pergunta ela, depois que a dor dessa visão recua.

– Dois. E você?

Ela levanta a cabeça, hesitando, mas depois confessa:

– Não sei se quero filhos. Você aceitaria isso?

Ele não esperava essa resposta e demora um pouco para aceitar.

– Eu acho que sim. Não sei. Talvez você mudasse de ideia. Talvez eu mudasse.

– Tenho uma coisa para dizer. – Ela apoia a cabeça de novo.

– O quê?

– Você não deveria ser médico.

Ele vira a cabeça e sorri no cabelo dela.

– E aquilo de fazer a coisa prática?
– A praticidade é superestimada.
– Você ainda vai ser cientista de dados?
– Não sei. Talvez não. Seria bom sentir paixão por alguma coisa.
– Que diferença um dia faz! – diz ele.
Nenhum dos dois fala, porque, afinal, o que há para dizer? Foi um dia longo.
Natasha interrompe o silêncio sombrio.
– E então, quantas perguntas faltam?
Ele pega o celular.
– Mais duas da terceira seção. E ainda precisamos olhar nos olhos um do outro por quatro minutos.
– Podemos fazer isso ou nos beijarmos aqui mesmo.
No banco da frente, o motorista, Miguel, interrompe:
– Vocês sabem que estou ouvindo, não sabem? – Ele olha para os dois pelo retrovisor. – E também posso ver. – Então ele dá uma risada grande e sonora. – Certas pessoas entram no táxi e gostam de fingir que sou cego e surdo, mas não sou. Só para vocês saberem.
Ele dá sua sonora risada outra vez. Natasha e Daniel não conseguem evitar e o acompanham.
Mas o riso conjunto acaba quando a realidade do momento se restabelece. Daniel segura o rosto de Natasha e eles se beijam suavemente. A química continua presente. Os dois estão quentes demais, ambos sem saber o que fazer com mãos que parecem destinadas apenas a tocar um ao outro.
Miguel não diz nada. Já teve o coração partido. Sabe como dói.
Daniel fala primeiro:
– Pergunta 34. O que você salvaria de um incêndio?
Natasha pensa. Parece que todo o seu mundo está sendo arrasado. E a única coisa que ela quer salvar, não pode.
Para Daniel, diz:
– Ainda não tenho nada, mas vou pensar.
– Está bom. A minha é fácil. Meu caderno.
Ele passa a mão no bolso do paletó para garantir que o caderno continua ali.
– Última pergunta – informa ele. – De todas as pessoas da sua família, a morte de quem você acharia mais perturbadora e por quê?
– De papai.

Daniel nota que é a primeira vez que Natasha o chama de *papai*, e não de *pai*.

– Por quê?

– Porque ele ainda não está pronto. E você?

– A sua.

– Mas não sou da sua família.

– É, sim – afirma ele, pensando no que Natasha disse antes sobre os multiversos. Em algum outro universo eles são casados, talvez com dois filhos ou talvez sem nenhum. – Você não precisa dizer o mesmo. Só quero que saiba.

Existem coisas para dizer a ele e Natasha não sabe nem como nem por onde começar. Talvez por isso Daniel queira ser poeta, para encontrar as palavras certas.

– Eu amo você, Daniel – diz finalmente.

Ele ri para ela.

– Acho que o questionário funcionou.

Ela sorri.

– Viva a ciência.

Um momento passa.

– Eu sei – declara Daniel. – Eu já sei.

quatro minutos

Uma história de amor

DANIEL AJUSTA O CRONÔMETRO do telefone para quatro minutos e segura as mãos de Natasha. Será que deveriam ficar de mãos dadas durante essa parte da experiência? Não tem certeza. Segundo o estudo, este é o último passo para se apaixonar. O que acontece se você já estiver apaixonado?

A princípio, os dois se sentem bastante idiotas. Natasha quer dizer em voz alta que isso é bobo demais. Um sorriso impotente, quase sem graça, domina o rosto dos dois. Natasha desvia o olhar, mas Daniel aperta suas mãos. *Fique comigo* é o que ele sugere.

No segundo minuto, estão menos sem graça. Os sorrisos somem e cada um cataloga o rosto do outro.

Natasha pensa em sua aula de biologia avançada e no que ela sabe sobre os olhos e como eles funcionam. Uma imagem do rosto dele está sendo mandada para sua retina. Sua retina está convertendo essas imagens em sinais eletrônicos. Seu nervo óptico está transmitindo esses sinais para o córtex visual. Agora ela sabe que nunca vai esquecer essa imagem do rosto dele. Vai saber exatamente quando os olhos castanho-claros se tornaram seu tipo preferido.

De sua parte, Daniel está tentando encontrar as palavras certas para descrever os olhos dela. São claros e escuros ao mesmo tempo. Como se alguém tivesse colocado um pano preto e pesado sobre uma estrela brilhante.

No terceiro minuto, Natasha está revivendo o dia e todos os momentos que levaram os dois até ali. Vê o prédio do USCIS, aquela estranha mulher da segurança acariciando a capinha do seu telefone, a gentileza de Lester Barnes, Rob e Kelly roubando a loja, ela conhecendo Daniel, Daniel salvando sua vida, ela conhecendo o pai e o irmão de Daniel, o *norebang*, os beijos, o museu, o topo do prédio, mais beijos, o rosto de Daniel dizendo que ela não podia ficar, o rosto de seu pai chorando cheio de arrependimento, este momento agora no táxi.

Daniel não está pensando no passado, mas no futuro. Será que há algo que possa juntá-los de novo?

No último minuto, a dor se acomoda nos ossos dos dois. Coloniza os corpos, espalha-se pelos tecidos e pelos músculos, pelo sangue e pelas células.

O cronômetro do telefone toca. Eles sussurram promessas que suspeitam que não poderão cumprir – telefonemas, e-mails, torpedos e até voos internacionais, danem-se as despesas.

– Não pode existir apenas este dia – diz Daniel uma vez, e depois mais duas.

Natasha não conta qual é sua suspeita. Que *destinados um ao outro* não precisa ser *para sempre*.

Eles se beijam, e se beijam de novo. Quando finalmente se separam é com um novo conhecimento. Têm a sensação de que a duração de um dia é mutável, e que do início jamais dá para ver o final. Têm a sensação de que o amor muda todas as coisas o tempo todo.

É para isso que existe o amor.

natasha

MAMÃE SEGURA MINHA MÃO enquanto olho pela janela. *Tudo vai ficar bem, Tasha*, ela diz. Nós duas sabemos que é mais uma esperança do que uma garantia, mas vou aceitar mesmo assim.

O avião sobe e o mundo que eu conheço vai se esvaindo. As luzes da cidade viram pontos até parecerem estrelas no chão. Uma daquelas estrelas é Daniel. E eu me recordo de que as estrelas são mais do que simplesmente poéticas.

Se for preciso, você pode se orientar por elas.

daniel

MEU CELULAR TOCA. São meus pais ligando pela milionésima vez. Vão ficar putos quando eu chegar em casa, mas tudo bem.

A esta hora, daqui a um ano, vou estar em outro lugar. Não sei onde, mas não aqui. Não sei bem se a faculdade é para mim. Pelo menos não Yale. Pelo menos ainda não.

Será que estou cometendo um erro? Talvez. Mas o erro é meu, posso cometê-lo.

Olho o céu e imagino que consigo ver o avião de Natasha.

Nova York tem muita poluição luminosa. Impede que a gente veja as estrelas, os satélites, os asteroides. Às vezes, quando olhamos para cima, não vemos nada.

Mas aqui vai uma coisa verdadeira: quase tudo no céu noturno emite luz. Mesmo que não possamos ver, a luz está lá.

tempo e distância

Uma história medida

NATASHA E DANIEL TENTAM manter contato, e durante um tempo conseguem. São e-mails, telefonemas e torpedos.

Mas o tempo e a distância são inimigos naturais do amor.

E os dias são cheios.

Natasha se matricula na escola em Kingston. Para entrar na universidade ela precisa estudar para os Exames de Proficiência Avançada do Caribe e para os exames de A-Level. O dinheiro é pouco, por isso ela trabalha como garçonete para ajudar a família. Finge um sotaque jamaicano até que ele vira real. Encontra uma família de amigos. Aprende a gostar e depois a amar o país onde nasceu.

Não que Natasha queira deixar Daniel ir embora; é que ela precisa. Não é possível viver simultaneamente em dois mundos, o coração num lugar e o corpo no outro. Solta-se de Daniel para não ser rasgada ao meio.

De sua parte, Daniel termina o ensino médio, mas não vai para Yale. Muda-se da casa dos pais, trabalha em dois empregos e cursa o Hunter College. Forma-se em inglês e escreve poemas pequenos e tristes. E até os que não são sobre ela ainda são sobre ela.

Não que Daniel queira deixar Natasha ir embora. Ele se segura o máximo que pode. Mas ouve, mesmo a distância, a tensão na voz dela. No novo sotaque, ouve a cadência do afastamento.

Mais anos se passam. Natasha e Daniel entram no mundo adulto, das questões práticas e das responsabilidades.

A mãe de Natasha adoece cinco anos depois da mudança da família para a Jamaica. Morre antes do sexto. Alguns meses depois do enterro, Natasha pensa em ligar para Daniel, mas já faz muito tempo. Ela não confia na lembrança que tem dele.

Peter, seu irmão, prospera na Jamaica. Faz amigos e finalmente encontra um lugar onde se encaixa. Em algum momento no futuro, muito depois da morte da mãe, ele vai se apaixonar por uma jamaicana e se casar com ela. Vão ter uma filha e vão dar a ela o nome de Patricia Marley Kingsley.

Samuel Kingsley se muda de Kingston para Montego Bay. Apresenta-se num teatro comunitário. Depois da morte de Patricia, consegue enfim compreender que escolheu certo naquele dia na loja.

A mãe e o pai de Daniel vendem a loja para um casal afro-americano. Compram um apartamento na Coreia do Sul e passam metade do ano lá e metade em Nova York. Aparentemente, pararam de esperar que os filhos sejam somente coreanos. Afinal de contas, eles nasceram nos Estados Unidos.

Charlie melhora as notas e se forma com mérito em Harvard. Após a formatura, mal volta a falar com qualquer membro da família. Daniel preenche o vazio no coração dos pais do jeito que pode. Não sente muita falta de Charlie.

Mais anos ainda se passam e Natasha não sabe mais o que significa aquele dia em Nova York. Passa a acreditar que imaginou a magia de estar com Daniel. Quando pensa naquele dia tem certeza de que o romantizou, como acontece com os primeiros amores.

Uma coisa boa resultou do tempo passado com Daniel. Ela procura uma paixão e a encontra no estudo da física. Em algumas noites, nos momentos suaves e desamparados antes da chegada do sono, lembra-se da conversa no topo do prédio sobre amor e matéria escura. Ele disse que o amor e a matéria escura eram a mesma coisa – a única coisa que impede o Universo de se despedaçar. Seu coração acelera toda vez que pensa nisso. Depois ela sorri e coloca a lembrança numa prateleira, no lugar das coisas antigas, sentimentais e impossíveis.

E nem mesmo Daniel sabe mais o que aquele dia – que já significou tudo – significa agora. Lembra-se de todas as pequenas coincidências necessárias para que eles se conhecessem e se apaixonassem. O condutor de metrô religioso. Natasha se comunicando com a música. A jaqueta do DEUS EX MACHINA. O ex-namorado ladrão. O motorista do BMW distraído. O segurança fumando no topo do prédio.

Claro, se Natasha pudesse ouvir as lembranças dele, comentaria que os dois não terminaram juntos e que as mesmas coisas que deram certo também deram errado.

Ele se lembra de outro momento: tinham acabado de se reencontrar depois da briga. Ela falou sobre o número de eventos que precisaram acontecer de modo exato para formar o Universo. Disse que se apaixonar não podia competir com isso.

Ele sempre achou que ela estava errada.

Porque de perto tudo parece caos. Daniel acredita que é uma questão de escala. Se você se afastar o suficiente e esperar por tempo suficiente, a ordem emerge.

Talvez o universo deles só esteja demorando mais para se formar.

epílogo

Irene: Uma história alternativa

FAZ DEZ ANOS, mas Irene jamais esqueceu o momento – nem a garota – que salvou sua vida. Na época, ela trabalhava como segurança no prédio do USCIS em Nova York. Um dos encarregados dos processos – Lester Barnes – foi até o posto dela. Disse que uma garota havia deixado um recado para Irene na caixa postal dele. A garota pediu que ele agradecesse a ela. Irene jamais soube o porquê do agradecimento, mas ele veio na hora certa. Irene tinha planejado cometer suicídio no fim do dia.

Escrevera o bilhete de suicídio na hora do almoço. Já tinha mapeado mentalmente o caminho até o topo do seu prédio.

E então aconteceu aquele agradecimento.

O fato de que alguém a *enxergou* foi o início de tudo.

Naquela noite escutou de novo o disco do Nirvana. Na voz de Kurt Cobain, Irene ouviu um sofrimento perfeito e lindo, uma voz tão esgarçada de solidão e carência que poderia se partir. Mas a voz dele não se partia, e existia nela também uma espécie de alegria.

Pensou naquela garota fazendo questão de ligar e deixar um recado só para ela. Isso mudou alguma coisa dentro de Irene. Não foi o suficiente para curá-la, mas bastou para fazê-la ligar para o número de prevenção ao suicídio. O telefonema levou à terapia. A terapia levou à medicação que salva sua vida diariamente.

Dois anos depois daquela noite Irene deixou o emprego no USCIS. Lembrava-se de que, na infância, sonhava ser comissária de bordo. Agora sua vida é simples e feliz e ela vive nos aviões. E, por saber que o avião pode ser um lugar solitário e por ter a noção exata de como a solidão pode ser desesperadora, presta uma atenção extra aos passageiros. Cuida deles com uma seriedade que nenhum outro comissário tem. Conforta os que vão para casa sozinhos depois de enterros, com a tristeza fluindo através de cada poro. Segura a mão dos que têm acrofobia e agorafobia. Irene pensa em si mesma como um anjo da guarda com asas de metal.

E agora está fazendo as últimas verificações antes da decolagem, procurando passageiros que precisem de uma ajudinha adicional. O rapaz na 7A está escrevendo num caderninho de capa preta. É asiático, com cabelo preto curto e olhos gentis, mas sérios. Ele morde a caneta, pensa, escreve, depois morde mais um pouco. Irene admira a ausência de constrangimento do rapaz. Ele age como se estivesse sozinho no mundo.

Seu olhar continua viajando e chega à moça negra na 8C. Ela está usando fones de ouvido e tem um cabelo afro enorme e crespo, tingido de rosa nas pontas. Irene fica imóvel. Conhece aquele rosto. Aquela pele. Os cílios compridos. Os lábios cheios e rosados. A intensidade. Será a mesma garota? A que salvou sua vida? Aquela a quem ela quer agradecer há dez anos?

O comandante anuncia a decolagem e Irene é obrigada a se sentar. De seu assento dobrável observa a mulher até que não haja mais dúvida.

Assim que o avião alcança a altitude de cruzeiro, ela vai até a mulher e se ajoelha no corredor a seu lado.

– Moça – fala, e não consegue impedir o tremor na voz.

A mulher tira os fones de ouvido e lhe lança um sorriso hesitante.

– Isso vai parecer estranho – começa Irene.

Conta à mulher sobre aquele dia em Nova York: a caixa cinza, a capinha de celular do Nirvana, conta que ela a viu todos os dias.

A mulher a observa com cautela, sem dizer nada. Um certo ar de dor passa pelo rosto dela. Há alguma história ali.

Mesmo assim, Irene continua:

– Você salvou minha vida.

– Não estou entendendo – diz a mulher.

Ela tem sotaque. Caribenho misturado com outra coisa qualquer.

Irene segura a mão da mulher. A mulher fica tensa, mas aceita. Olhos curiosos observam as duas de todos os lados.

– Você deixou um recado me agradecendo. Nem sei por que estava agradecendo.

O rapaz da 7A olha por entre as poltronas. Irene vê e franze a testa. Ele se afasta. Ela volta a atenção para a mulher.

– Você se lembra de mim? – pergunta Irene.

De repente é muito importante que essa garota, agora mulher, se lembre.

A pergunta sai de sua boca e ela se transforma na antiga Irene: sozinha e com medo. Afetada, mas incapaz de afetar.

O tempo soluça e Irene se sente rasgada entre dois universos. Imagina que o avião se desintegra; primeiro o piso, depois as poltronas e em seguida a estrutura metálica. Ela e os passageiros estão suspensos no ar sem nada para segurá-los a não ser a possibilidade. Em seguida, os próprios passageiros tremeluzem e se desmaterializam. Um a um, vão sumindo, fantasmas de uma história diferente.

Só restam Irene e essa mulher.

– Eu me lembro de você – afirma a mulher. – Meu nome é Natasha, e eu me lembro de você.

O rapaz da 7A olha por cima da poltrona.

– Natasha – diz ele.

Seus olhos estão arregalados e seu mundo está cheio de amor.

Natasha levanta os olhos.

O tempo tropeça e volta ao lugar. O avião e os bancos se restabelecem. Os passageiros se solidificam em carne. E sangue. E osso. E coração.

– Daniel – diz ela. E de novo: – Daniel.

FIM

agradecimentos

Emigrar para outro país é um ato de esperança, coragem e, às vezes, desespero. Eu gostaria de agradecer enormemente a todas as pessoas que fizeram longas viagens para locais distantes por qualquer motivo. Que encontrem o que estão procurando. Saibam, sempre, que o país de seu destino fica melhor por ter vocês nele.

Em seguida, preciso agradecer aos meus pais imigrantes. Os dois são sonhadores. Tudo que alcancei foi graças a eles.

Às equipes da Alloy Entertainment e da Random House Children's Books, obrigada por acreditarem neste livro impossível. Obrigada por se arriscarem comigo. Wendy Loggia, Joelle Hobeika, Sara Shandler, Josh Bank e Jillian Vandall, vocês são o meu time dos sonhos. Sou a escritora mais sortuda do mundo por ter o apoio de vocês. Agradecimentos imensos também a John Adamo, Elaine Damasco, Felicia Frazier, Romy Golan, Beverly Horowitz, Alison Impey, Kim Lauber, Barbara Marcus, Les Morgenstein, Tamar Schwartz, Tim Terhune, Adrienne Waintraub e Krista Vitola. Nada acontece sem vocês.

Uma das melhores coisas em ser escritora é conhecer os leitores. A cada pessoa que já leu meus livros, foi a uma seção de autógrafos, me mandou um e-mail ou fez contato pelas mídias sociais; a cada bibliotecário, professor, dono ou empregado de livraria e blogueiro, OBRIGADA, OBRIGADA, OBRIGADA. Vocês são o motivo de eu ter meu trabalho dos sonhos. Obrigada por todo o amor e pelo apoio.

Nos últimos dois anos conheci alguns escritores maravilhosos que também se tornaram amigos maravilhosos: David Arnold, Anna Carey, Charlotte Huang, Caroline Kepnes, Kerry Kletter, Adam Silvera e Sabaa Tahir, obrigada pelo apoio generoso e pela amizade. Eu não sobreviveria a essa jornada maluca sem vocês. Obrigada também à equipe de escritores de LA e ao grupo Fearless Fifteeners. Que ano louco foi 2015! Foi fantástico conhecer todos vocês. E que venham muitos outros anos escrevendo livros.

Agradecimentos especiais e muito sinceros a Yoon Ho Bai, Jung Kim, Ellen Oh e David Yoon por responderem às minhas perguntas intermináveis sobre os coreanos e a cultura coreano-americana. Suas ideias e orientações foram inestimáveis.

E agora os meus amores, David e Penny. Vocês são meu pequeno universo. São minha razão para tudo. Amo vocês mais do que tudo.

LEIA UM TRECHO DE OUTRO LIVRO DA AUTORA

TUDO E TODAS AS COISAS

O QUARTO BRANCO

Já li muito mais livros do que você. Não importa quantos você tenha lido. Eu li mais. Pode acreditar. Tempo é o que não me falta.

No meu quarto branco, encostados nas paredes brancas, nas reluzentes estantes brancas, os livros dão o único toque de cor ao cômodo. Todos têm capa dura e estão novinhos em folha – nada dessas brochuras de segunda mão cheias de germes. Eles vêm Lá de Fora, descontaminados e embalados a vácuo. Eu adoraria ver a máquina que faz isso. Imagino cada livro passando numa esteira branca e sendo levado a estações brancas e retangulares onde os braços de um robô o espanam, esfregam, borrifam e esterilizam até ficar limpo o bastante para vir parar nas minhas mãos. Quando chega um livro novo, minha primeira tarefa é retirá-lo da embalagem, processo que envolve uma tesoura e mais de uma unha quebrada. Depois, escrevo meu nome no verso da capa.

PERTENCE A: Madeline Whittier

Não sei por que faço isso. Não tem mais ninguém aqui além da minha mãe, que nunca lê, e da minha enfermeira, Carla, que não tem tempo para ler porque passa o tempo todo me observando respirar. Raramente recebo visitas, portanto não tenho a quem emprestar os livros. Não existe ninguém a quem eu precise lembrar que aquele livro esquecido em sua estante pertence a mim.

RECOMPENSA PARA QUEM O ENCONTRAR
(Marque todas as opções que se aplicarem):

De todas as etapas, esta é a que leva mais tempo, e para cada livro eu crio alternativas diferentes. Às vezes, as recompensas são extravagantes:

- Fazer um piquenique comigo (Madeline) num campo coberto de pólen, com papoulas, lírios e uma imensidão de cravos, sob um céu de verão totalmente azul.
- Tomar chá comigo (Madeline) num farol no meio do oceano Atlântico bem no olho de um furacão.
- Fazer snorkel comigo (Madeline) na ilha Molokini para procurar o humuhumunukunukuapua'a, peixe símbolo do Havaí.

Outras vezes, não são tão irreais:
- Ir comigo (Madeline) a um sebo.
- Dar uma volta comigo (Madeline) pelo quarteirão.
- Conversar um pouco comigo (Madeline) sobre o assunto que você quiser, no meu sofá branco, no meu quarto branco.

E, às vezes, a recompensa é simplesmente:
- Eu (Madeline).

A PRISÃO DA IDCG

A DOENÇA QUE EU TENHO é rara e famosa. É uma forma de imunodeficiência combinada grave, mas você deve conhecê-la como "doença do bebê que vive na bolha".

Basicamente, sou alérgica ao mundo. Qualquer coisa pode provocar uma crise. Pode ser um produto químico no desinfetante usado para limpar a mesa que eu acabei de tocar. Pode ser um perfume. Pode ser um tempero exótico na comida que acabei de comer. Pode ser uma dessas coisas, todas elas, nenhuma delas, ou algo completamente diferente. Ninguém sabe o que causa as crises, mas todos conhecem suas consequências. Segundo minha mãe, eu quase morri quando era bebê. Por isso, vivo na prisão da IDCG. Não saio de casa. Não saí uma vez sequer em dezessete anos.

PRONTUÁRIO
MÉDICO
DIÁRIO

Madeline Whittier
NOME DO PACIENTE

2 de maio
DATA

Dra. Pauline Whittier
RESPONSÁVEL

0002921

RESPIRAÇÕES POR MINUTO

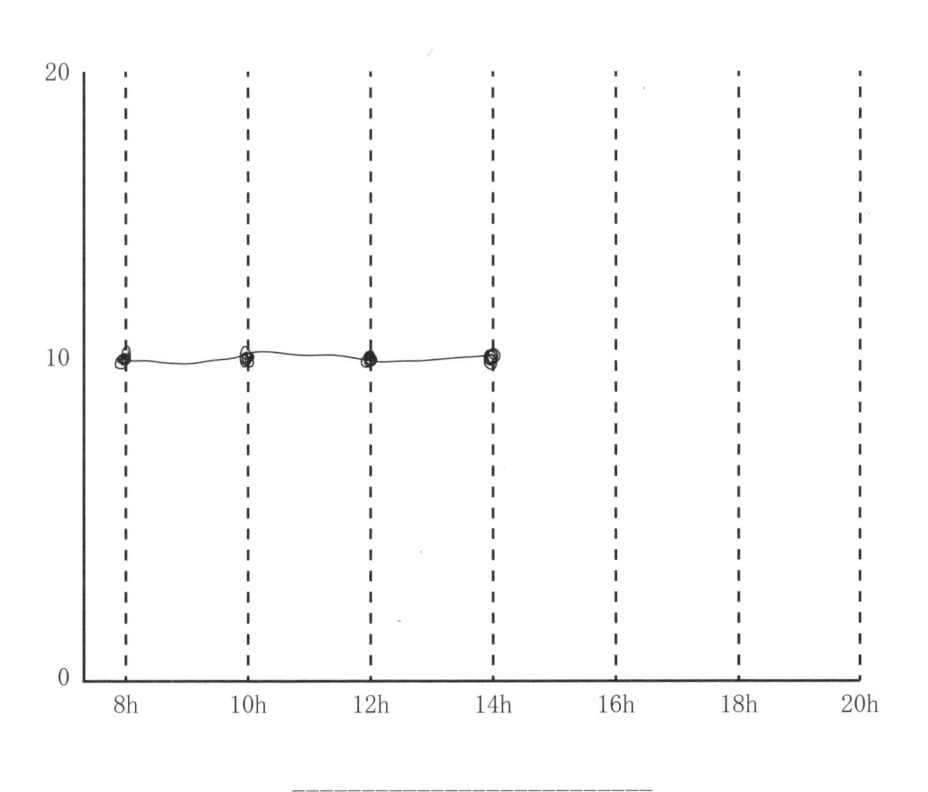

TEMPERATURA DO QUARTO

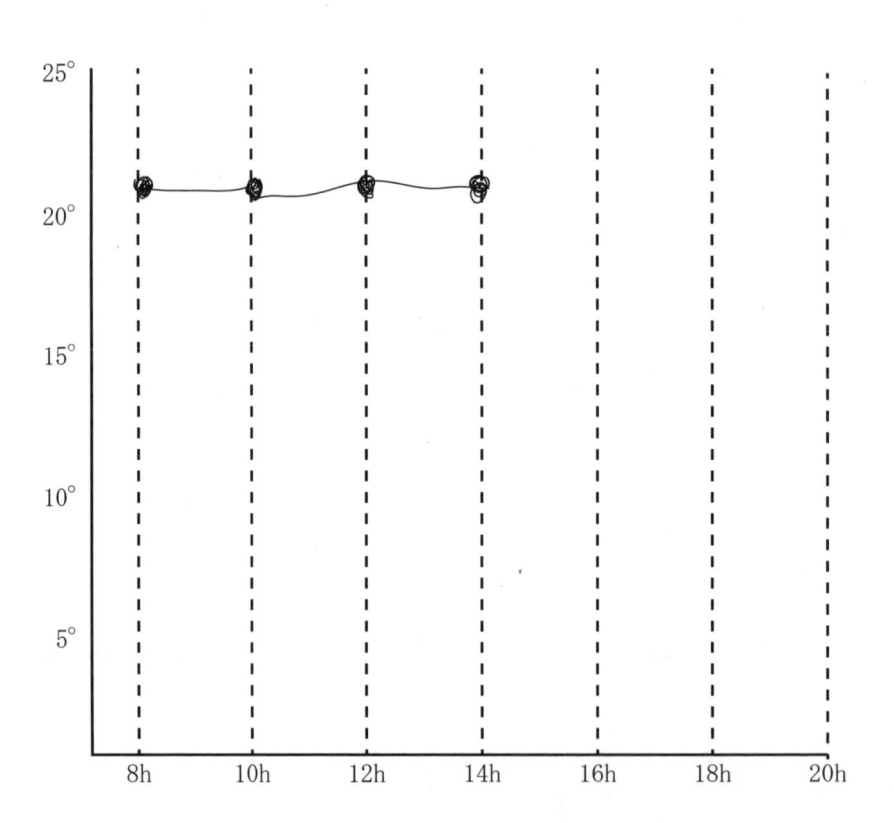

CONTROLE DO FILTRO DE AR

8h	OK
9h	OK
10h	OK
11h	OK
12h	OK
13h	OK
14h	OK
15h	
16h	
17h	
18h	
19h	
20h	

O QUE EU QUERO DE ANIVERSÁRIO

– Noite de FILMES, Imagem & Ação ou clube do livro? – pergunta minha mãe enquanto prende a braçadeira do aparelho de pressão no meu braço.

Nem citou sua atividade preferida entre as que fazemos depois do jantar: palavras cruzadas fonéticas. Levanto a cabeça e vejo que os olhos dela já estão rindo para mim.

– Palavras cruzadas fonéticas – respondo.

Ela para de inflar a braçadeira. Geralmente, quem estaria verificando minha pressão e preenchendo o prontuário seria minha enfermeira em tempo integral, Carla, mas hoje minha mãe deu a ela um dia de folga. É meu aniversário, e sempre passamos o dia juntas, só nós duas.

Minha mãe pega o estetoscópio para ouvir meus batimentos cardíacos. O sorriso desaparece e dá lugar a seu rosto mais compenetrado, de médica. É esse o rosto que seus pacientes mais veem: levemente distante, profissional e concentrado. Será que eles acham que essa é uma expressão tranquilizadora?

Num impulso, dou um beijo em sua testa para lembrá-la de que sou eu, sua paciente favorita, sua filha.

Ela abre os olhos, sorri e faz um carinho no meu rosto. Se é para nascer com uma doença que exige cuidados constantes, é melhor que sua médica seja sua própria mãe.

Segundos depois, ela me olha com aquela cara de "sou a médica aqui, e infelizmente tenho más notícias para lhe dar".

– Hoje é o seu dia. Por que não escolhemos um jogo no qual você tenha chance de ganhar?

Como não é possível jogar Imagem & Ação só com duas pessoas, inventamos umas adaptações. Uma pessoa desenha e a outra precisa fazer um esforço honesto para adivinhar o que é. Se acertar, quem desenhou ganha um ponto.

Encaro minha mãe com os olhos semicerrados.

– Vamos jogar palavras cruzadas fonéticas, e, desta vez, eu vou ganhar – afirmo, confiante, embora não exista a menor chance de isso acontecer.

Jogamos há anos, e eu nunca consegui derrotá-la. Da última vez, cheguei perto, mas na última rodada ela escreveu uma palavra com letras de valor alto que ainda teve pontuação tripla.

– Está bem – concorda ela, balançando a cabeça para fingir que está com pena de mim. – Você é quem manda.

Então, fecha os olhos sorridentes e se concentra no estetoscópio.

Passamos o resto da manhã preparando meu tradicional bolo de aniversário, com recheio de creme de baunilha e cobertura também de baunilha. Depois que o bolo esfria, espalho uma camada bem fina de creme por cima. Nós duas adoramos a massa, mas não somos muito fãs de cobertura. Para enfeitá-lo, desenho em cima dezoito margaridas com pétalas e miolo brancos, depois começo a revestir as laterais com o que lembra uma cortina branca.

– Perfeito – elogia minha mãe, espiando o resultado por cima do meu ombro. – Ficou a sua cara.

Viro a cabeça e vejo que ela tem um sorriso largo e orgulhoso no rosto, mas que seus olhos estão marejados.

– Como. Você. É. Dramática – digo, aplicando um pouquinho de cobertura no nariz dela, o que a faz rir e chorar mais um pouco.

Sério, minha mãe não costuma ser tão emotiva, mas no meu aniversário sempre fica chorosa e alegre ao mesmo tempo. E, se ela fica chorosa e alegre, eu também fico.

– Eu sei – concorda ela, jogando as mãos para o alto como se não fosse capaz de controlar esse tipo de reação. – Sou patética.

Então ela me puxa e me dá um abraço apertado. O creme gruda no meu cabelo.

Meu aniversário é o dia do ano em que nós duas temos mais consciência da minha doença. É a percepção de que o tempo está passando que provoca isso. Mais um ano inteiro doente, sem qualquer esperança de cura à vista. Mais um ano sem viver todas as coisas normais de uma adolescente: tirar carteira de motorista, dar o primeiro beijo, participar da festa de formatura, sofrer a primeira dor de cotovelo, fazer a primeira barbeiragem com o carro. Mais um ano em que minha mãe não faz outra coisa além de trabalhar e cuidar de mim. Em qualquer outro dia, é fácil esquecer esses detalhes – ou pelo menos é mais fácil do que hoje.

CONHEÇA OS LIVROS DE NICOLA YOON

O sol também é uma estrela

Tudo e todas as coisas

Para saber mais sobre os títulos e autores da Editora Arqueiro,
visite o nosso site e siga as nossas redes sociais.
Além de informações sobre os próximos lançamentos,
você terá acesso a conteúdos exclusivos
e poderá participar de promoções e sorteios.

editoraarqueiro.com.br